포맷
하시겠습니까?

포맷 하시겠습니까?

김미월 김사과 김애란 손아람
손홍규 염승숙 조해진 최진영

한겨레출판

| 기획의 말 |

동세대의 삶을 말하다

　민족문학연구소는 매 분기마다 출간된 시집과 소설 들을 함께 읽고 토론하는 시간을 6년째 지속하고 있습니다. 평론이란, 언제나 동시대적인 감각과 함께 스스로를 진화시키면서 텍스트의 징후들을 포착하고, 그 의미망을 확장시키는 작업이라는 소박한 믿음 때문입니다.
　이러한 작업을 거치면서, 저희는 몇 가지 의아한 점들을 확인할 수 있었습니다. 어떤 작품은 그 중요성에도 불구하고 왜 평단에서 충분히 논의되지 않는지, 작품의 본래 의미와는 무관하게 특정한 문학적 경향에 의해 그 의미가 왜곡되거나 혹은 특정한 선입견에 의해 텍스트의 풍성함이 재단되는 것은 아닌지 등에 대한 의문이 그것이었습니다. 이러한 경향은 특히 젊은 작가들의 작품에서 더욱 크게 나타나는 현상으로 보였습니다.

　현재 젊은 작가들의 작품 세계는 그 의미가 다소 축소되어 조망되는 것은 아닌가 싶습니다. 많은 비평들이 젊은 작가들의 '새로움'에 대해서 말하지만, 정작 그 새로움을 추동한 이들 세대들의 현실 감각에 대해서는 말하지 않습니다. 이로 인해 이들 작가들은 사회나 현실과 같은 무거운 문제에 대해서는 무관심한 채, 오직 지적인 언어유희와 자폐적인 내면 고백에 함몰된 것으로 치부되기도 합니다. 혹은 그 반대로, 아이러니하게도 같은 이유 때문에 좋은 평가를 받는 경우도 빈번히 있습니다.

　저희는 이러한 평가가 반복되면서 비루한 현실을 살아가는 동세대의 독자들로부터 문학이 점차 멀어진다는 느낌을 지우기 힘들었습니다. 오히려 저희가 읽은 젊은 작가들의 작품들은, 기존의 어떠한 문학적 관성에도 얽매이지 않은 채, 자유롭고 다양한 방식으로 동세대의 현실에 대해 새로운 시각을 보여주는 경우가 많았습니다.

　《포맷하시겠습니까?》에는 이러한 문제의식을 뚜렷하게 보여준 소설들을 모았습니다. 김미월, 김사과, 김애란, 손아람, 손홍규, 염승숙, 조해진, 최진영의 작품들이 그것입니다. 이들 작가들은 현재 한국문학에서 가장 젊은 세대인 동시에, 가장 활발한 활동을 보여주는 작가들이기도 합니다. 그리고 무엇보다 현재 20~30대 초반의 세대에 속하면서, 동세대의 삶을 어떤 작가들보다 구체적인 삶으로 실감하는 작가들이기도 합니다.

이들이 모두 동일한 방식으로 동세대의 문제를 다루지는 않습니다. 담담한 어조로 현실을 추적하며 이에 대한 질문들을 제기하는 김미월, 세계에 대한 분노의 파토스를 텍스트에 전면화하는 김사과, 구체적인 동세대의 삶의 결로부터 소설의 실감을 확보하는 김애란, 발랄한 상상력과 감수성으로 모든 권위에 도전하는 손아람, 역사적 맥락에서 자신의 세대적 정체성과 미학적 지향점에 대한 심도 깊은 고민을 수행하는 손홍규, 환상과 현실을 뒤섞으며 우리가 발 딛고 선 현실을 새롭게 인식하게 만드는 염승숙, 마이너리티로서 세계 시민 간의 관계 맺음에 대해 숙고하는 조해진, 독기 어린 언어로 타락한 세상과 대면하는 최진영. 이들은 모두 각자의 언어로 현실과 대결하며 현실 '너머'에 대한 가능성을 타진하고 있습니다.

저희는 이러한 이들 작가들의 모색이 곧 한국문학의 미래를 보여준다고 생각합니다. 나아가 이들의 작품을 통해 신자유주의적인 야만의 시대를 건너가는 동세대의 윤리를 추출할 수 있을 것이라고 생각합니다. 그리고 이러한 과정은 무엇보다 작가와 독자가 함께 호흡하며 만드는 것이라고 생각합니다. 좋은 문학 작품은, 읽는 이로 하여금 스스로 삶의 방식을 고민케 하는 힘을 지녔기 때문입니다. 이 한 권의 책이 그런 과정에 조금이나마 도움이 되기를 바랍니다.

2012년 여름
민족문학연구소

차례

기획의 말 | 동세대의 삶을 말하다 005

질문들 |김미월| 011

더 나쁜 쪽으로 |김사과| 037

큐티클 |김애란| 067

문학의 새로운 세대 |손아람| 107

마르께스주의자의 사전 |손홍규| 141

완전한 불면 |염승숙| 177

이보나와 춤을 추었다 |조해진| 211

창 |최진영| 243

좌담 | 사소하고 위대한 오늘의 질문들 277

질문들

가끔은 이 세상이 아직 무너지지 않고 있는 것이 바로 그 질문들 때문일지도 모르겠다는 생각을 한다. 묻고 답하고 다시 묻는 그 과정에 필요한 에너지가 사람을 살아가게 하고 세상을 지탱해주는 것은 아닐까 하고 말이다.

김미월

김미월

1977년 강원도 강릉에서 태어났다. 고려대학교 언어학과와 서울예술대학교 문예창작과를 졸업했다. 2004년 〈세계일보〉 신춘문예에 단편소설 〈정원에 길을 묻다〉로 등단했다. 신동엽창작상을 수상했다. 소설집 《서울 동굴 가이드》, 《아무도 펼쳐보지 않는 책》, 장편소설 《여덟 번째 방》이 있다.

죽일까, 말까. 이도 저도 탐탁지 않았다. 죽인다면 모든 갈등이 끝나겠지만 결말이 작위적으로 흐를 위험이 있고, 죽이지 않는다면 열린 결말을 제시할 수 있겠지만 인물들의 갈등을 어떻게 봉합해야 할지 알 수가 없었다. 아, 진짜 어떻게 하는 게 좋을까. 주인공의 운명 앞에서 고민하는 내 속도 모르고 오빠는 내 앞에 앉자마자 대뜸 시비부터 걸었다.

"근데 넌 왜 조용한 집 놔두고 이런 카페에서 글을 써?"

그가 이해할 턱이 없었다. 아무리 조용하다고 해도, 혹은 혼자 산다고 해도, 원래 집에서는 글이 안 쓰인다는 것을. 세상에 어째서 그토록 많은 도서관과 독서실이 존재하겠는가. 다 집에서는 공부가 안 되는 학생들을 위해 만들어진 것 아니겠는가.

나는 동네 카페에서 이번 신춘문예에 응모할 단편소설을 쓰고 있던 참이었다. 원고 마감일까지는 무려 일곱 달이 남아 있었지만 신문사 세 곳에 응모하려면 적어도 소설 세 편이 필요했고 한 편 완성하는 데 보통 두세 달이 걸리는 내 작업 속도를 감안하면 일곱 달은 결코 넉넉한 시간이 아니었다. 이번에는 꼭 당선이 되어야 했다. 나이 서른에 언제까지 아르바이트나 하며 기약 없는 등단에 목을 매고 있을 수는 없었다. 다행히 지금 쓰고 있는 소설은 예감이 좋았다. 결말만 남겨놓은 상태인데 주인공을 죽일지 살릴지 그것만 결정하면 사나흘 안으로 탈고할 수 있을 것 같았다.

"저기, 뭐 좀 물어보려고."

안다. 오빠는 뭐 좀 물어볼 게 있을 때만 나를 찾으니까.

"너 지금 사는 원룸 보증금이 얼마야?"

"그건 왜 묻는데?"

신혼집으로 아파트를 얻으려고 하는데 전세금이 모자란다고 오빠는 말했다. 그는 석 달 후에 결혼할 예정이었다. 나의 올케가 될 여자는 오빠에게 과분하다고 느껴질 만큼 참하고 다정하고 사려 깊은 사람이었다. 특히 상대방이 말할 때 눈을 동그랗게 뜨고 상체를 앞으로 약간 숙여 그의 말에 귀 기울이는 모습이나 오빠의 시답잖은 농담에도 희고 조그만 치아를 드러내며 활짝 웃는 모습은 여자인 내 눈에도 대단히 사랑스러워 보였다.

"너는 직장에 다니는 것도 아니잖아."

어차피 집에서 글을 쓰는 거라면 꼭 서울이 아니어도 되지 않느냐, 그러니 고향집에서 부모님과 함께 살고 너의 원룸 보증금은 나에게 빌려달라, 그것이 오빠가 오늘 나를 만나자고 한 목적이었다. 맞는 말이었다. 소설을 쓰기 위해서라면 굳이 서울 한 귀퉁이 보증금 2천만 원에 월세 20만 원짜리 성냥갑만 한 방에서 아르바이트로 근근이 생계를 이어가며 살 필요가 없었다. 그렇긴 하지만…….

나는 10년 전에 상경하면서 중고로 샀던 구닥다리 노트북의 화면을 노려보았다. 30분에 한 번씩 전원이 나가버려서 소설 쓰다 말고 29분에 한 번씩 저장을 해줘야 하는 애물인데도, 원룸 보증금을 모으느라 내년에 사야지, 내년에는 꼭 사야지 하며 새 노트북 구입을 미뤄온 것이 벌써 9년째였다.

"내 형편에 월세는 어렵고, 그렇다고 이제 와서 결혼을 연기할 수도 없고."

그것도 맞는 말이었다. 결혼은 새 노트북이 아니었다. 오빠에게는 미룰 수 없는 일이고 평생 한 번 있는 거사였다. 오빠가 올케 앞에서 기 죽는 것은 나도 싫었다. 그리고 나는 그녀를 좋아했다. 두 사람이 행복하기를 바랐다. 게다가 이 청을 거절한다면 오빠는 나를 평생 원망할 것이고 나는 평생 죄책감을 안고 살아야 할 것이다. 결국 임대 계약 만료까지 두어 달 남긴 했지만 집주인에게 사정을 해서 최대한 빨리 방을 빼보겠다며 나는 그가 원하는 답을 주었다.

거기서 대화를 끝냈으면 좋았을 것이다. 오빠는 그저 고마워서, 내게 미안해서, 그래서 제 딴에는 자리를 뜨기 전에 무슨 말인가 더 해야 한다는 의무감을 느꼈을 것이다. 그러나 성격상 미안하다거나 고맙다는 말을 할 수 없었으므로 다른 말을 찾았을 것이다.

"그리고 말이야, 그만큼 했는데도 안 되는 건 그냥 안 되는 거야."

그는 등단을 이야기하고 있는 것이었다. 나는 대꾸 없이 노트북 화면 속의 쓰다 만 문장들을 들여다보았다.

"이게 다 너를 걱정해서 하는 소리야."

주인공의 이름 뒤에서 커서가 무심하게 반짝이고 있었다. 죽일까, 말까.

"고향 내려가면 이참에 그냥 취직을 하든가 해."

카페를 나서는 그를 배웅하면서 나는 주인공을 죽이기로 했다.

홍대입구역 일대는 늘 그렇듯이 소란스럽고 활기차고 인파로 북적거렸다. 얼굴 반반한 여자들과 옷맵시 빼어난 남자들, 그리고 그렇게 보이고 싶거나 스스로 그렇게 보인다고 믿는 이들을 한곳에 모아놓은 것 같다고 할까. 그 거리 한쪽에 나는 접이식 플라스틱 탁자를 펴놓고 보경과 둘이 나란히 서 있었다. 5번 출구 옆에 정차한 대한적십자사 헌혈 버스의 차창에 'A형 급구' 종이가 나붙은 것이 보였다. KFC 건물 앞에서는 금발에 푸른 눈을 가진 청년이 기타를 치며 노래를 부르고 있었다. 다른 금발 청년이 모자를 들고 청중 사이를 돌아다녔다. 주차장 길 입구에서는 주홍색 핫팬츠를 입고 짙은 화장을 한 여자가 1인 시위라도 하듯이 피켓을 높이 들고 서 있었다. 거기에 그려진 것은 커다란 물음표 달랑 하나. 행사 도우미가 특정 회사의 신상품 프로모션을 하고 있을 확률이 높겠지만 그래도 궁금했다. 저것은 과연 무엇에 대한 물음표일까.

내가 사회에 나와 깨달은 것들 중 하나는 이 세상에는 정말로 많은 질문들이 있다는 것이었다. 무엇인가를 하기 위해 우리는 끊임없이 질문해야 하고 또 질문 받아야 한다.

면접을 보러 가면 왜 이 회사를 지원했느냐는 질문을 받아야 하고, 식당에서는 이 쇠고기가 미국산인지 아닌지 질문해야 하고, 번화가를 혼자 걷노라면 도를 믿으시냐는 질문을 받아야 하며, 소개팅을 할 때는 그 여자가 예쁜지 그 남자의 '스펙'이 좋은지 주선자에게 미리 질문해야 하는 것이다. 하기야 쪽지시험을 포함해 중간고사니 기말고사니 학창 시절에 우리가 치른 모든 시험에는 아예 질문밖에 없었으니, 사회에 나오기 전에도 이 세상이 수많은 질문들로 이루어져 있다는 사실을 영 모르지는 않았을 것이다. 그리고 그것들을 능수능란하게 받아치던 친구들이 사회에 나가서도 주눅 들지 않고 무엇이든 잘 받아친다는 것을 목격했으니 삶에서 질문에 대처하는 능력이 매우 중요하다는 것 역시 알고 있었을 것이다.

가끔은 이 세상이 아직 무너지지 않고 있는 것이 바로 그 질문들 때문일지도 모르겠다는 생각을 한다. 묻고 답하고 다시 묻는 그 과정에 필요한 에너지가 사람을 살아가게 하고 세상을 지탱해주는 것은 아닐까 하고 말이다.

예컨대 중세 유럽에서는 학자들이 '하나의 바늘 위에서 몇 명의 천사가 춤출 수 있는가' 같은 맹랑한 질문의 답을 찾느라 밤잠을 설치며 격론을 벌였다는데, 반짇고리 속의 바늘도 숨을 죽이고 천국에 있는 천사들도 날개를 접은 채 인간세상을 향해 귀를 쫑긋 세우고 있었을 그 밤들을 상상하노라면 나는 괜히 흐뭇해지는 것이다. 당장은 쓸모없어 보이는 질문일지라도 누군가 그것을 쓸모 있게 만들어줄 답을 찾기 위해 애쓴다면, 그 곡진한 기운들이 모여 결국은 사람들의 인식을 바꾸고 시대의 얼굴을 바꾸고 나아가 역사의 흐름을 바꾸는 것 아니겠는가. 인간이란 무엇인가, 신은 존재하는가, 우주는 어떻게 형성되었는가, 이런 질문들에서부터 저 나무 이름이 뭐예요, 너 휘파람 불 줄 아니, 브람스를 좋아하세요, 이런 질문들에 이르기까지.

어쨌거나 나의 상황에 대입시켜 말한다면 질문이 사람을 살아가게 하는지도 모른다는 표현은 은유가 아니었다. 그것은 실제로 나에게 밥과 옷과 방과 약간의 기호품을 제공해주고 있었다. 질문들을 상대하는 것이 바로 내가 하고 있는 아르바이트였기 때문이다.
"설문지를 작성해주시면 선물을 드립니다!"
보경이 외치는 소리가 제법 컸다. 몇몇 행인들이 그녀와 내게 눈길을 주었다가 곧 거두며 제 갈 길을 갔다. 숫기 없고 인상도 무뚝뚝한 나와 달리 보경은 20대 초반 특유의 생기 있는 얼굴에다 타고난 싹싹함과 서글서글함으로 누구에게나 쉽게 말을 걸었고 누구하고나 쉽게 어울렸다. 그것은 웃을 때마다 그녀의 왼쪽 뺨에 파이는 보조개처럼 숨기려 해도 숨길 수 없는 것이어서 나는 보경과 한 팀이 된 지 15분 만에 그녀의 성격을 파악할 수 있었다. 그래서 그녀는 사람들을 끌어모으는 데 주력하고 나는 그들에게 설문 작성 요령을 일러주는 일을 전담하는 것으로 자연스럽게 역할 분담을 할 수 있었다.
이름 하여 앙케트 조사 요원. 소설을 쓰지 않는 날이면 나는 이 아르바이트를 하곤 했다. 아니, 정확히는 이 아르바이트를 하지 않는 날이면 소설을 쓰곤 했다고 말해야겠지만. 회사를 그만둔 후로 줄곧 홍대입구나 압구정이나 명동, 광화문 등 유동 인구가 많은 곳에서 행인들을 상대로 설문 조사를 하는 아르바이트를 해왔다. 최근 들어서는 온라인 앙케트기 각광 받는 추세라 오프라인 앙케트의 경우 일주일에 한두 건 있을까 말까 할 정도로 예전에 비해 일감이 현저히 줄었지만, 대신 상대적으로 단가가 높아져

서 생존에 필요한 최소한의 수입과 소설 집필에 필요한 최대한의 시간적 여유를 원했던 내게는 오히려 더 나은 조건이라고 할 수 있었다.

"설문 조사에 참여해주세요! 5분이면 됩니다!"

마침 한 쌍의 남녀가 우리 탁자 쪽으로 다가오고 있었다.

"선물로 아주 예쁜 순면 100퍼센트 고급 타월을 드려요!"

보경이 때를 놓칠세라 그들의 눈앞에 설문지를 흔들어 보였다. 나도 모르게 웃음이 나왔다. 세수수건이 예쁘면 얼마나 예쁠 것이며 고급이면 얼마나 고급이겠는가. 하지만 나는 요행 우리에게 관심을 보이는 그들 남녀에게 자못 진지한 얼굴로 설문 내용과 목적을 설명해주었다. 그리고 그들이 설문을 끝내기를 기다리며 바닥에 부려놓았던 라면박스에서 수건 두 장을 꺼내 탁자 위에 올려두었다.

"언니!"

"……."

"언니! 안 들리냐니까?"

보경의 얼굴이 코앞에 있었다. 퍼뜩 정신이 들었다. 주위를 둘러보니 언제 가버렸는지 예의 두 남녀가 보이지 않았다. 탁자 위에 있던 아주 예쁜 순면 100퍼센트 고급 타월 두 장도 어느새 사라지고 없었다.

"세 번이나 불렀는데. 12시야. 점심 먹자고."

"아, 미안해. 못 들었어."
"언니도 참. 무슨 생각이 그렇게 많아?"
그랬나. 그랬다. 실로 생각이 너무 많았다.

며칠 전 집주인은 고맙게도 보증금 2천만 원을 돌려주는 것은 어려운 일이 아니라고 했다. 다만 방을 빼지 말고 월세로 계속 사는 것은 어떨지 내 의향을 물었다. 저와 내가 임대인과 임차인으로서 그간 쌓아온 정리情理가 있으니 보증금 없이 대신 월세를 30만 원 올려 받는 조건으로, 다시 말해 월세만 50만 원씩 내며 살 수 있도록 배려해주겠다는 것이었다. 그러니까 그게 정말 '배려'라면 말이다. 나는 하루만 더 생각해볼 시간을 달라고 했다.
 그 하루 동안 마음은 수차례 귀성열차를 탔다가 고향에 도착하기도 전에 도로 귀경열차로 갈아타고는 했다. 그것은 소설의 주인공을 죽이느냐 살리느냐 따위와는 비교도 되지 않을 만큼 어렵고 복잡한 문제였다. 내가 죽느냐 사느냐 하는 문제였으니까. 처음 오빠에게 돈을 보내주기로 마음먹었을 때는 그의 말마따나 고향에 내려가도 괜찮을 거라 생각했다. 하지만 다시 생각해보니 상경한 지 10년이 지났는데 이대로 패잔병처럼 터덜터덜 고향에 내려가는 것은 남부끄러운 일이었다. 귀향과 낙향은 엄연히 다르지 않은가. 금의환향까지는 아니더라도 최소한 명분은 있는 귀향이어야 했다.

10년 세월은 금방이었다. 서울에 위치한 2년제 대학의 문예창작과에 진학할 때만 해도 나는 졸업하면 겨우 스물두 살이니 서른이면 이미 소설가가 되어 있을 줄 알았다. 그러나 등록금만으로도 등골이 휠 텐데 생활비까지 부모에게 전가할 수는 없어 아르바이트를 하느라 휴학을 일삼았더니 졸업할 때 이미 스물네 살이었다. 그래도 나는 여전히 몇 년 이내에 등단할 수 있으리라 믿었다. 대학 재학 내내 교수들로부터 소설가는 소설을 잘 쓰는 사람이 아니라 소설을 꾸준히 쓰는 사람이라는 말을 들어오지 않았던가. 꾸준히 쓰는 걸로 말하면 나만 한 사람도 드물 터였다. 하여 졸업 후에도 계속 아르바이트를 하며 짬짬이 소설을 썼다. 두 편을 완성했고 두 곳에 응모했다. 두 번을 낙선했지만 그래도 여전히 희망을 버리지는 않았다. 문제는 사글셋방을 전전하다 보니 수입보다 지출이 많아 늘 돈에 쪼들리며 살아야 한다는 것이었다. 과연 사그라지는 돈이라 사글세라 한다던가. 전세 보증금을 모으기로 작심하고 취직을 한 것은 스물다섯 살. 4년 동안 야근에 주말 근무까지 불사하며 돈을 모았다. 회사가 자금난으로 문을 닫은 것은 지난해의 일이었다. 내가 아직도 희망이 있을지 회의하기 시작한 것은 그때부터였다. 스물아홉 나이에 다시 취직을 하기도 쉽지 않을 테고 이참에 당분간 아르바이트나 하며 소설에 전념해볼까 하고 등 떠밀리듯 결심하게 된 것도 그래서였다. 그것이 불과 1년 안쪽의 일이었다.

그런데 이 시점에서 고향에 내려간다니. 남들 눈에 우세스러운 것이야 그렇다 치더라도 당장 내가 소설을 쓸 수 없다는 것이 더 큰 문제였다. 진종일 텔레비전을 틀어놓고 볼륨을 최대치로 높인 채 고함을 지르듯 대화하는 귀먹은 부모와 한집에 살면서, 얼른 시집이나 가라는 그들의 잔소리에 시달려가면서, 무엇을 어떻게 쓸 수 있겠는가. 하다못해 그 동네에는 변변한 카페 하나 없지 않던가. 지금은 귀향할 때가 아니었다. 일단 서울에 남아야 했다.

그때까지만 해도 나는 내가 뭔가를 선택하고 있다고 믿었다. 고향이냐, 서울이냐. 그중에서 서울을 택한 것이었다. 그러나 풀어야 할 문제는 또 있었다. 월세를 50만 원씩 낸다는 것이 가능할까. 다행히도 그것은 묻는 순간 답을 알 수 있는 종류의 질문이었다. 도시가스 요금에 전기세, 수도세, 건물 관리비까지 합하면 실질적으로 통장에서 다달이 빠져나가는 돈은 60만 원 안팎이 될 터였다. 아무데도 안 가고 우산꽂이처럼 얌전히 집구석에만 처박혀 있어도 한 달에 60만 원인 것이다. 거기에다 건강보험료와 통신비와 식비와 교통비 등 생활비를 다 합하면…… 숨이 턱 막혔다.

내가 지금 이런 고민을 하고 있는 게 다 누구 때문인가. 오빠 때문 아닌가. 그의 신혼집 전세금이 모자라는데 왜 내가 그걸 메워주어야 하나. 여윳돈이 있어서라면 또 모를까, 내 방 보증금을 빼가면서까지 그래야 할 까닭은 없지 않은가. 오빠만 아니면 서울이냐 고향이냐 월세 50만 원을 내느냐 못 내느냐 고민할 필요가 없었다. 그리고 그것은 곧 내가 예전처럼 마음 편히 소설에만 전념할 수 있다는 것을 의미했다. 나는 새삼 오빠의 부탁을 들어주기로 하기 전까지 내가 누렸던 그 보잘것없다 생각했던 시간들이 실은 얼마나 안온하고 평화롭고 소중한 것이었는지를 뒤늦게 실감하고 있었다.

그 하루의 끝에 나는 결심했다. 그리고 거울을 보며 목소리를 한 옥타브 낮춰서 말하는 연습을 해보았다.

오빠, 정말 미안한데…… 엊그제 돈 빌려주기로 했던 거 말이야…… 그거 없었던 일로 해야 할 것 같아. 정말 미안해…….

휴대폰의 폴더를 열었다. 마땅히 해야 할 말을 하려는 것뿐인데 스타트 라인에서 출발 신호를 기다리는 육상 선수처럼 긴장이 되었다. 심호흡을 했다. 오빠의 전화번호를 누르려는 찰나였다. 때마침 새로운 문자 메시지가 수신되었음을 알리는 초록색 불빛이 손바닥 안에서 조급하게 반짝거리고 있었다.

'오빠한테 뒤늦게 얘기 들었어요. 정말 너무 고마워요.'

발신인 칸에 찍혀 있는 것은 올케의 전화번호였다. 가지런한 이를 드러내고 웃으며 나를 아가씨라 부르곤 하던 그녀의 상냥한 목소리가 떠올랐다. 부정 출발을 했다가 제자리로 돌아오는 육상 선수처럼 허탈해하며 나는 폴더를 닫았다.

그래, 까짓것, 싼 방으로 이사 가면 된다. 방이야 얼마든지 있지 않겠는가. 그리고 겨우 1년이다. 오빠는 1년 이내에 돈을 갚겠다고 했다. 그 정도 버티는 것이야 일도 아니잖은가. 10년 세월도 금방 지나가는데.

결국 집주인에게 배려는 감사하지만 방을 빼야겠노라 통보했다. 그리고 돌아서면서 불현듯 깨달을 수 있었다. 나는 선택한 것이 아니었다. 선택된 것이었다. 그것은 그냥 결정되었다. 거기에는 다른 결정도 없고 다른 선택도 없었다.

그 이튿날부터 어림잡아 하루에 두세 명 정도가 방을 보러 왔다. 나는 집 근처 카페에서 소설을 쓰다가 방을 좀 보여달라는 부동산 중개인의 전화를 받으면 집으로 냅다 뛰었다. 카페에 노트북을 그대로 놔둔 채 자리를 비워도 아무도 안 훔쳐갈 것이 뻔했으므로 새 노트북 사는 것을 9년째 미뤄오길 잘했다는 생각도 했다. 나는 정말이지 참으로 긍정적인 인간이었다.

맨 처음 방을 보러 온 사람은 30대 여자 직장인이었다. 그녀는 방이며 욕실을 대충 둘러보는 시늉만 하더니 내게 물었다.

"낮에 햇볕 잘 들어와요?"

나는 창문이 북향으로 나 있어서 낮에도 불을 켜지 않으면 어두우며, 아마 그래서일 테지만 지금껏 살아서 이 방을 나간 화초가 하나도 없다고, 사실대로 이야기해주었다.

두번째로 온 이들은 신혼부부였다. 그들은 형광등을 껐다가 켜보고 창문을 열었다 닫아보고 욕실에 들어가 세면대 수도꼭지까지 틀었다 잠가본 후에 물었다.

"방음은 잘되는 편입니까?"

옆방에 사는 사람이 컴퓨터로 메신저에 접속할 때면 로그인 사운드를 또렷하게 들을 수 있다고 나는 이번에도 사실대로 고했다. 그러나 옆방 사람이 샤워할 때 샤워기를 벽에 거는 소리까지 들을 수 있다는 이야기는 쓸데없이 야릇한 오해를 살까 봐 하지 않았다.

세번째 방문객은 20대 남자 대학생이었다. 그는 집주인이 이 건물에 살고 있지 않으며 고로 세입자의 사생활을 간섭할 일도 전혀 없다는 사실을 확인하더니 만족스러운 표정을 지었다. 그리고 방을 나가기 직전에 깜빡 잊을 뻔했다는 듯 짧게 아 하고 외쳤다.

"여기 초고속 인터넷 깔려 있나요?"

나는 아무래도 이 건물은 아니고 옆 건물의 누군가가 무선 인터넷을 쓰는 것 같기는 한데, 낮에는 신호가 거의 안 잡히지만 자정부터 새벽 5시 사이에는 그럭저럭 잡히므로, 만약 그 시간대에 주로 활동한다면 공짜로 인터넷을 할 수 있을 것이라고 일러주었다. 내 대답에는 조금의 과장도 거짓도 없었다.

그들은 그렇게 왔다가 갔다. 이사 철도 아닌데 희한하게 방을 보러 오겠다는 사람은 끊이지 않았다. 따라서 나 또한 카페에서 소설 쓰다 말고 집으로 달려가는 일을 반복해야 했다. 소설에 집중하기가 어려운 것이 당연했다. 집에 있는 동안이라고 마음을 놓을 수 있는 것도 아니었다. 그들은 아침에 내가 늦잠을 자고 있을 때도 왔고 점심을 먹고 있는 도중에도 왔고 저녁에 샤워를 하고 있을 때도 왔다. 나는 아무것도 할 수가 없었다. 그들이 언제 올지 알 수 없었기 때문이다. 다만 그들이 무엇을 질문할 것인지는 짐작할 수 있었다.

"외풍이 있진 않나요?"

"수압은 괜찮습니까?"

"겨울에 가스비가 얼마나 나와요?"

나는 매번 있는 그대로 솔직하게 대답해주었다. 그러기를 사나흘쯤 했을까. 안 그래도 낯선 사람들을 상대하는 일에 슬슬 지쳐가던 차였다. 저녁 늦게 방을 보러 온 젊은 남자가 갑자기 걸려온 전화를 받느라 밖으로 나간 사이, 그와 함께 온 부동산 중개인이 문 쪽을 힐끔거리며 낮은 목소리로 나를 다그쳤다.

"도대체 방을 뺄 생각이 있는 거요, 없는 거요?"

그는 같은 말을 해도 아 다르고 어 다른 법이라고 했다. 나처럼 이 방에 하자가 있다는 것을 곧이곧대로 말하면 누가 입주하려 하겠냐는 것이었다. 사람이 살아가면서 물론 솔직한 게 제일 좋지만 경우에 따라 가끔은 거짓말도 좀 하고 그래야 사는 게 편해지고 서로 좋은 게 좋은 것 아니겠느냐는 그의 말에는 두서가 없었다. 그렇지만 악의도 없었다.

"이게 다 아가씨를 걱정해서 하는 소리예요."

오빠가 나에게 했던 말을 그도 똑같이 하고 있었다. 왜 다들 그렇게 나를 걱정하는 것일까. 그들에게 걱정을 끼치지 않으려면 나는 소설 쓰기를 포기해야 하고 방을 보러 온 사람들 앞에서 이 방의 문제점들을 은폐해야 했다. 그러나 그것이 과연 옳은 일인가. 내가 어떻게 하는 것이 좋을지 자연히 생각이 많아질 수밖에 없었다.

그것이 바로 어제의 일이었다.

보경과 나는 설문지가 수북이 쌓인 탁자를 사이에 두고 마주 앉아 편의점 샌드위치와 테이크아웃 커피로 점심을 때웠다. 오전에만 설문 40여 건을 해치웠으니 그만하면 중간 성적이 나쁘지 않은 셈이었다. 그럼에도 바지런한 보경은 쉬지 않았다.

"너는 이성을 볼 때 어디를 제일 먼저 봐?"

그녀는 커피를 홀짝거리며 남자 친구와 통화를 하고 있었다.

"1번 얼굴, 2번 몸매, 3번 성격, 4번……."

그에게 전화로 설문 조사를 하고 있는 것이었다. 이번 건은 항목별로 답을 체크한 후 마지막에 응답자의 전화번호만 기재하면 되는 양식이라 남이 대신 작성하는 것도 불가능하지는 않았다. 설문지 한 건당 따로 수당이 떨어지기 때문에 보경은 이런 식으로 가끔 제 지인들을 동원하고는 했다.

"데이트 비용은 어떻게 부담해? 1번 남자가 다 낸다, 2번……."

신생 결혼정보업체에서 실시하는 설문 조사였다. 그들의 진짜 목적은 설문 자체에 있는 것이 아니라 언론사에 그것의 결과를 보도해달라고 요청하는 방식으로 회사의 이름을 대중에게 노출하려는 데 있다고 봐야겠지만, 우리 아르바이트생들이야 시키는 대로 하고 돈만 받으면 그만이니 그런 데까지 신경 쓸 필요는 없었다.

이 일을 시작하고 나서 나는 수많은 질문들을 상대해왔다. 요즘 청소년의 독서 경향에 대해, 우리나라 커피전문점의 커피 가격에 대해, 분리수거의 실효성에 대해, 성범죄자의 적절한 처벌 방안에 대해, 시판되는 유기농 식품의 신뢰도에 대해, 독도 문제를 어떻게 생각하는지에 대해, 휴대폰 기기를 교체하는 이유에 대해, 그것들은 항목도 다양했고 목적도 다양했고 대상도 다양했다. 다양하지 않은 것은 아르바이트생에게 지급되는 건당 수당뿐이었다. 또한 질문들은 낮이 가면 밤이 오고 밀물이 들면 썰물이 지고 사람들이 서로 만나면 헤어지고 또 만나듯 끝없이 이어졌다. 앙케트 대행 회사가 망한다 해도, 내가 아르바이트를 그만둔다 해도, 세상의 질문들은 끝없이 생산되고 유포되고 소비될 것이었다. 내가 죽은 후에도 물론. 그런 생각이 가끔 나를 막막하게 하곤 했다.

"애인의 생일 선물 가격은 얼마가 적당한가? 이건 주관식이야."

나는 보경을 쳐다보았다. 그리고 얼른 탁자 위의 설문지를 살폈다. 내 기억대로 거기에 주관식 항목은 없었다. 보경의 질문 자체가 아예 없는 것이었다. 그녀는 내 의아한 시선에도 아랑곳하지 않고 질문을 이어갔다. 그러면서 뭐가 그리 우스운지 이따금 손으로 제 입을 가리고 웃었다.
"뭐가 그렇게 물어볼 게 많아?"
그러고 보니 내가 생각이 많다면 보경은 질문이 많았다.
"왜? 난 누가 나한테 뭐 물어보면 기분 좋던데. 언닌 안 그래?"
전화를 끊은 후에도 그녀의 왼쪽 뺨에는 여전히 보조개가 파여 있었다.
"글쎄, 그런가. 난 잘 모르겠는데."
"뭘 물어본다는 건 그만큼 나한테 관심이 있다는 거잖아."
그래서 보경은 저부터 관심이 가는 사람이 있으면 항상 먼저 말을 건다고 했다. 사람은 누구나 자신에게 뭔가를 물어봐주고 말을 걸어주는 이를 좋아한다, 그가 자신에게 관심을 갖고 있다고 생각하게 되기 때문이다. 그래서 응당 고마움을 느끼게 되고 친절하게 대답하게 된다. 그러면 처음에 말을 걸었던 이는 자신의 시도가 성공했다는 사실에 용기를 얻게 되고 남에게 점점 더 잘 물어보게 된다. 당연히 점점 더 많은 사람들의 호감을 사게 된다, 이것이 그녀의 주장이었다. 말하자면 일종의 선순환이라고 할까.
듣고 보니 그럴듯했다. 그렇다면 나는 어떤가. 내가 남에게 뭔가를 먼저 물어본 적이 있던가. 아니, 내게도 먼저 뭔가를 물어봐준 사람이 있었나. 기억을 더듬어보고 있는데 휴대폰 벨이 울렸다. 부동산에서 온 전화였다. 방을 보고 싶어 하는 사람이 있다는 것이었다.

"죄송하지만 제가 지금 밖이라서 방을 보여드릴 수가 없어요."

"아이고, 그럼 집주인한테 열쇠를 맡겨놓고 나갔어야지."

중개인은 혀를 차더니 다시 한 번 내게 방을 뺄 생각이 있기는 있느냐고 물었다. 나는 결국 그에게 현관문 디지털 도어록의 비밀번호를 알려주었다. 어쩌면 방의 하자를 시시콜콜 고하는 내가 없는 편이 방을 빼는 데 더 도움이 될지도 모르는 일이었다. 곧이어 오빠에게서도 전화가 왔다. 그는 내가 집주인에게 보증금을 돌려받았는지 알고 싶어 했다.

"아직 못 받았어. 방이 안 나갔거든."

"그럼 언제쯤 받을 수 있을까? 내가 좀 급해서 말이야."

나는 종이컵 속의 식은 커피를 마저 들이켰다. 사람들은 내게 무엇인가를 묻고 있었으나 기실 그것들은 질문이라기보다 명령이나 권유에 가까웠다. 컵 바닥에 채 녹지 않은 설탕이 남아 있었나. 마지막 커피 한 모금이 몹시 달았다.

긴 오후였다. 보경은 오전보다 더욱 적극적으로 사람들을 불러 모았다. 나 역시 그들에게 설문 작성 요령을 설명해주고 수건을 나눠 주느라 분주했다. 탁자에 엉거주춤 엎드려서 설문지를 들여다보는 사람들의 머리 위로 헌혈 버스 앞 대한적십자사에서 파견

나온 여자들이 외치는 '헌혈하고 가세요' 소리가 어지럽게 떠돌다 흩어졌다. KFC 건물 앞에서 기타 치며 노래를 부르던 금발 청년은 오늘의 공연 일정을 끝냈는지 모자를 들고 청중 사이를 누비던 다른 금발 동료와 함께 앰프며 스피커 등을 정리하고 있었다. 그들이 영어로 소리 지르듯 주고받는 대화 속에서 나는 용케 'too late' 한마디를 알아들었다. 너무 늦었다니, 무엇이 너무 늦었다는 것일까.

사람들은 금세 설문을 마쳤고 금세 자리를 떴다. 질문 20항목의 답을 표기하는 데 평균 5~6분밖에 걸리지 않았다. 문제가 모두 객관식이었으니까. 그리고 자기 자신에 대한 질문이 아니었으니까. 다시 말해 심사숙고하거나 정성을 기울일 필요 없이 그저 세숫수건 한 장만큼의 성의만 보이면 되는 일이었으니까 말이다.

아침부터 주차장 길 입구에서 주홍색 핫팬츠 차림으로 혼자 피켓을 들고 서 있던 여자는 어디로 갔는지 보이지 않았다. 나는 아직도 끝내 지 못한 나의 소설을 생각했다. 주인공을 죽일지 살릴지 결정하고 나면 나머지는 일사천리로 진행되리라 믿었는데 실상은 그렇지가 않았다. 방을 내놓은 후로 더 이상의 진척이 없었던 것이다. 썼다 지웠다 반복하고 나면 늘 제자리였다. 따라서 일찍이 죽이기로 마음먹었던 주인공도 아직 살아 있는 상태였다.

쓰다 만 소설의 마지막 페이지에서 주인공은 고민하고 있었다. 죽을 것인가, 말 것인가. 그는 고민 끝에 자신이 죽어야 할 이유와 살아야 할 이유를 각각 종이에 적어보았다. 그 과정을 통해 그가 깨달은 사실은 딱히 죽어야 할 이유도 없고 마땅히 살아야 할 이유도 없다는 것이었다. 주인공은 서른 살이었다. 서른 해 이후의 생사를 결정적으로 결정할 만큼의 절대적이고도 필연적인 이유가 없다는 것에 그는 충격을 받았다. 거기에서 소설은 멈춰 있었다.

 이 소심하고 나약한 인물을 어떻게 처치하는 것이 좋을까. 다섯 리 안개 속에 갇혀 있는 것 같은 소설의 결말을 떠올리자 나는 마음이 착잡해지면서 6천 마디 힘줄이 다 느슨해지는 기분이었다. 하기야 남의 인생을 결정하는 일이 그렇게 호락호락할 리가 없었다.

 부동산 중개인에게 다시 전화가 걸려온 것은 내가 일없이 주홍색 핫팬츠 여자의 행방이 궁금하여 목을 빼고 주차장 길 쪽을 기웃거릴 때였다. 중개인은 내가 가르쳐준 방법대로 도어록을 조작해보았지만 문이 열리지 않는다고 했다.

 "우물 정 다음에 공이일일 그리고 다시 우물 정 누르면 돼요."

 "숫자 맞게 누르셨어요? 공이일일, 영둘하나하나."

 "네? 그럴 리가요. 처음부터 다시 해보세요, 우물 정부터."

 매일 한집에서 얼굴 맞대고 사는 현관문조차 나를 도와주지 않으니 오늘도 방이 나가기는 글렀구나 싶었다. 사실 방이 덜컥 나간다고 해도 문제였다. 그때부터는 당장 내가 앞으로 살 방을 구해야 했기 때문이다. 그것도 보증금 없이 월세만으로 들어갈 수 있는, 그러니까 사글셋방을 말이다. 오빠가 1년 이내에 돈을 갚겠다고 했지만 1년이란 상황에 따라 '겨우'와도 어울리고 '무려'와도 어울릴 수 있는 시간이 아닌가.

불현듯 내가 지금 서울 땅에서 뭘 하고 있는 것일까 하는 생각이 들었다. 나는 지금 어디로 흘러가는 것일까. 이렇게 살아도 괜찮은 걸까. 생각해보면 죽어야 할지 말아야 할지 갈팡질팡하고 있는 내 소설 속의 주인공이나 나나 별다를 것이 없었다. 어쨌거나 나 역시 아직 살아 있다는 점에서도. 해가 이울어가는데 답란이 비어 있는 설문지는 여전히 탁자 위에 높다랗게 쌓여 있었다. 수건들이 든 상자를 정리하기 위해 돌아섰을 때 나는 등잔 밑이 어둡다더니 마침내 주홍색 핫팬츠 여자가 바로 맞은편 파리바게트의 노천 탁자 앞에 앉아 있는 것을 발견했다. 일을 끝냈는지 혹은 다른 사람과 교대한 것인지 이제 그녀의 손에는 피켓이 들려 있지 않았다. 그 물음표, 무엇에 대한 물음표였는지 묻고 싶었는데.

"설문 조사 참여하시고 선물 받아 가세요!"

그렇게 외친 것은 나였다. 의자에 앉아 잠시 쉬고 있던 보경이 나를 향해 웃어 보였다. 그리고 이내 자리에서 일어나더니 맥없는 내 목소리에 슬며시 씩씩한 제 목소리를 보탰다. 주홍색 핫팬츠 여자가 우리 쪽으로 고개를 돌렸다. 짐작했던 것보다 훨씬 어려 보이는 얼굴이었다. 순간 뜬금없이 나는 내 소설의 주인공을 살려두는 게 낫겠다고 마음을 고쳐먹었다. 도대체 앞으로 얼마나 더 갈팡질팡할 것인지 좀 더 지켜보아도 되지 않을까 싶었던 것이다. 그는 서른 살이었다. 서른이란 상황에 따라 '무려'와도 어울리지만 '겨우'와도 어울릴 수 있는 나이 아닌가. 딱히 죽어야 할 이유가 없다고 살기에는 늦은 나이가 아니지만 마땅히 살아야 할 이유가 없다고 죽기에는 이른 나이였다. 물론 그런 일에 적당한 나이가 따로 있다고 할 수는 없겠지만.

  주인공을 살리기로 마음을 바꾸고 나니 나는 갑자기 사기가 충천해졌다. 이번에는 정말로 결말이 술술 잘 풀릴 것 같았다. 어서 책상 앞에 앉아 노트북 자판에 열 손가락을 올려놓고 싶었다. 그리고 주인공에게 무엇이든 묻고 싶었다. 다만 묻고 싶기는 하되 무엇을 묻고 싶은지 알 수가 없다는 것, 그것이 문제였다.

더 나쁜 쪽으로

안다. 충분히 안다. 아마도 그 점에서 나는 실패했다. 나는 내가 가진 조건에서 벗어날 생각이 없다. 아무것도 스스로 끝장낼 생각이 없다. 단지 냉소한다. 내가 가진 그리고 가지지 못한 모든 것을 냉소한다. 하지만 도대체 냉소하지 않을 것이 남아 있는가? 세계는 오직 우스운 것으로 가득하고 그래서 모두가 혐오와 냉소의 전문가가 되어버렸다. 차마 비난하지도 못한 채 그저 비웃을 뿐이다. 대체 어디로 가야 하는가.

김사과

김사과
1984년 서울에서 태어났다. 한국예술종합학교 서사창작과를 졸업했다. 2005년 창비신인소설상에 단편소설 〈영이〉로 등단했다. 소설집 《영이 02》, 장편소설 《미나》, 《풀이 눕는다》, 《나b책》, 《테러의 시》가 있다.

꿈에서 나는 커다란 새장 안에 들어 있었다. 새장은 뾰족한 탑의 꼭대기에 아슬아슬하게 걸쳐 있었고 거리가 내려다보였다. 거리는 회색의, 평범하고 밋밋한 것이었다. 바람이 불 때마다 새장이 흔들렸다. 하지만 새장은 떨어질 듯 떨어지지 않았다. 거리에선 많지 않은 사람들이 느릿느릿 걸었다. 모두가 한 방향으로 움직이고 있었고, 그 끝은 안개로 뒤덮여 있었다. 다음 장면에서 시간은 밤으로 바뀌었고 나는 거리로 내려와 있었다. 처음 가본 곳이었는데 이상하게도 낯이 익었다. 거리의 색, 냄새, 소리, 거리를 덮은 어둠, 그리고 그 어둠 속을 가득 채운 사람들, 그들의 얼굴, 표정, 몸짓, 눈빛, 입술, 혀, 그리고 혀끝으로 떨어지는 말까지도 낯이 익었다. 말은 실제로 혀끝으로 떨어지고 있었다. 어, 나는 떨어지는 말을 볼 수 있었다. 사람들의 혀끝에서 떨어진 말이 천천히 거리 위로 차오르는 것이 보였다. 사람들의 발에 채고 또 채는 수많은 말들이 보였다. 말은 사람들의 혀끝에서뿐 아니라 하늘에서도 떨어지고 있었다. 수많은 말이 사람들의 어깨 위로 천천히 내려앉고 있었다. 그것은 새벽의 눈보라처럼 아름다웠다. 나는 사로잡힌 채 멍하니 그 장면을, 그 말들을, 사람들을 바라보았다.

잠에서 깨어난 뒤에도 한참 동안 나는 꿈에 사로잡혀 있었다. 꿈의 마지막 장면이 눈앞에 펼쳐진 채로 사라지지 않았다. 겨우 일어나 커튼을 젖히고 창문을 열었다. 햇살과 신선한 바람이 쏟아져 들어왔다. 그리고 거리가 보였다.

요즘 나는 거리에 대해서 생각하고 있다. 내가 거리에 대해서 생각하는 이유를 생각하고 있다. 내가 거리에 사로잡힌 이유에 대해 생각하고 있다. 아마도 그건 지난 몇 년 동안의 나의 삶이 하나의 거리로 요약된다는 것을 깨달았기 때문이다. 난 언제나 떠났다. 쉽게 떠났다. 아니 그렇다고 생각했다. 하지만 내가 한 것은 단지 한 발자국 옆으로 움직인 것에 불과했다. 거리에서 내가 본 것은 거리를 가득 채운 수많은 사람들과 상점들, 간판들과, 또 다른 상점들과 상점들을 채운 사람들과, 간판들, 다시 사람들, 상점들, 상점들 앞에 늘어선 사람들과 그들을 소유한 건물들과 자동차와 늘어선 쇼핑백과, 축제라는 이름의 상점과 여름이라는 이름의 소비와 음악이라는 이름의 마취제와…… 그게 다. 내가 본 모든 것은 천 원짜리 여행 엽서 안에 구겨 넣을 수 있는 정도다. 그곳에서 내가 누구를 만났건, 무엇을 했건, 어디를 향해 걸었건, 무엇을 말했건, 무엇에 매혹되어 멈춰 섰건 상관없이 결국 그 모든 것은 단 하나의 평범하고 밋밋한 회색의 거리로 요약되어버렸고, 어, 그게 다다. 그게 전부다.

  나는 아침을 먹고 집에서 나왔다. 문을 열자 햇살이, 건조한 열기가 덮쳤다. 나는 망설이지 않고 똑바로 걸었다. 역에 가야 했다. 그런데 나는 역으로 가는 길을 몰랐다. 지도조차 없었다. 난 표지판을 보지도 않았다. 사람들에게 길을 묻지도 않았다. 아니 묻지 못했다. 나는 내가 가야 하는 역의 이름조차 모르고 있었다. 나는 길을 잃고 싶었던 것 같다. 어, 길을 잃고 싶었다. 길을 잃기 위해서라면 뭐라도 할 생각이었다. 말 그대로. 길의 끝에 닿고 싶었다. 도시의 끝에 닿고 싶었다. 그것을 넘어서고 싶었다. 하지만 벗어나는 것은 불가능해 보였다. 그래서 나는 애써 잊었다. 그 거리가 속한 도시를, 그 도시가 속한 나라를 애써 모른 척했다. 나는 아무것도, 심지어 나 자신조차 상관하지 않으려 애썼다. 하지만 내 노력과 상관없이 여전히 나는 그 모든 것 안에 들어 있었다. 나는 하나의 거리 안에, 하나의 도시 안에, 하나의 나라 안에, 무엇보다 나 자신에 속해 있었다. 나는 아무것도 넘어서지 못했고, 결국 아무 데도 닿지 못했다. 나는 지도를 버렸지만 여전히 지도 안에 들어 있었다. 그리고 그 안에는 나와 같은, 떠나려 했지만 떠나지 못한 사람들로 가득 메워져 있었다. 나는 그들을, 아니 우리들을, 활기 넘치는 우리들의 거리를 바라보았다. 노천카페로 가득한, 늘어선 대형 텔레비전 앞 선글라스를 쓴 관광객들이 둥글게 모여 앉은 그 거리를 바라보았다. 텔레비전에서 축구 경기가 방송되고 있었다. 푸른 잔디 위를 땀에 흠뻑 젖은 남자들이 달려 나갔다. 나는 더위와 갈증을 느꼈다. 노천카페의 의자와 탁자는 모두 같은 재질이었다. 탁자 위에 놓인 설탕 병의 뚜껑은 모두 같은 색이었다. 늘어선 대형 텔레비전은 모두 같은 상표였다. 사람들은 모두 부서질 듯 옅은 레몬빛의 금발 위에 같은 디자인의 선글라스를 얹고 같은 맥주를 마시며 같은 주근깨 가득한 창백한 피부 위로 쏟아져 내리던 늦은 오후의 바짝 마른 햇살 속을 나는 걷고 있었다. 졸음 때문인지 현기증 때문인지 어지러웠다. 발에 닿는 길의 감각이 점차 사라졌다. 조금씩 거리가 꿈처럼 변해가는 동안 나는 필사적으로 거리에 대해서, 내가 속한 그 거리에 대해서 생각하기 시작했다. 한 번도 떠나본 적이 없는 그 거리에 대해서.

그 거리, 패션을 의식하는 젊은이들의 거리, 부유한 노인들의 휴가를 위한 부티크 호텔과 오래된 극장의 거리, 세련된 아시아식당들의 거리, 흥겨운 맥주바의 거리, 어디서나 외국어가 들려오는 거리, 예술가인 여행자와 여행자인 예술가의 거리, 소규모 언더그라운드 갤러리들의 거리, 천장이 높은 흰 아파트의 거리, 와인과 사교의 거리, 이민자가 운영하는 이십사 시간 슈퍼마켓의 거리,

아이폰과 아메리칸 어패럴의 거리, 유기농 슈퍼마켓의 거리, 도쿄와 런던과 캘리포니아가 뒤섞이는 거리, 정부와 기업과 광고회사의 사랑을 받는 거리, 다시 말해 우리 모두가 사랑하는 그 거리의 끝에서 갑자기 역이 나타났을 때 거리가 나를 향해 말했다. 내가 바로 거리다. 여기가 세계의 중심이다. 나는 놀라 멈춰 섰고, 다시 바라본 거리 위로 천천히 말들이 내려앉기 시작했다. 건물과 건물, 사람들과 사람들, 천천히 움직이는 차와 커다란 개 사이로 말들이 천천히 쏟아져 내리기 시작했다. 이미 바닥에 쌓인 말들은 사람들의 발에 채여 구르고 밟히고 찢기고 있었다. 나는 눈앞에 펼쳐진 장면에 완전히 사로잡힌 채로 굳어버렸다. 한참을 그렇게 가만히 서 있다가 정신을 잃기 직전 나는 겨우 중얼거렸다. 저 말들을 손에 쥐지 않겠다. 차라리 이 거리 속으로 쏟아지는 저 말들과 함께 꺼져버리겠다. 오후 네 시 반 사람들로 붐비는 거리 한복판 더위와 갈증 속에서 예기치 않게 쏟아져 내리는 저 말들을 무시해야 한다. 눈앞에서 오래된 역이 무너져 내려서는 안 된다. 거리가 나를 향해 소리쳐서는 안 된다. 단어들이 짓밟히고 피를 흘려서는 안 된다. 그러니까 눈앞에 보이는 이 정신 나간 거리를 통째로 뜯어내어 문장 속에 구겨 넣고 싶다는 욕망은 금지되어야 한다. 감정은 불에 태워 강에 흘려보내야 한다. 타고 남은 잿더미 속에서 몇 개의 문장이 주의 깊게 선택되어야 한다. 그러니까 나는 지금 내 앞에서 무너져 내리는 저 거리와 저 거리를 가득 메운 사람들의 비극을 무시해야 한다.

* * *

　새벽 두 시 거리는 인적이 끊겼다. 크고 검은 새가 반대편 인도 끝에 내려앉는다. 새는 주위를 살피다가 차도로 가볍게 뛰어내려 거리를 가로지른다. 나는 홀린 듯 새를 향해 다가간다. 새가 날아오른다. 마치 꿈과 같이. 나는 중얼거린다. 마치 꿈과 같이. 새의 날개가 어둠에 섞여 보이지 않게 될 때까지 나는 그것을 바라본다. 모자를 쓰고 다시 출발한다. 골목에서 에이치엔엠과 자라를 걸친 여자애들이 웃으며 몰려나온다. 그들은 거리의 끝 한 건물 앞에 멈춰 서더니 주머니에서 꺼낸 전화기로 사진을 몇 장 찍은 다음 지하로 내려간다. 나는 그 건물을 지나쳐 방향을 바꾼다. 다시 길의 끝에서 터키인이 운영하는 간이식당을 발견한다. 문을 열자 붉은 플라스틱 탁자를 사이에 두고 두 명의 외국인이 마주 앉은 채로 졸고 있는 것이 보인다. 탁자 위에는 빈 맥주병 두 개와 잘게 썬 양배추 조각이 흩어져 있다. 나는 케밥을 주문하고 벽에 기대선다. 맞은편 거울에 내 얼굴이 비친다. 거울에 비친 내 목이 추워 보인다.
　한 손에 케밥을 들고 다른 손을 들어 택시를 잡는다. 기사에게 거리의 이름을 말한다. 택시가 출발한다. 기사가 라디오의 채널을 바꾼다. 순간 한 노래가 찢기듯 스친다. 그 노래를 들어본 적이 있다. 어, 그 노래를 안다.

 입구에서 손목에 도장을 찍고 재킷을 벗어 번호표와 교환한다. 번호표를 주머니에 넣고 몇 개의 문을 지나면 사람들로 빽빽한 천장이 높은 홀이 나타난다. 그곳은 수백 년 전 왕이 여름휴가를 보내기 위해 지어진 작은 성이었다가 왕정이 몰락하고 수립된 민주정부 시절 잠깐 시의회로 쓰였으며 이후 길게 이어진 독재정권 시절 감옥으로 쓰였으며 독재정권의 몰락 후 아나키스트와 히피들에게 점거되어 언더그라운드 클럽으로 쓰이다가 삼 년 전 한 맥주회사가 사들여 내부를 수리한 뒤 콘서트홀로 쓰이고 있다. 사람들 틈으로 발을 내딛자마자 귀를 두드리는 무거운 베이스와 눈이 멀듯 쉴 새 없이 밝은 빛을 흩뿌려대는 조명 속에서 나는 생각을 멈춘다. 앞을 보면 믹서를 향해 몸을 살짝 굽힌 채 몸을 흔드는 그가 보인다. 십오 년 전 사람들은 나른한 비트 위에 얹어진 현대사회에 대한 모호한 적의와 혐오를 담은 그의 노래에 열광했다. 인기를 얻은 그는 곧 마약과 여자와 관련된 스캔들로 슈퍼마켓 가판대의 가십 잡지를 채우기 시작했다. 그는 곧 스타가 되었고 고향을 떠나 진짜 스타라는 단어가 어울리는 미국으로 갔다. 그곳에서 그는 진짜 스타가 되었고 영화에 나왔고 주말 토크쇼에 출연했고 피플지에 등장했고 약간의 매너리즘에 빠졌고 그의 불길한 리듬 위에서 근사한 목소리로 흥얼거렸던 어린 연인과 헤어졌으며 하지만 여전히 잊을 때가 되면 새 앨범이 나오고 물론 유행에 민감한 어린애들은 그를 잊었지만 그래도 여전히 그의 공연은 매진이 되고 오늘도 그를 보기 위해 온 사람들로 꽉 채워진 오래된 성안에서 믹서를 향해 몸을 굽힌 그를 이제는 더 이상 젊지 않은 그를 더 이상 위험해 보이지 않는 그를 나는 바라본다.

 늦은 밤 오직 돌로 된 건물에서 뿜어져 나오는 냉기와 뒤엉킨 습도 높은 열기를 느끼며 나는 멍하니 서 있다. 그의 뒤로 펼쳐진 스크린에는 혐오스러운 온갖 이미지들이 펼쳐지고 겹쳐지고 반복된다. 진통제처럼 천천히 몸을 마비시키는 비트와 실패한 전쟁을 시적으로 야유하는 속삭임이 귀를 파고든다. 그것은 마취제를 살짝 적신 솜처럼 차갑고 또 부드럽다. 크게 벌어진 내 눈은 눈앞에 펼쳐진 광경의 채 십 퍼센트도 받아들이지 못한 채 점차 멀어져 가는 느낌이다. 미처 귓속으로 파고들지 못한 소리들이 목덜미를 타고 흘러내린다. 반쯤은 마비되었고 반쯤은 미쳐버린 느낌이다. 하지만 주위를 돌아보면 다들 나보다 훨씬 더 멀리 가 있는 듯하다. 노래가 천천히 절정을 향해 나아가고 나는 내가 그 노래에 열광하던 때를 떠올린다. 그때 나는 그 노래가 너무 좋아서 그 노래를 한 음절씩 잘라서 귀에 걸고 다니고 싶다고 생각했다. 가사를 오려내어 옷으로 만들어 입고 다니고 싶다고 생각했다. 그리고 지금 나는 옷과 귀고리 대신 이 시간을 샀다. 간간이 맥주병이 떨어져 깨지는 소리가 들리고 아주 멀리 간 여자가 기쁨 속에서 울부짖는다. 각자의 담배 연기가 머리 위에서 뒤섞이고 내 옆에 선 남자가 주머니에서 알약을 꺼내 입에 넣는다. 아주 잠깐 입술 끝으로 밀려 나왔던 그의 빨간 혀가 오랫동안 눈앞을 떠다닌다. 그리고 바로 이 순간. 폭탄이 스크린 가득 개미 떼처럼 흩어지고 나는 눈을 감는다. 지옥은 골목마다 가득 차 있으며 사랑이 너의 목을 조르고 최신식 폭탄이 오래된 마을을 향해 낙하한다. 다시 눈을 뜨면 지금 여기 우리는 땀에 절어 천국 안에 있으며, 그 안에서, 눈과 귀가 먼 우리들만의 천국 안에서, 우리는 거리를 가득 채운 지옥을 잊는다. 좀 더 완벽하게 잊기 위해, 우리는 주말에 인도로 떠날 수 있다. 멕시코를 경유하여 쿠바에 도착할 수 있다. 이십사 시간 멈추지 않는 히피들의 천국으로 갈 수 있다. 물론 결국 아무 데도 도착하지 못할 테지만. 우리는 여전히 이 거리, 이 꽉 찬 동시에 텅 비어버린 거리를 벗어나지 못할 테지만. 어느 날 그 거리 속에서 내 손에는 커다란 쇼핑백이 들려 있고 사람들은 세일을 시작한 상점을 향해 돌진하기 시작한다. 쇼윈도가 나를 향해 소리친다. 너는 여기를 벗어날 수 없어! 나는 쇼윈도를 향해 소리친다. 하지만 나는 너를 알아! 고개를 들어 천장을 보면 한 손에 십자가를 한 손에는 교회를 든 금발의 성녀가 미소 짓고 있다. 발목까지 닿은 굽이치는 황금빛 머리카락, 장밋빛 뺨과 얇고 붉은 입술의 그녀가 우리를 향해 웃는다. 아주 오래된 천국 속에서 그녀가 우리들의 최신식 천국을 내려다보며 웃는다. 냉기와 열기가 적절한 비율로 섞여 있는, 왕과 독재자와 민주주의와 아나키스트와 히피와 맥주회사를 차례로 주인으로 둔 중부 유럽의 변두리 한 작고 아름다운 성에 나는 지금 속해 있다. 스크린 가득 낙하하는 폭탄들이 사라진 자리를 기후 변화로 인한 멸종 위기에 처한 북극의 곰들이 채운다. 바로 그 순간, 그 탐스러운 하얀 털에 뒤덮인 크고 사랑스러운 동물이 화면을 가득 채우는 순간, 그 이미지가 한숨과 같이 울려 퍼지는 여자의 목소리와 변칙적인 드럼 루프와 뒤섞이는 순간, 그것이 너무나도 아름다워 당장이라도 숨을 멈추고 싶다는 생각이 드는 순간, 먹이를 구하지 못해 아사하는 북극곰들의 희고 깨끗한 죽음이 극도로 세련된 방식으로 내 눈앞에 전시되는 순간, 바로 그 순간 나는 내 삶이 완전히 잘못되었다는, 아주 빌어먹게도 잘못되었다는 느낌에 사로잡힌다. 그 느낌, 내가 아주 잘못된 장소에서 아주 잘못된 짓을 하고 있다는 그 느낌은 너무나도 치명적이어서 나는 그저 가만히 서 있는 것밖에 할 수 있는 것이 없다. 비웃거나 비난할 힘도, 농담하거나 화를 낼 자격도 나에겐 없다고 느껴진다. 왜냐하면 나 또한 저 노래의 일부이므로 저 아름다운 죽음의, 그리고 이 성의 일부이므로 나는 내 의지로 이곳에 왔으며 울려 퍼지는 너무나도 익숙한 이 노래 속에서 나는 숨을 곳이 없다. 금발의 성녀는 여전히 나를 내려다보며 웃는다. 나는 숨을 곳이 없다. 나는 숨을 곳이 없다. 나는 숨을 곳이 없다. 그러나 이런 절망적인 느낌 속에서도 노래는 여전히 아름다우며 그 아름다운 노래가 아름다운 손을 뻗어 내 몸을 샅샅이 훑고 나는 몇 번이나 다시 몇 번이나 내 목을 조르고 싶을 정도로 행복하다. 주위의 모든 사람들에게 사랑한다고 속삭이고 싶을 정도로 나는 지금 행복하다. 높이 뻗은 손을 누군가 움켜잡는다. 돌아보면 한 남자가 입에 넣고 빨던 붉은 캔디를 꺼내 나를 향해 내민다. 그 캔디에는 퍽 미라고 쓰여 있다. 그가 입고 있는 티셔츠에는 아이 캔 낫 웨잇이라고 쓰여 있다. 퍽 미, 아이 캔 낫 웨잇, 나는 중얼거린다. 그가 웃는다. 나는 중얼거린다. 퍽 미, 아이 캔 낫 웨잇, 퍽 미, 아이 캔 낫 웨잇, 퍽 미, 아이 캔 낫 웨잇, 퍽 미, 아이 캔…….

택시가 멈춘다. 기사가 나를 부른다. 나는 꿈에서 깨어나 창밖을 본다. 거리는 텅 비어 있다. 아, 이 거리, 나는 이 거리를 안다. 나는 택시에서 내려 걷기 시작한다.

* * *

오늘은 그의 생일이다. 그, 나의 연인, 무엇보다 나는 그를 혐오한다. 매일 눈을 뜰 때마다, 그를 떠올릴 때마다, 숨을 쉬는 것보다 더 자주 그를 떠올릴 때마다, 그보다 혐오스러운 인간을 만나본 적이 없다는 생각이 든다. 심지어 그는 매일 좀 더 혐오스러워지는 것 같다. 나는 지금 과장하고 있지 않다. 그는 역겨운 인간이다. 그리고 그런 그를 나는 사랑한다. 나는 그를 혐오하며 동시에 사랑한다. 왜 나는 오직 혐오하거나 오직 사랑하지 못하나. 왜 나는 단순하고 아름다운 감정을 가질 수가 없나. 아마도 지금 내게 필요한 건 믿음이다. 생각하는 것을 멈추고, 말을 멈추고, 쓰기를 멈추고…… 하지만 무언가를 믿기에 나는 지나치게 병적이고 자주 혼란에 빠지며 너무나도 얄팍하고 가벼운데다가…… 무엇보다 나 자신을 믿을 수 없다. 어쩌면 그게 내가 세상에서 가장 혐오스러운 인간을 사랑하게 된 이유다. 아니 그것뿐인가? 오직 그것뿐인가? 그를 만나면 만날수록 그를 닮아가고 있다는 느낌이 든다. 그건 정말 더러운 느낌이다. 왜 나는 그와 같은 혐오스러운 인간을 사랑하는가?

늦은 밤 잠에 취한 거리가 그처럼 추하다. 순간 거리의 추한 어둠이 나를 돌아보며 웃는다.

나는 혼란에 빠져 멈춰 선다. 한 손에 전화기를 꼭 쥔 채로. 그는 여전히 연락이 없다. 그는 어디에 있나? 잠이 들었나? 파티는 끝났나? 파티가 끝나고 나보다 어린 여자와 침대에 누워 있나? 왜 그는 내 전화를 받지 않나? 왜? 이렇게 나는 그에게, 그의 거리에서, 그를 향해 걷고 있는데? 그렇다. 이 거리는 그의 거리다. 십칠 년 동안 그는 이 거리에 있었다. 그는 이 거리의 모든 사람들을 알고 이 거리에서 일어난 모든 일을 했고 마침내 이 거리의 전문가가 되었다. 멀지 않아 그는 이 거리의 대가로 칭송될 것이다. 아니 이미 그렇다. 그러니까 고작 삼 년 전 이 거리에 온 나를 그가 무시하는 건 당연하다. 내가 이 거리에 대해서 한마디라도 하려 하면 그는 즉시 내 말을 가로막고 천구백구십삼년 당시 이 거리가 어떠했는가 그때 이 거리에서 어떤 음악이 어떤 시가 어떤 그림이 어떤 사랑이 탄생했는지에 대해서 말하기 시작한다. 어떤 클럽과 어떤 갤러리가 그때 처음 이 거리에 문을 열었는지, 천구백구십오년 겨울 술에 취한 펑크들이 토한 담벼락의 위치와 그 담벼락에 얽힌 몇 가지 전설에 대해서 처음 만난 날 그는 랩이라도 하듯이 지껄였고 나는 그것에 반했다. 나는 그가 뱉어낸 말들에 정신이 나갔다. 그가 말하는 모든 것은 내가 차마 만져서는 안 되는, 박물관에 놓인 오래된 돌항아리처럼 가치 있어 보였다. 그러니까 그는 바로 그 오래된 돌항아리의 세계, 가치 있는, 그러나 이미 끝나버린 역사의 영역에 속해 있었던 것이다. 그러니 그는 아직 살아 있지만 이미 오래전에 죽어버린 하나의 완결된 역사의 한 조각이 되어버린 채로 그런 역사의 한 조각이라면 마땅히 그래야 할 것처럼 경멸하듯 나를 내려다보았고 나는 즉시 역겨움을 느끼며 그에게 반했다. 그때 우리는 이미 완전히 취해 있었다. 우리는 소주를 마셨다. 그리고 고기를 먹었고, 다시 소주를 마셨다. 우리는 고기를 구웠고, 소주를 마셨고, 남은 고기를 다 먹어치우고 그리고 그의 집에 가서 섹스했다 우리의 머리카락에서는 고기 냄새가 났다. 우리들은 고기 타는 냄새를 풍기며 섹스했다.

그를 만난 뒤로 이 거리에 올 때마다 이 거리 전체가 그가 되어

나를 비웃고 있다는 느낌을 받는다. 특히 이 거리의 오래된 이야기를 전해 들을 때마다 왠지 나 자신이 바로 이 거리를 망쳐놓은 저 커다란 스타벅스와 자라가 된 것만 같다. 하지만, 그렇다면, 그는 어떤가? 그 또한 이 거리를 망쳐놓은, 단지 나보다 좀 더 일찍 이 거리를 망쳐놓기 시작한, 또 하나의 재수 없는 어린애가 아니었나? 내가 처음 왔을 때 이 거리에는 정말이지 아무것도 없었지. 그는 자주 그렇게 말했다. 술에 취했을 때나 취하지 않았을 때나 커피를 마실 때 혹은 섹스를 하다 말고 혹은 화를 내며 그는 거듭 그 점을 강조했다. 여기엔 아무것도, 아무것도 없었다는 점을 말이다. 그리고 그 말을 들을 때마다 나는 아메리카 대륙을 주인 없는 황무지로 묘사했던 미국으로 건너온 최초의 이민자들을 떠올리게 된다. 낯선 땅에 도착한 그들의 눈에 원주민들은 투명해 보였던 것이다. 보이지 않았던 것이다. 그러니까 너의 그 자랑스러운 첫 사진과 첫 클럽과 첫 펑크의 전에 이 거리에는 누가 있었지? 그들에 대해서는 누가 기억하지? 누가 그것에 대해서 말하지?

  새로운 거리에 도착한 새로운 아이였던 그는 이 거리를 사진 찍었고 이 거리를 노래했고 이 거리에서 토했고 이 거리에서 잤고 그 이야기들을 모아 이 거리에 대한 책을 냈고 이 거리에 술집을 열기도 했으며 그의 모든 친구와 선생과 여자들이 바로 이 거리에 있다. 하지만 그전에는? 그는 그딴 것에 관심이 없다. 그에게는 오직 그 후, 발견된 신대륙으로서의 이 거리가 중요했을 뿐이다. 그에게는 오직 그 십칠 년, 그가 이곳에서 보낸 십칠 년이 있다. 그는 한때 무서운 어린애였으나 이제는 배가 나온 지방 유지 행세를 하는 데 만족하고 있을 뿐이다. 지난 십칠 년간 그가 이곳에서 한 일은 그보다 나이 든 사람들을 조롱하고 젊음을 팔아먹으며 문화적이고 창의적인—다시 말해 값싸고 예쁜 새로운 시장 하나를 창출하는 데 기여한 것뿐이다.

잠들지 못하는 밤 나는 매초 그를 비난한다. 어쩌면 나는 그에 대한 비난만으로 백과사전을 채울 수도 있을 것이다. 어쩌면 나는 비난을 사랑으로 오해하고 있는지도 모르겠다. 아니 사랑을 비난으로 오해하고 있는지도 모르겠다. 아니 나는 단지 그를 원하는 것뿐인지도 모르겠다. 그를, 그가 가진 것들을 소유하고 싶은 건지도 모르겠다. 아니 그저 온종일 그에게 비난을 쏟아붓는 식으로 그를 그리워하고 있는지도 모르겠다. 하지만 무엇보다 지금 내가 화가 나는 건 그가 전화를 받지 않는다는 것이다. 도대체 왜 그는 내 전화를 받지 않는가? 분명히 파티는 끝나지 않고 있을 것이다. 그곳에 도착하면 나는 바짝 긴장한 채 하지만 그것을 꼭 감춘 채 아니 감추기 위해 애를 쓰며 사람들이 점차 취해가는 것을 바라보며 떠나가고 다시 도착하는 새로운 사람들을 바라보며 다시 취해가고 다시 또 취해가고 사람들이 바뀌고 떠나가고 다시 떠나가고 다시 돌아오고 다시, 또다시 모든 것이 반복되는 동안 더 이상 구별할 수 없이 똑같은 얼굴들 속에서 여전히 긴장을 억누른 채로 그것을 해소하기 위해 술에 취하고 웃고 다시 취하고 더욱더 취한 채로 모두가 떠나가면 마침내 그와 내가 단둘이 남게 되면 우리는 너의 방 너의 침대로 기어들어가 섹스하면 되나? (하지만 너는 너무 취해 발기가 되지 않을지도 모르겠다.)

여전히 해결할 수 없는 질문, 나를 몹시도 부끄럽게 만드는 그 궁금증—왜 나는 그를 떠나지 못하는가? 왜 나는 그를 단념하지 못하는가? 나는 단지 이 거리에 대한 매혹을 그에게 투사하고 있는 것뿐인가? 단지 그것뿐인가? 그것을 그도 알고 있는가? 이 거리를 떠나지 못하듯이 나는 그를 떠나지 못한다. 그를 떠나지 못하고 이 거리를 떠나지 못하고 결국 나는 그에게, 언제나 이 거리로 다시 돌아온다. 빈티지 원피스를 입은 마른 여자들이 헝클어진 머리를 한 낮을 가리는 남자들과 손을 잡고 걷는 이 거리를 왜 나는 떠나지 못하나. 그건 물론 떠날 곳이 없기 때문이다. 다른 모든 것들에서 버림받았다는 느낌이 나를 사로잡고 놓아주지 않기 때문이다. 나는 아무 데도 갈 곳이 없으며 나를 받아줄 곳은 오직 이 거리, 이 거리뿐이라고 느끼고 있기 때문이다.

* * *

거리의 끝 왼쪽 골목으로 방향을 틀어 오래된 사층짜리 빌딩의 이층이 그가 사는 곳이다. 계단을 오르면 열린 문 너머로 시끄러운 노랫소리가 들려온다. 파티는 슬슬 끝나가는 분위기, 남은 사람들이 졸고 있다. 나는 부엌으로 들어가 도마 위에 케밥을 올려놓고 반으로 자른다. 그리고 졸고 있는 그에게 다가가 머리를 쓰다듬고 케밥을 내민다. 그가 눈을 비비며 살짝 미소를 짓고 내 허리를 끌어안는다. 나는 그의 무릎 위로 쓰러진다. 나는 그의 무릎에 허벅지를, 엉덩이를 소파에 걸친 채 반쯤 누운 자세로 양손에 든 케밥을 번갈아 한 입씩 베어 먹는다. 구석에서 옅은 갈색 머리의 외국인이 피곤에 찌든 얼굴로 노트북을 들여다보고 있다. 어둠 속에서 밝게 빛나는 애플 마크를 나는 멍청하게 바라본다. 외국인과 눈이 마주친다. 나는 그를 향해 왼손에 든 반쯤 먹은 케밥을 내밀며 웃는다. 그가 아주 기쁜 듯이 다가와 그것을 받아 들고 한 입에 먹어치운다. 그는 곧 덴마크인으로 밝혀진다. 덴마크에 대해서 내가 알고 있는 것을 떠올려보려고 애쓴다. 아무것도 떠오르지 않는다. 덴마크인이 다시 노트북에 머리를 파묻는다. 노래가 바뀐다. 한 여자가 바닥에 웅크린 채 잠이 들어 있다. 여자의 허벅지까지 말려 올라간 원피스 아래로 망사 스타킹을 신은 다리가 보인다. 망사 스타킹을 신은 채 새벽 세시 반 모르는 남자들로 가득한 방 한가운데에 웅크리고 잠든 저 여자는 안전하다. 왜냐하면 우리들은 좋은 사람들이기 때문이다. 우리들, 대체적으로 높은 수준의 교육을 받은 취향 좋은 젊은이들은 안전하기 짝이 없다. 어떤 진정한 위험함도 우리는 가진 바가 없다. 우리는 저 진짜 노동자들,

험한 말을 입에 달고 살며 좋지 않은 냄새가 나고 싸구려 술과 담배를 즐기고 음악을 모르며 책을 멀리하는 그런 종족들과 아주 멀리 떨어져 있다.

(심지어 우리들은 마약조차 하지 않는다.)

덴마크인이 마약에 대해 말하기 시작한다. 사람들이 깨어나 귀를 기울인다. 우리 모두 메스암페타민과 엠디엠에이, 케타민과 디엠티의 효과에 관심이 있다. 하지만 한국에서는 마리화나 정도를 하는 데도 용기가 필요하다며? 덴마크인이 그에게 묻는다. 그래서 우리들은 미친 듯이 술을 마시지. 그가 말한다. 우리들은 모두 알코홀릭들이야. 그렇게 말한 그가 남은 맥주를 끝낸다. 그의 말은 노래처럼 리듬이 있다. 우리는 오늘 밤 멕시코인 친구가 여는 파티에 갈 거예요, 라고 말하듯이 유쾌하게 울린다. 덴마크인이 웃는다. 그런데 지금은 몇 시지? 저기 잠든 여자애의 이름이 뭐야? 해는 언제 떠오르지? (중학교 때 나는 수학을 몹시 싫어했었는데 하지만……) 누구 춤추고 싶은 사람 없어? (아니 나는 칠-아웃 한 것이 듣고 싶은데) 누구 병따개를 본 사람이 없어? (하지만 나는 정말이지 춤을 추고 싶은데.)

욕실로 들어가 불을 켠다. 세면대 위에 맥주를 내려놓는다. 거울 속 나의 얼굴을 본다. 목이 추워 보인다. 추워 보이는 목을 양손으로 조르듯이 감싼다. 너는 왜 목이 추워 보여. 나는 거울을 향해 속삭인다. 잠깐 그렇게 거울을 들여다보다가 목을 놓고 맥주를 들고 욕실에서 나온다. 어둠 속에서 사람들이 웃음을 터뜨린다. 그 소리가 아주 야하게 들린다. 다시 소파에 앉다가 덴마크인과 눈이 마주친다. 그가 나를 똑바로 바라보며 묻는다. 그런데 너는 무엇을 쓰니? 그의 짙은 파란 눈이 나를 바라본다. 나는 현기증에 쓰러질 것 같다.

내가 뭘 쓰냐고? 그게 궁금해? 그렇다면 말해줄게. 나는 몹시 과시적인 글을 쓰고 있어. 그건 허영심과 거품에 대한 글이지. 아니, 사실은 증오에 대한 글을 쓰고 있어. 열등감과 수치심에 대한 글을 쓰고 있어. 광기에 대한 글을 쓰고 있어. 불안과 혐오에 대한 글을 쓰고 있어. 나는 패션에 대한, 그리고 혁명에 대한 글을 쓰고 있어. 패션과 혁명과 불안정 노동과 예술과 사회와 정치와 과학과 사랑과…… 그래, 나는 내가 전혀 모르는 것들에 대해서 쓰고 있지. 나는 교양 있는 사람들과 그들의 대화에 관심이 있어. 실패한 삶과 불행한 사람들에 관심이 있어. 어, 난 모든 것, 내가 모르는 모든 것에 관심이 있어. 그런데 뭔가 이상하지 않아? 뭔가 몹시 이상하지 않아? 그건 우리가 잠들어야 할 시간에 깨어 있기 때문인가? 지금 이건 마치 악몽 같지 않아? 그런데 악몽이 아닌 꿈이 있어? 너는 악몽이 아닌 꿈을 꾸어본 적이 있어?
 지금 내가 쓰고 있는 글의 제목은 테이트 모던은 어째서 지구상 가장 역겨운 장소인가. 생각해봐, 사람들은 더 이상 공장에서 노동운동이나 자본가의 착취를 연상하지 않아. 왜냐하면 도시의 공장은 모두 텅 비어버렸으니까. 더 이상 살아 있는 공장은 우리들의 눈에 보이지 않아. 죽어 있는 것들뿐이지. 죽어 있는 공장에서 사람들이 보는 건 미학적 가능성이야. 식민지 시절 지어진 간장 공장의 붉은 벽돌로 된 벽에서 사람들은 십오 억짜리 그림이 걸릴 가능성을 본다. 그 사람들이 누구냐고? 너랑 나 말이야. 우리들, 좋은 교육을 받은 취향 좋은 젊은 애들. 잘 봐, 세상은 미학적 가능성으로 차고 넘치고 그걸 잘만 이용하면 누구나 부자가 될 수 있어. 아주 쿨한 방식으로 말이야. 노동자들을 착취하지 않는 방식으로 말이야. 버려진 공장은 박물관이 되고 버려진 아파트는 갤러리가 되고 버려진 발전소는 언더그라운드 클럽이 되지. 버려진 성은 주말마다 십대로 가득 차고 벼룩시장에는 소비에트산 군복과 배지를 팔지. 뭔가 기분 나쁜 게 있어? 그렇다면 그걸 갤러리로 가져와서 전시해버려! 그럼 다 괜찮아질 거야. 사람들의 사랑을 얻고 부자가 될 수 있어! 내가 하는 말이 지루하니? 기분이 나빠? 그러니까 음악을 바꾸라고! 춤을 추자 그래 춤을 춰야겠어 소리를 좀 더, 좀 더 크게 해보라고

    춤을 출 때 내 몸은 박자가 되어버린다 무엇보다 순수하게 나는 박자 자체가 되어버린다 내 머리카락이 내 추운 목이 내 뜨거운 발과 피곤한 팔 모두가 음악이 되어버리고 아니 음악을 반영하고

아니 음악에 반응하고 그것을 흡수하고 그것을 토해내며 거기엔 오직 음악이 있다 내가 없다 음악이 있다 음악에 복종한다 음악에 따른다 닥치고 오직 음악에 집중한다 중요한 것은 이렇게 모여 있는 우리들이 아무것도 나누지 않는다는 것 서로가 서로를 신경 쓰지 않는다는 것 우리는 거리를 유지한다 손잡지 않는다 껴안지 않는다 각자의 춤에 몰두한다 그렇게 우리들은 개인주의자들의 천국으로 간다 예의 바르고 겸손한 개인주의자들의 천국으로 간다 그곳엔 아무도 아무것도 없다 텅 비어 있다 나 자신조차 없다 아무것도 나누지 않은 채로 오직 음악 속에서 음악에 사로잡힌 채로 창밖으로 천천히 떠오르는 해를 보며 몸을 움직이며 소리친다 나는 집에 가지 않겠다 나는 음악 속에 있겠다 나는 이곳에 남겠다 아무 데도 가지 않겠다 이곳에 남아 영원히 이곳에 남아 영원히 영원히 영원히 이곳에 남아 있겠다

음악이 멈추면 모든 것이 차가워진다. 결국 나는 또 한 번 달아나는 데 실패한 자신을 발견한다. 수백 킬로미터를 가로질렀지만 결국 달아나는 데 실패했다. 결국 나를, 나 자신을 벗어나지 못했다. 겹겹의 음악에 몸을 구겨 넣어도 여전히 나는 나 자신일 뿐이다. 숲과 강을 가로지르고 공기를 가득 채운 풀벌레 소리와 투명하게 비치는 호수 느리게 헤엄쳐 나아가는 물고기와 하늘을 가득 채운 빛나는 구름을 눈동자 가득 채워 보아도 더 딱딱해지고 차가

워지고 무겁게 내려앉은 나를 발견한다. 안다. 충분히 안다. 아마도 그 점에서 나는 실패했다. 나는 내가 가진 조건에서 벗어날 생각이 없다. 아무것도 스스로 끝장낼 생각이 없다. 단지 냉소한다. 내가 가진 그리고 가지지 못한 모든 것을 냉소한다. 하지만 도대체 냉소하지 않을 것이 남아 있는가? 세계는 오직 우스운 것으로 가득하고 그래서 모두가 혐오와 냉소의 전문가가 되어버렸다. 차마 비난하지도 못한 채 그저 비웃을 뿐이다. 대체 어디로 가야 하는가. 이 거리, 이 거리를 벗어나 대체 어디로 가야 하는가. 그것을, 오직 그것만을 모른다. 모든 것을 다 알지만 그 아는 것들을 벗어날 방법을 오직 모른다. 그러니 남은 것은, 오직 음악, 무엇보다 순수하게 닫혀 있는, 자폐적이고 텅 비어 있으며 그래서 가장 아름다운 바로 그런

 음악이 다시 시작되고 열린 문으로 사람들이 쏟아져 들어온다. 술병을 들거나 작은 선물을 든 손으로 사람들이 웃으며 다가온다. 인사한다. 웃으며 인사한다. 우리들은 서로를 잘 안다. 우리들은 같은 음악을 듣고 같은 책을 읽고 같은 학교를 다니고 같은 공연에 가고 같은 영화를 보며 무엇보다도 우리들은 같은 이 거리에 속해 있다. 우리들은 같은 커피를 들고 같은 술에 취해 같은 거리를 걸어 같은 극장으로 들어가 같은 유머에 웃고 같은 두통과 불면과 우울에 시달린다. 같은 외로움, 버림받은 느낌에 운다. 같은 사랑에 빠지고 같은 섹스를 한다. 같은 전화기를 들고 같은 것을

구글하고 같은 유튜브를 보고 같은 노래에 울고 바로 그런 이유로 우리들은 지금 이곳에 모여 있다. 어쩌면 우리들은 태어날 때부터 그리고 영원히 바로 이 세계에 속해 있다. 아니, 우리가 바로 이 세계 자체다. 우리가 이 끔찍하게 쌓아 올려진 모든 것들이자 그 모든 것을 쌓아 올린 바로 그 사람들이다. 하지만 그게 대체 무슨 상관인가? 무슨 뜻을 갖는가? 우리 모두 단지 쫓겨 온 것에 불과하지 않은가? 바로 그런 면에서 우리들은 동일한 것이 아닌가?

그가 나를 보며 나의 이름을 부른다. 그럴 때 언제나처럼 시계가 멈춘다. 그를 보는 순간 언제나 나는 정신을 잃는다. 오직 그가 있다. 그가 나를 보며 웃는다. 아, 나는 그를 사랑한다. 저 대가리를, 나를 보고 웃는 저 대가리를 사랑한다. 저 늙음 저 흰머리 저 옷 저 닳고 닳은 세련됨, 여유, 어쩔 수 없이 배어 나오는 초라한 늙음조차 패션으로 소화해내는 저 능글맞음, 십칠 년의 시간, 그 시간이 상징하는 수많은 것들, 결코 내가 만질 수 없는, 가질 수 없는 그 시간들, 그 모든 것, 그가 한, 그가 아는 모든 것, 그가 이룬 그 모든 것, 그가 이 거리에서 보낸 수많은 낮과 밤, 그리고 여전히 이 거리에 있다는, 이 거리를 소유했다는 저 자신감, 그런데 저기 슬쩍 감추어진 저 불안은 뭔가?

점차 묽어지는 창밖의 어둠을 배경으로 여전히 그는 사람들에게 둘러싸여 있다. 나는 계속해서 그를 바라본다. 그가 일어나 내 손을 잡는다. 음악이 새벽처럼 피곤하게 비틀거린다. 우리는 손을 꼭 잡은 채 새 맥주를 찾아 부엌으로 간다. 거긴 아무도 없다. 나는 그를 끌어안는다. 그는 얌전한 애완동물처럼 몇 초간 내게 안겨 있다가 부드럽게 나를 밀어낸다. 나는 그를 본다. 나와 있어줘. 내 눈이 말한다. 오직 나와 함께 있어줘. 하지만 그의 표정에 지겨움이 드러나고 나는 더욱더 애원한다.

처음 그를 본 순간 그와 자고 싶었다. 그와 자는 것만이 그의 진짜를 보게 되는 길이라고 생각했다. 그는 너무 나이 들었고, 유명하며, 많은 것을 경험했다. 그러니 그가 정직해질 수 있는 순간은 그 순간뿐이라고, 그를 알기 위해서 그와 자야 한다고 생각했다. 그렇게 나는 그를 만났다. 그렇게 나는 내 방식대로 그의 진짜를 봤고 하지만 거기엔 아무것도 없었다. 그는 나와 같은 여자애들에게 익숙하다고 말했다. 그러니까 지겹다는 말인가요? 나는 네가 찾으면 새벽 네 시 반에 택시를 타고 너의 집으로 달려갈 수 있는데, 언제나 바쁜 건 너인데, 내가 찾아오지 않으면 좋겠어? 그는 대답하지 않고 웃었다. 내가 그를 찾아오지 않을 수 없다는 걸 우리 둘 다 잘 알고 있었다.

결국 내가 발견한 그의 진짜는 불면과 외로움이었다. 하지만 알다시피 그런 것들은 아무것도 아니다. 그건 비밀조차 아니다. 그러니 나는 그에게서 아무런 진짜도 비밀도 알아내지 못했고 결국 우리는 아무런 진짜도 비밀도 공유하지 못했고 그러니 우리는 연인조차 될 수 없다. 모든 것을 경험한 그에게 나는 흔한 여자애들

중의 하나일 뿐이고 하지만 나는 여전히 나만 볼 수 있는 그의 진짜를 훔쳐내려고 애를 쓸 뿐이다.

그가 냉장고에서 맥주를 꺼내 부엌을 떠난다. 나는 망설이다가 그를 놓친다. 창 너머 묽어지는 무력한 어둠을 본다. 그 무력함이 나와 같다. 나는 빈손으로 거실로 돌아온다. 그는 소파에 깊숙이 파묻힌 채 사람들을, 아니 여자들을, 아니 한 여자를, 그 여자의 다리를 본다. 나는 그 다리를, 그 다리를 가진 여자를, 아니 여자들을, 사람들을 본다. 하나같이 비슷해 보인다. 과시적이지 않은 과시, 천박하지 않은 천박함, 화려하지 않은 화려함, 낡지 않은 낡음, 오만하지 않은 오만함, 오직 타인의 질투를 불러일으키기 위한, 나를 쳐다봐줘, 나를 질투해줘, 라고 속삭이는 그들을 나는 외면하지 못한다. 아니 나는 더욱더 그것에 사로잡히고 만다. 그가 뭔가 말하고 사람들이 일제히 웃음을 터뜨린다. 똑같은 웃음이 터져 나오는 똑같은 표정의 얼굴들을 바라보다가 문득 구석에 선 채 어색한 표정으로 웃지 않는 나 또한 누구보다 저들과 하나라는 것을, 다시 말해 '우리'라는 단어를 나는 떠올린다. 우리라는 단어 아래 선 한 무리의 사람들을 본다. 그들은 여전히 쫓기고 있는 것처럼 보인다. 무엇으로부터? 도대체 어디로부터? 그렇게 도망쳐 도착하게 된 이곳, 여기에 모여 있는 한 무리의 '우리'들을 나는 바라본다. 다 함께 같은 것으로부터 힘껏 도망쳐 도착하게 된 이 거리, 이 거리를 생각한다.

그를 본다. 그의 얼굴이 아주 낯설다.

낯설다. 이곳을 가득 채운 사람들이, 그의 말이, 무엇보다 나 자신이. 나는 뒷걸음질 치다 스피커에 부딪친다. 침묵하는 스피커는 잘못 놓여진 거대한 돌덩어리처럼 보인다. 나는 다시 그를 본다. 그는 피곤한 듯 찡그린 채 눈을 감고 있다. 그는 잠들지 못할 것이다. 그에겐 지독한 불면증이 있다. 그게 내가 그에 대해 아는 전부다. 나는 뒤로 뻗은 손을 더듬어 문손잡이를 잡는다. 문은 열려 있다. 나는 주위를 살핀다. 아무도 나를 보지 않는다. 나는 맥주를 찾아 부엌으로 향하듯이 자연스럽게 그곳을 빠져나온다. 계단을 뛰어 내려오는데 문득 뭔가 사라지는 것을 느낀다. 죽어버렸다. 나는 중얼거린다. 죽어버렸다. 건물 밖으로 나오자 어둠이 쓸려나간 거리를 새벽의 푸른빛이 덮고 있는 것이 보인다. 인적이 끊긴 거리가 새벽빛 아래 흐느낀다. 새벽의 냉기가 소매 속으로 스민다. 문득 나는 맨발이라는 걸 깨닫는다. 발에 닿는 바닥이 얼음처럼 아프다. 얼마쯤 걷다가 거리 한가운데 새로 문을 연 거대한 옷가게가 나타난다. 멈춰 선다. 불 꺼진 상점 안 산더미처럼 쌓인 옷이 보인다. 상점을 향해 다가가다가 유리로 된 문에 비치는 나와 거리를 발견한다. 뭔가 이상하다. 문에 비치는 저것은 내가 아니다. 그렇다면 누구인가. 맨발, 피곤한 얼굴로 상점 안을 들여다보는 저 사람은 누구인가. 대체 뭘 하고 있는 건가. 대체 여기는 어디인가. 내가 알던 거리는, 내가 알던 그 사람들은 모두 어디로 갔는가. 생각난다. 그들은 모두 죽었다. 그리고 나는 죽은 사람들을 더 이상 알지 못한다. 더 이상 이 거리를, 저기 숙취에 시달리는 표정으로 거리를 가로지르는 사람들을 모른다. 창백한 얼굴로 같은 방향을 향해 걷는 저 사람들을 모른다. 이 거리는 더 이상 내 거리가 아니다. 저 사람들은 어디로 가는 건가? 나는 다시 걷기 시작한다. …… 향해 걷는다. 해가 떠오른다. 햇살 아래 깨어난 거리가 어떤 모습을 하고 있을지 알 수 없다. 걷는다. 더 나쁜 쪽을 향해 걷는다.

큐티클

김애란

'무엇 무엇만은'의 목록은 점점 늘어갔다. 모든 게 중요하고 많은 게 필요였다. 나는 그 필요에 쫓기지 않았다. 필요에 의지했다. 소비는 내가 현재 대도시의 왕성한 생산 활동에 참여하고 있다는 사실을 상기시켜줬다. 나 역시 그 신진대사에 속해 있다는 느낌. 뭔가 지불할 때, 나는 더 잘 생산할 수 있을 것 같은 암시를 받았다.

김애란

1980년 인천에서 태어났다. 한국예술종합학교 극작과를 졸업했다. 2002년 제1회 대산대학문학상 소설 부문에 단편소설 〈노크하지 않는 집〉으로 등단했다. 한국일보 문학상, 이효석문학상, 김유정문학상을 수상했다. 소설집 《달려라 아비》, 《침이 고인다》, 장편소설 《두근두근 내 인생》이 있다.

장마철도 아닌데 며칠째 비가 내렸다. 집을 비운 사이 변기에 장구벌레가 꼬였다. 화장실 창문을 통해 꽃가루며 나방가루가 실려온 듯했다. 물을 내리자 꼬물대던 벌레가 소용돌이치며 사라졌다. 세계는 생각보다 썩기 쉬운 물질로 이뤄져 있었다. 걸레질을 하고, 냉장고를 비우고, 욕실에 산성세제를 뿌린 뒤 방바닥에 누웠다. 뺨에 닿는 모노륨 장판이 서늘했다. 창밖에서 간헐적인 소음이 들렸다. 별들의 운행처럼 긴 꼬리를 그으며 자동차가 도시 위를 회전하는 소리였다. 피로가 풀리며 내 안에 피도 제 속도를 찾는 느낌이 났다. 죽은 듯 엎드려 있다 날바닥에서 그대로 잠이 들었다. 이따금 구급차의 사이렌 소리와 오토바이 굉음이 들려왔다. 잠 깊숙이 들어오지 못하고, 꿈 밖 이지러진 성운 사이를 찢고 지나가는 운석들. 몸을 작게 말며 서울의 리듬 속으로 무사히 돌아왔다고 생각했다.

얼마 전 지방에 다녀왔다. 입사 후 처음 있는 출장이었다. 여행용 가방이 없어 부천 사는 친구에게 캐리어를 빌렸다. 친구는 자기 몸뚱이만 한 가방을 종로까지 끙끙대며 가져왔고 나는 그걸 수유까지 끌고 왔다. 없으면 아쉽고 사자니 아까워 빌린 건데, 가방을 돌려줄 때는 후회가 컸다. 짐 때문에 택시를 타고 부천까지 갈 수는 없었다. 그 값이면 애초에 가방을 사는 편이 나았다. 택배로 부칠까 하다 친구에게 줄 선물도 있어 지하철을 탔다. 마침 만나기로 한 선배도 부천역 근처에 살고 있었다. 선배에게는 신약 마케팅 기획에 관한 조언을 구할 참이었다. 한낮의 국철은 한적했다. 덩치 큰 여행 가방과 나는 초면인 양 서로 겸연쩍게 앉아 있었다. 열차가 덜컹일 때마다 내 속에, 그리고 캐리어 속 텅 빈 어둠이 표 안 나게 흔들렸다. 며칠 전 일이었다.

* * *

집을 나서며 신발장 앞에서 꽤 머뭇거렸다. 양손에는 각각 4센티와 9센티미터 굽의 구두가 들려 있었다. 힐을 신고 지하철 탈 생각을 하니 엄두가 나지 않았다. 평소, 버스 노선이 익숙지 않아 지하철을 이용하는 편이었다. 땅 밑으로 소라기둥처럼 끝없이 이어진 계단을 타고, 환승을 세 번 정도 하는 날엔 하루 100개가 넘는 층계를 밟을 때도 있었다. 그럴 때면 왠지 내가 수천 개의 계단을 오르내리기 위해 서울에 온 게 아닐까 하는 생각이 들었다. 갈등하다 결국 4센티미터 굽의 펌프스를 택했다. 그러곤 얼마 안 돼 다시 9센티미터 힐로 바꿔 신었다. 비싼 값을 주고 샀지만 불편해서 잘 안 신는 가죽 수제화였다. 힐을 신고 빌라 5층에서부터 계단을 타고 내려왔다. 조심스레 걸음을 옮길 때마다 허공에서 탕- 탕- 소리가 났다. 발을 헛딛을까 불안했지만 굽이 주는 긴장감이 오랜만에 마음을 들뜨게 했다. 굽 끝에서부터 온몸이 싱싱하게 당겨지는 감각이 아찔했고, 불편도 특권이다 생각하니 더 그랬다. 팽팽한 걸음은 도시의 탄력과도 잘 어울렸다. 힐을 신은 내 모습은 어쩐지 좀 그럴듯했다. 그리고 오늘 나는 되도록 많은 사람들에게 '그럴듯해' 보이고 싶었다. 지적인 분위기를 주고 싶어 검정 스커트에 파란색 블라우스를 입었다. 옆구리에는 손바닥만 한 클러치백을 꼈다. 결혼식은 명동에서 한 시에 열렸다. 나는 예정보다 한 시간쯤 일찍 집을 나섰다.

깨진 아스팔트 안에 빗물이 고여 있었다. 시커먼 웅덩이 위로 하얗게 뜬 벚꽃이 보였다. 통 좁은 치마 사이로 최대한 보폭을 벌려 물 위를 폴짝 건너뛰었다. 구정물에 담긴 하늘이 파랗게 부서지며 출렁였다. 구두가 젖으면 안 되는데……. 종아리에 자꾸 흙탕물이 튀었다. 신호등 근처에선 햇살 아래 부유하는 풀씨들이 보였다. 먼지뭉치처럼 나른한 듯 민첩하게 움직이는 꽃씨를 눈으로 좇았다. 씨앗으로 꽉 찬 계절. 마치 세상 모든 식물들이 '나는 살아 있어요! 그리고 앞으로도 살아갈 거예요!' 라고 외치며 사방에 전단지를 뿌리는 듯했다. 콧구멍을 벌름거리며 번식의 에너지를 들이마셨다. 폐 깊숙이 들어온 건 자동차 배기가스지만 물컹하고 비린 기운에 가슴이 봄밭처럼 부풀었다. 어쩌면 오늘 내 모습이 마음에 들어서인지도 몰랐다. 이런저런 곁눈질과 시행착오 끝에 가까스로 얻게 된 한 줌의 취향. 안도할 만한 기준을 얻는 데 얼마나 많은 비용이 들었던지. 상품 사이를 산책할 때 나는 엄격한 동시에 부드러운 사람이 됐다. 내가 원하는 게 뭔지 알고 있다는 데서 오는 여유. 그러나 원하지 않는 것 역시 정확하게 알고 있다는 식의 까다로움. 내가 틀릴 수도 있다는 의심을 버리자 쇼핑에 자신감이 붙었다. 그리고 원하는 게 많아졌다. 변화는 단순했다. 과거, 장식이나 색상 위주로 물건을 골랐다면 이제는 질감이나 선線을 보게 되었다. 그 중에서도 선, 흔히 '잘 빠졌다'고 말하는 상품의 전체적인 맵시를. 좋은 옷을 입는 건 그것의 가격이나 옷감뿐 아니라 좋은 실루엣을 소유하는 것과 같다는 걸 깨달은 지도 얼마 되지 않았다. 명품은 아니어도 상품上品을 알아보는 눈이 생겼다할까. 신호가 바뀌길 기다리며 상점 앞 스테인리스 기둥에 내 모습을 비춰봤다. 호들갑스럽지 않게 자기주장을 하고 있는 정장. 백화점 할인매장에서 산 너무 비싸지도 싸지도 않은 핸드백. 담담한 질감의 소가죽 구두. 4월, 친하지 않은 친구의 결혼식에 가는 길. 책가방에 점수가 잘 나온 성적표를 담아 집으로 뛰어가는 아이처럼 나는 히죽 웃었다.

 지하철역 입구에 도라지를 다듬고 있는 할머니가 보였다. 이제 막 껍질이 벗겨진 도라지 향기가 알싸하게 코끝을 스쳤다. 맞은편 가판에는 하얗게 쌓인 좀약이 햇빛에 반짝이고 있다. 봄. 걸음마다 스치는 허벅지 맨살이 보드랍다. 인조견으로 된 스커트 안감에 다리가 감길 때마다 느껴지는 감촉의 외설. 날이 풀리고 몸이 풀리는 기분. 스물여덟. 이제 막 서른을 바라보는 내 몸이 알맞게 그리고 충분히 익어가고 있다는 느낌이 든다. 그간 몇 번의 연애가, 구직이, 이사가 있었다. 그리고 예전보다 몸에 대해 생각하는 시간이 많아졌다. 내 몸은 어리둥절한 얼굴로 서울에 갓 도착한, 스스로의 구매력을 어색해하던 스무 살 때보다 건강하다. 내가 나를 돌보는 느낌. 소비는 조심스럽고 수줍게 진행됐다. 장을 볼 때 일반 화장지 대신 무형광물질 티슈를 사고, 탄산음료를 집었다 생과일주스로 바꿔 들었다. 몇 백 원 더 비싸지만 부드러운 국산 콩 두부를 먹고, 호기심에 일반 생리대보다 두 배는 비싼 유기농 소재의 패드를 써보기도 했다. 처음에는 좀 죄책감이 들었다. 생필품을 절약하지 않으면 돈 모으기가 힘든데. 씀씀이가 커 눈만 높아진 게 아닌가 싶어서였다. 하지만 변기에 앉아 화장지를 끊을 때마다, 부드러운 두부 조직이 식도를 건드릴 때마다 전에 없던 설렘과 만족이 찾아왔다. 그리고 그런 '기분'도 만약 구매할 수 있는 거라면 그걸 '계속하고' 싶었다. 이 정도는 낭비가 아니라 경제적인 행복이라고. 술값으로 몇 십만 원씩 쓰는 남자들보다 낫지 않느냐 합리화하며. 이건 오래 쓸 거니까, 이건 자주 사용하는 거니까 라는 식의 근거로 분수에 맞지 않는 물건을 골라 담았다. '아주 조금 나은' 물건에 대한 욕구. 그냥 다리미가 아닌 스팀다리미, 보통 드라이기가 아닌 음이온드라이기, 일본 생맥주, 핸드 드립 커피, 고농축 에센스에 푹 절은 마스크 팩……. 한 번 높아진 눈을 다시 낮추기 힘들었다. 그리고 그렇게 된 데는 직장 동료들의 조언도 한몫했다. 그녀들은 '다른 건 몰라도 이것만은' 식의 고집과 풍습을 공유했다. 다른 건 몰라도 가방은 비싼 걸 매야 한다. 다른 건 몰라도 화장품은 좋은 걸 써야 한다. 항상 입는 코트는 유명 브랜드로 걸쳐야 한다. 여자는 머릿결이 생명이다. 피부가 명함이다 등. '무엇 무엇만은'의 목록은 점점 늘어갔다. 모든 게 중요하고 많은 게 필수였다. 나는 그 필요에 쫓기지 않았다. 필요에 의지했다. 소비는 내가 현재 대도시의 왕성한 생산 활동에 참여하고 있다는 사실을 상기시켜줬다. 나 역시 그 신진대사에 속해 있다는 느낌. 그리하여 뭔가 지불할 때, 나는 더 잘 생산할 수 있을 것 같은 암시를 받았다. 대학 졸업 후 언론사 시험에 몇 번 떨어졌다. 공중파 방송국의 프로듀서가 되고 싶었는데 오래 공부할 용기가 안 나 재빨리 외국계 제약회사 쪽으로 눈을 돌렸다. 직장에 다닌 지 3년. 많은 돈을 모으진 못했지만 얼굴은 예전보다 맑아졌다. 그건 단순히 깨끗한 피부가 아닌 그 사람의 환경, 영양상태, 심리적 안정감, 여가, 자신감 등 모든 것이 어우러져 드러나는 '총체적인 안색'이었다. 물론 어릴 때부터 그런 낯빛을 타고나는 사람들이 있었다. 연예인 혹은 명사들의 얼굴이 그랬다. 나는 그 빛을 동경하면서도 한편으론 언짢아했다. 건강하기보다 지나치게 건강하다는 인상을 받아서였다. 그래도 나는 내 또래 여자들의 유행과 문법을 잘 따라가는 편이었다. 입사한 지 1년이 지나 은행에서 직장인 대출을 받을 수 있었다. 그 돈으로 제일 먼저 방을 옮겼다. 서울 변두리에 자리한 그저 그런 원룸이었지만 그간 세를 산 집 중 가장 넓고 쾌적한 데였다. 처음에는 안도가 그 다음엔 욕심이 찾아왔다. 정착의 느낌을 재생 반복하기 위해 자꾸 이것저것을 사들이고 집을 꾸미기 시작했다. 월급날에 대한 확신과 기대는 조금 더 예쁜 것, 조금 더 세련된 것, 조금 더 안전한 것에 대한 관심을 부추겼다. 그러니까 딱 한 뼘만……. 9센티미터만큼이라도 삶의 질이 향상되길 바랐다. 그런데 이상한 건 그 많은 물건 중 내게 '딱 맞는 한 뼘'은 없었다는 거다. 모든 건 늘 반 뼘 모자라거나 한 뼘 초과됐다. 본디 이 세계의 가격은 욕망의 크기와 똑 맞아떨어지지 않게 매겨졌다는 듯. 아직 젊고, 벌 날이 많다는 근거 없는 낙관으로 나는 늘 한 뼘 더 초과되는 쪽을 택했다. 그리고 그럴 자격이 있다고 생각했다.

두 팔을 살짝 벌린 채 균형을 잡아가며 지하도 계단을 내려갔다. 힐을 신은 경우 계단을 오를 때보다 내려갈 때 주의해야 했다. 날이 좋아 가슴팍과 겨드랑이에 금세 땀이 찼다. 지하도에 들어서자 오래된 시멘트 냄새가 확 풍겨왔다. 어딘가 늘 '피신'의 느낌을 주는 그늘 냄새였다. 시간을 확인하려 클러치백 안에서 휴대폰을 찾았다. 그러다 문득, 그러라고 예정된 것처럼, 혹은 그 예감을 가장하듯 손끝에 시선이 멈췄다.

'어떻게 할까?'

고개 돌려 잠시 지하도 입구를 바라봤다. 네모난 구멍 속으로 쏟아지는 햇빛에 눈이 시렸다. 어쩌면 한 시간 일찍 집을 나선 순간부터 줄곧 '손'에 대해 생각하고 있었는지 몰랐다. 이미 마음먹었으면서. 처음부터 가능성을 열어두고 나왔으면서, 나는 주저했다. 그러곤 얼마 있다 그 환한 빛을 향해 다시 걸어 나갔다.

상점 외벽은 통유리로 돼 있었다. 어수룩한 도둑처럼 근처 기둥에 몸을 숨긴 채 동정을 살폈다. 손, 발 베이직 만 원, 레귤러 만 5천 원, 스페셜, 제모, 눈썹 문신……. 유리벽에 코팅지로 표기된 메뉴가 보였다. 베이직이 뭐지. 레귤러는 또 무슨 말이람? 만 원이면 국산 콩 두부 대여섯 개를 합친 가격과 맞먹는다. 마음을 정하지 못해 어물대다 주인 여자와 눈이 마주쳤다. 그녀는 초행자의 망설임을 잽싸게 알아채고 상긋 웃었다. 그냥 갈까 하다 결국 문을 열고 가게 안에 들어섰다. 봄인데도 벌써 에어컨이 작동되고 있었다. 가게 안쪽에 바지를 걷은 채 족욕을 하는 아가씨와 손톱을 말리고 있는 아주머니가 보였다. 앳된 네일 아티스트 두 명이 부지런히 그들의 말상대를 해주고 있었다. 오랜 소비 경험상 나는 이런 데서 기죽은 태도를 보이면 안 된다는 걸 알고 있었다. 그래서 익숙한 듯 자연스레 행동하려 했다. 더불어 속물처럼 보이고 싶지 않은 마음에 겸손한 표정을 짓는 일도 잊지 않았다. 교육 받은 사람답게, 당신을 존중한다는, 나는 으스대는 사람이 아니라는 식의 태도. 물론 그때마다 상점 주인들은 단번에 내가 하수인 걸 알아보고 이리저리 재보고 다루려 했다. 무시와 격려를 번갈아하며 등록과 매매를 부추겼다. 나는 '내가 왜 내 돈 쓰며 야단을 맞아야 하나' 울컥해하다 자존심 때문에 지갑을 열곤 했다.

'그렇지만 이번에는 휘둘리지 않으리라'

등받이가 없는 의자에 꼿꼿이 허리를 세우고 앉았다. 오늘은 특별한 날이니까. 한창시절 내내 경쟁심을 느껴왔던 친구의 결혼식이고, 대학 동기들도 많이 올 테니까. 가격에 너무 신경 쓰는 인상을 주지 않으려 애쓰며 천천히 메뉴판을 훑었다. 발 관리를 제대로 받으려면 5만 원 이상이 든다. 손톱 매니큐어는 5천 원이니 해 볼 만했다. 어차피 발은 구두코에 가려 보이지 않을 터였다. 광목 소재의 앞치마를 맨 주인여자가 다가왔다. 가슴과 아랫배 주위에는 군데군데 얼룩이 묻어 있었다.

"다음부터는 예약하고 오셔야 해요."

네일숍은 이번이 처음이다. 이태 전 동네에 네일숍이 생긴 걸 발견했다. 그때만 해도 내가 고객이 되리라곤 예상하지 못했다. 사실 나는 당시 통유리 안으로 비치는 여자들을 은근 경멸했었다. 네일아트가 대중화되지 않았을 때고, 옷이나 피부에 돈을 쓰는 여자들보다 훨씬 게으르고 사치스러워 보여서였다. 고가의 핸드백보다 훨씬 싸고, 조촐한 낭비인데도 왜 유독 엄격한 눈으로 바라보게 된 건지 몰랐다. 시골에서 오랫동안 자라온 내게는 나도 잘 모르는 금욕주의 같은 게 있었다. 그래서 어쩐지 네일아트가 궁극의 사치처럼 느껴졌다. 손톱만큼 숨기기 힘든 것도 없으니까. 명품 가방으로도 보석반지로도 가릴 수 없는 게 손이니까. 그래서였을까? 내 발로 들어온 가게인데도 앉은 내내 죄지은 것처럼 가슴이 콩닥댔다. 그건 설렘과 호기심의 박동이기도 했다.

"어떤 거 하실 거예요?"

나는 매니큐어를 하겠다고 했다. 여자는 내 손을 잡고 살피더니 이대로는 안 된다고, 케어를 먼저 받으라고 했다.

"케어요?"

여자가 판에 박힌 말투로 대사를 외듯 설명했다. 케어란 손톱 주위에 큐티클과 각질을 정리하고, 영양제를 바르는 걸 말했다. '베이직'이라 씌어 있는 메뉴가 바로 이 과정을 뜻했다. 원하면 마사지나 팩을 추가할 수 있다고 했다. 얘길 들어보니 케어 없이 매니큐어를 한다는 건 샴푸도 안 하고 린스를 바르겠다는 말과 같은 거였다.

"그럼 케어도 해주세요."

내심 잘됐다고 생각했다. 며칠 전부터 손톱 주위에 인 보푸라기 같은 살들이 여간 신경 쓰이는 게 아니었는데……. 뼈근하니 답답해 이상하게 가려운 느낌마저 들던 차였다. 케어에 매니큐어를 합치면 만 5천 원이었다. 생각보다 지출이 커 좀 울적해졌다. 내가 또 졌다는 기분.

"처음이신가 봐요?"

솔직하게 '그렇다'고 했다. 여자는 반색하며 회원권을 끊으라고 했다. 그게 더 경제적이라고. 베이직은 10회 10만 원, 거기에 매니큐어가 더해지는 레귤러는 15만 원, 프렌치와 그라데이션, 파라핀 팩 등 서비스를 자유롭게 이용할 수 있는 스페셜은 25만 원이었다. 그래도 여기가 대학가라 싼 편이라고. 회원이 되면 팩이나 매니큐어를 몇 회씩 추가해준다고 했다. 나는 '아, 그렇게 놀라운 가격은 아니군요'라는 표정을 지어 보이려 애썼다. 여자는 개인 전용 영양제도 사라고 했다. 여기 회원들은 모두 그렇게 한다고. 그녀 뒤로 일렬로 쭉 세워진 200여 개의 영양제가 보였다. 15밀리리터 용기에 각 회원의 이름이 적힌 스티커가 붙어 있었다. 나는 '오늘 하루만 하고 앞으로는 오지 말자' 다짐하며 일단 한번 받아보고 결정하겠다며 시치미를 뗐다.

"그런데 케어는 며칠에 한 번씩 해줘야 하나요?"

"영양제는 이삼일 주기로 바르고 오일은 틈나는 대로 발라주는 게 좋아요. 케어는 일주일에 한 번은 하셔야 되고. 언니는 처음이니까 규칙적으로 와요."

요 조그마한 신체 부위에 엄청난 시간과 노력이 들어간다는 사실이 놀라웠다. 그리고 그런 여유와 관리가 기껍고 자연스러운 사람들이 많다는 게 신기했다. 아크릴 판 위에 수십 개의 손톱 모형이 전시돼 있었다. 주인여자는 대뜸 내게 손톱이란 말이 어디서 온 건지 아냐고 물었다.

"뿔에서 왔대요, 뿔."

"아, 정말요?"

"그럼요. 제가 이거 배울 때 인터넷으로 찾아본 거예요."

손님들 환심을 사기 위해 늘어놓는 애기 중 하나일 테지만, 물가에 선 사슴인 양 서로의 뿔을 정성스레 핥아주는 여자들이 모습이 떠올랐다. 손끝에서 한없이 뻗어나간 길고 아름다운 열 개의 뿔도.

"영양제, 하실 거죠?"

"아, 네, 음, 얼마인데요?"

"4만 원이요."

여자가 덧붙였다.

"오일도 같이 하세요. 여기 이렇게 하얗게 일어나고 각질 생기는 거 다 건조해서 그런 거예요."

여자는 스포이트가 달린 조그마한 초록색 병을 꺼내 보였다. 나는 애매하게 웃었다. 눈치 빠른 여자가 화제를 돌렸다.

"참, 차 뭐하실래요?"

여자가 커피를 준비하는 동안 주위를 둘러봤다. 상점 내부는 보라색 톤으로 꾸며져 있었다. 진보랏빛 벨벳 쿠션과 의자, 연보라색 벽지, 모조 크리스털로 된 샹들리에, 곳곳에서 풍기는 기분 좋은 화학약품 냄새. 나름 우아하고 고급스러운 분위기를 연출하려 한 듯했다. 문득 '보라는 이쪽에서 상상하는 색이지, 저쪽에서 추구하는 색은 흰색이나 초록에 가깝지 않나' 의문이 들었다. 그러고는 그런 관념적인 생각이나 하고 자빠져 있는 스스로가 못마땅해졌다. 여자가 차를 내왔다. 당연히 원두커피일 거라 기대했는데 커피 크리머를 뺀 인스턴트커피였다.

"여기 손 올리세요."

키친타월이 깔린 탁자 위로 공손히 두 손을 내밀었다.

"언니 손 너무 건조하다. 손톱도 종이처럼 얇고."

여자가 펜치처럼 생긴 금속 도구에 칙칙- 세정제를 뿌렸다.
"아프면 얘기하세요. 이것도 살이라서 아파요."

큐티클을 한번 정돈해보고 싶다는 욕구는 사실 부천에서부터 생겼다. 그 전까지는 남의 손이나 내 손에 별 관심을 가진 적이 없었다. 평소 누군가의 배꼽에 주의를 기울이지 않는 것처럼. 배꼽으로 누군가를 평가하고, 무시하고, 선망하지도 않는 것처럼 말이다. 그런데 그날, 선배 언니를 만난 뒤로 나도 모르게 자꾸 손에 신경이 쓰였다. 자기 성기를 최초로 의식하고 수치심을 갖게 된 이브처럼. 일단 뭔가 알게 되자 그 앎에서 벗어날 수 없었다. 요 며칠 나는 다른 이들의 손톱을 표 안 나게 흘깃거리고 있었다. 거래처 사람을 만날 때도, 회사 사람들과 커피를 마실 때도, 버스 손잡이를 쥔 여대생 앞에서도 그랬다. 손톱을 관리하는 여자들은 생각보다 많았다. 숍에서 받은 게 틀림없어 보이는 것도 있었고, 스스로 꾸준히 다듬은 손도 여럿이었다. 그녀들에게 손톱 관리는 머리를 감고 목욕을 하는 것처럼 일상적인 일인 듯했다. 그걸 지나치게 정색하고 바라본 스스로가 좀 겸연쩍었다. 그래서 처음에는 나도 내 힘으로 손톱 정리를 해볼까 했었다. 하지만 어떻게 해야 할지 몰랐고, 손이 설어 뭘 꼼꼼하게 못 하는 편이라 겁부터 났다. 그렇다고 선뜻 네일숍에 가고 싶은 마음이 들지는 않았다. 내겐 새로운 걸 시도하는 경향이나 용기가 별로 없었다. 며칠 지나면 곧 없어질 허영이려니 하고 기다렸는데. 어느 순간 나는 더 이상 손톱에 대해 '생각하고' 있지 않았다. 나는 손톱에 '사로잡혀' 있었다.

부천에 간 날, 선배를 보기 전 친구부터 만났다. 식사 뒤에 후식이 따라 나오는 식당에서였다. 동네에선 나름 인기가 있지만 식탁보며 커튼이 낡고 촌스러워 보이는 스파게티 집이었다. 나는 친구에게 밥을 사고, 경주에서 산 나무 공예품을 선물했다. 친구는 앞으로도 여행 가방이 필요하면 언제든지 말하라고 했다. 나는 멋쩍게 웃으며 손사래 쳤다. 미안하기도 하고, 다시 캐리어를 끌고 종로에서 수유로, 수유에서 부천까지 오는 수고를 하고 싶지 않아서였다. 친구의 얼굴은 좀 고단해 보였다. 친구는 전문대학을 졸업하고 여행사에 다니다 그만둔 상태였다. 그리고 남산 꼭대기에 있는 카페에서 아르바이트를 하고 있었다. 얼마 전까지만 해도 '남산타워'였다 최근 'N서울타워'로 바뀐 건물 안에서였다. 벌써 1년이 넘어 준 매니저급 대우를 받는 모양이지만 월급은 여전히 박한 듯했다. 친구는 돈을 모아 그래픽디자인을 공부하고 싶다고 했다. 서로 다른 대학에 가면서 좀 소원해졌지만 그녀와 나는 여고 때 단짝이었다. 친구는 후식으로 나온 커피를 홀짝이며 올여름에는 같이 여행을 떠나자고 했다. 태국이나 일본에 가 며칠 바람을 쐬고 오자는 거였다. 항공권을 일찍 예약해놓으면 싸게 다녀

올 수 있다고, 자기가 아는 온갖 여행 상식과 할인 방법을 늘어놨다. 원래부터 친구는 여행이라면 사족을 못 썼다. 집안 형편이 넉넉한 편도 아닌데. 어떻게든 아르바이트를 하고 별별 에누리 사이트를 뒤져 계획을 세우곤 했다. 물론 대부분의 다짐은 갑자기 터지는 재난과 부채, 사고 등으로 무산되기 일쑤였다. 그래도 대학 등록금을 버느라 휴학을 밥 먹듯 하던 친구에게 여행은 유일한 기쁨이자 사치였다. 반대로 나는 여행이라면 일단 귀찮아하고 보는 성격이었다. 나는 멀리서 노는 것보다 집에서 쉬는 것을 좋아했다. 관광보다 정착의 느낌이 간절했다. 그런데 그날, 친구가 태국에 가자는 얘기를 꺼냈을 때 웬일인지 탁 트인 해변과 파란 하늘이 눈에 아른거리며 '이참에 나도 휴가란 걸 한번 떠나볼까' 하는 마음이 처음으로 들었다. 더구나 태국이라니. 모두가 한두 번은 해외여행을 다녀오는 판에 어디 가서 명함을 내밀 만한 추억은 되지 않을까 싶었다.

친구와 헤어지고 근처 찻집에서 선배 언니를 만났다. 졸업 후 통 연락을 안 하다 내 쪽에서 아쉬워 수소문한 선배였다. 학부 시절에도 그저 눈인사나 나누고, 가끔 형식적인 대화를 나누던 관계였는데······. 그사이 광고회사 쪽에서 꽤 입지를 다진 모양이었다. 선배는 만나자는 말에 당황하다 곧 약속을 잡자고 했다. 성가실 법도 한데 성공한 사람으로서 누군가에게 조언을 해줄 수 있는 자기 위치가 싫지 않은 눈치였다. 입사 3년 만에 내 이름으로 된 프로젝트를 처음 맡게 되었다. 며칠 뒤 신약 마케팅에 관한 방향과 전략을 제시하는 프레젠테이션 일정이 잡혀 있었다. 진급은 물론이고 연봉 협상에도 영향을 미칠 중요한 일이었다. 회사에서 어깨너머로 배운 요령과 정보가 없는 건 아니지만 선배를 만나 도움이 될 만한 이야기를 들어보는 것도 나쁘지 않을 것 같았다.

그녀는 몰라보게 예뻐져 있었다. 평범한 기성복 차림으로 나왔는데 분위기가 다르고 선線이 달랐다. 긴장을 먹고 사는, 그러나 그만큼의 인정과 보상을 섭취하는 사람이 내뿜는 기운이 느껴졌다. 그녀는 한 손으로 커피에 섞인 얼음을 휘저으며 광고계의 뒷얘기와 여자로서 사회생활을 하는 것의 어려움, 사내 알력 관계 등에 대해 얘기했다. 약간 과시적인 태도가 거슬렸지만 나 역시 공감하는 부분이 있어 지루하진 않았다. 오랜만에 만난 사이인데도 선배는 별로 어색해하는 것 같지 않았다. 아마도 수줍음은 사회생활의 적이라는 사실을 진작부터 알고 있어서인지 몰랐다. 이런저런 얘기 중 선배는 대뜸 내 입술이 부르텄다며 친근하게 나무랐다.

"너 마케팅부라며."

"예."

"그런데 입술이 그게 뭐야. 아무리 바쁘고 피곤해도 생기 있게 자신을 가꾸고 있는 모습을 보여주는 것도 경쟁력이야. 그런 것도 다 자기 관리라고."

나는 입술에 침을 바르며 고개를 끄덕였다. 그러곤 몇 가지 기억할 만한 것들을 메모하며 그녀 애길 경청했다. 그러다 무심코 그녀의 손에 시선이 머물렀다. 이슬 맺힌 유리컵을 쥔 채 조용히 꼼지락거리고 있는, 매끄럽게 잘 다듬어진 열 개의 손가락. 손톱 위론 반투명한 살구색 매니큐어가 칠해져 있었다. 그리고 주위에 굳은살이 거의 없었다. 손톱마다 알알이 박힌 깨끗하고 균등한 크기의 반달은 또 얼마나 어여쁘던지. 그녀의 손은 스스로 과시하고 있지 않아 더욱 과시적으로 보였다. 수다를 떨며 맞장구를 치고 호응하는 내내 나는 선배의 손을 흘끔거렸다. 화려함이나 아름다움 때문만은 아니었다. 그 손에 자꾸 눈이 간 건 그것이 무척 '깨끗해' 보인다는 데 있었다.

"이제 저기서 말리세요."

탁자 위에 놓인 플라스틱 재질의 둥근 기계가 보였다. 센서에 손이 닿자 웅- 하고 미지근한 바람이 새어나왔다. 손을 내밀고 멍하니 앉아 그렇게 20분 정도를 기다렸다.

베이직 코스는 생각보다 섬세하고 복잡했다. 레귤러나 스페셜 과정은 그보다 더 세분화된 모양이었다. 여자가 처음으로 한 일은 기다란 줄로 내 손톱 하나하나를 간 거였다. 좌우로 줄이 움직일 때마다 손톱 가루가 먼지처럼 보얗게 날렸다. 손톱 가루를 들이마시지 않으려 숨을 몇 번 참았다. 다음 순서는 손톱 주위에 큐티클이 잘 붙게 하는 용액을 바르는 거였다. 여자는 손톱 둘레에 오일을 묻힌 뒤, 펜치 모양의 금속 도구로 큐티클을 밀고 깎고 다듬었다. 짐작보다 시간과 품이 많이 드는 작업이었다. 나는 전문가의 솜씨에 감탄하며 전 과정을 주의 깊게 지켜봤다. 여자가 열 손가락에서 모두 걷어낸 큐티클을 휴지에 묻혀 한꺼번에 보여주었을 때는 자기 똥을 보고 좋아하는 어린아이처럼 흥미로워했다. 여자는 내가 손 관리에 너무 무심하고 게으르다며 농담조로 면박을 줬다. 정작 유리벽 바깥에서, 이 안에 여자들을 보고 태만하다고 생각한 건 난데, 숍에서는 반대의 논리가 통하고 있었다. 여자는 면봉에 솜을 둥글게 말아 아세톤에 적힌 뒤 손톱 주위에 이물질을 꼼꼼하게 닦아냈다. 그런 뒤 스크럽 제품을 이용해 손 전체의 각질을 벗겨냈다. 곧 손등 위에 뜨거운 물수건이 얹어졌다. 여자는 그걸로 내 손을 닦아준 뒤 핸드크림을 바르고 유분기를 이용해 손바닥과 손가락을 고루 주물러줬다. 여자가 자기 손가락 사이에 내 손가락을 끼워 하나씩 튕겨줄 때마다 찌릿찌릿 전류가 흘렀다. 손톱에 단백질 성분의 영양제를 바르고 여자가 내게 어떤 컬러를 원하느냐고 물었다. 나는 펄이 들어간 살구색을 골랐다. 여자는 손톱 위에 같은 색 매니큐어를 두 번 칠한 뒤 '탑 코트'라 불리는 투명 매니큐어를 다시 덧발랐다. 매니큐어가 다 말랐을 땐 손톱마다 오일을 한 번 더 발라줬다. 총 열 번이 넘는 '발림'의 과정이었다. 평소 얼굴에 바르는 화장품도 대여섯 개를 넘지 않는데. 각각의 과정이 놀라울 따름이었다. '손'이 아니라 '손의 세부'를 만져주는 손길. 엷은 졸음이 몰려오며 어느 순간 '나는 케어 받고 싶다. 나는 관리 받고 싶다. 누군가 나를 이렇게 영원히 보살펴주었으면 좋겠다, 어린아이처럼' 하고 고해하고 싶은 충동이 들었다. 누군가 나를 오랫동안 정성스럽게 만져주고 꾸며주고 아껴주자 나는 아주 조그마해지는 것 같았고, 그렇게 안락한 세계에서 바싹 오그라든 채 잠들고 싶어졌다. 그리고 모든 과정이 끝났을 때 불가사리 같은 손을 쫙 펴 보이며 속으로 환하게 외쳤다.

'아! 손톱이 사탕 같아졌다!'

지갑을 찾자 여자가 꺼내주겠다고 했다. 혹시라도 가방 지퍼나 소지품에 손톱이 긁히면 안 되기 때문이었다. 매니큐어가 충분히 마르기까지는 최소 한 시간 이상이 필요하다고 했다. 여자는 오늘 하루 조심하라는 말과 함께 내 지갑에서 만 5천 원을 꺼냈다. 선배를 만난 뒤로 자르지 않아, 기다래진 손톱은 더 맵시가 났다. 구두나 가방, 목걸이뿐 아니라 몸 자체도 하나의 장신구가 될 수 있다는 사실이 신기했다. 어쩌면 몸이야말로 가장 비싼 액세서리일지도 몰랐다. 두 손을 높이 들어 조명 아래 비춰봤다. 예쁘다. 그리고 깨끗하다. 나는 책가방에 좋은 성적표와 함께 상장까지 얹어가게 된 아이처럼 연신 비실비실 웃었다. 여자가 가만 미소 지으며 말했다.

"다음에는 더 과감한 걸로 하고 싶어질 거예요."

그러곤 클러치백을 건네주며 능청스레 물었다.

"어떻게, 회원권 끊어드릴까요?"

토요일, 명동 시내는 말할 수 없이 복잡했다. 웬만한 보도는 발 디딜 틈이 없어 지하철역 입구를 통과하는 데만도 엄청난 에너지를 쏟았다. 힐을 신고 뒤뚱거리며 명동 성당을 향했다. 4월인데도 후텁지근한 날씨가 여름 못지않았다. 대형 쇼핑몰의 스피커에서 댄스곡이 시끄럽게 흘러나왔다. 작은 상점들도 질세라 내레이터 모델들을 앞세워 호객 행위를 하고 있었다. 상인들은 서툰 일본어로 관광객을 붙잡고, 거리는 쇼윈도를 바라보는 수천 개의 눈들로 꽉 차 있었다. 명동 지리에 익숙지 않아 더듬더듬 청첩장에 붙은 약도를 보며 걸었다. 상점 밖, 에어컨디셔너의 실외기가 일제히 쏟아내는 열기에 숨이 막혔다. 한껏 꾸미고 왔는데 화장이 번지고 겨드랑이에 벌써 땀이 찼다.

'명동 성당에서 결혼하기 쉽지 않다던데. 누구랑 하는 걸까?'

신랑이 교사라고 했던가. 대기업에 취직하고 시집도 잘 가는 친구가 부러웠다. 그러면서도 한편으론 '친구가 잘돼 좋지만 또 지나치게 잘되지는 않아 다행'이라 생각했다. 교사라면 좀 평범하다

싶고 신랑이 못생겼단 얘길 들어서였다. 오래전부터 나는 그녀가 훨씬 괜찮은 남자와 결혼하리라 믿어왔다. 그녀는 내 주위에 몇 안 되는 '인물 좋고 공부 잘하고 성격까지 좋은' 사람 중에 하나였다. 질투심에 이불을 뒤집어쓴 채 그녀의 친절을 의심하고 분석한 밤도 여러 날이지만. 그녀는 단순하고 긍정적인 사람이었다. 그래서 좀체 거리가 좁혀지지 않는. 여기저기서 사람들이 함부로 어깨를 치며 지나갔다. 손톱이 긁히지 않도록 조심하며 가방에서 휴대폰을 꺼냈다. 엄지와 검지를 뺀 나머지 손가락들이 예민하게 활짝 벌어졌다. 식에 좀 늦은 것 같다. 한 시간이나 일찍 출발해놓고. 네일 케어를 받느라 지각했다. 어마어마한 인파를 뚫고 헉헉대며 길을 헤매다 명동 성당에 오르는 언덕에 도착했다. 한 손으로 햇빛 가리개를 만든 뒤 자리에 서서 잠시 십자가를 바라봤다.

결혼식은 모든 결혼식이 그렇듯 금방 끝났다. 그리고 다른 모든 결혼식과 마찬가지로 허전한 기분을 남겼다. 식이 다 끝났을 때만큼 어정쩡한 순간도 없었다. 사람들은 보통 식장에서 만난 친구와 차를 마시러 가거나 영화를 보고 쇼핑을 하는 등 없는 일을 하나씩 만들었다. '집에 갈까?' 하다, 어쩐지 나도 약속을 만들고 싶어졌다. 심란하기도 하고 마실 나온 김에 스커트를 휘날리며 좀 쏘다닐 요량이었다.

친구의 결혼식은 나무랄 데가 없었다. 100년 넘은 고딕 양식의 건물. 기도하듯 하늘을 지향하는 성당의 자태. 색색의 스테인드글라스에 스미는 햇빛. 고상한 분위기의 현악 삼중주. 말쑥한 하객들. 아치형 천장에서 쏟아지는 따뜻한 조명과 종교적 분위기……. 많은 이들이 미소 지었고 온갖 종류의 부드러움이 출렁거렸다. 신랑과 신부에게선 총체적인 안색이라 할 만한 건강함이 느껴졌다. 대학 동기 몇몇이 내게 알은체를 했다. 친구들의 옷은 무척 과감하면서도 세련돼 보였다. 색깔이나 디자인이 흔치 않은 거였고 그 천박하지 않은 화려함이 결혼식의 화사한 분위기와 잘 어울렸다. 반면 내 옷은 무난하다고 할까 답답할 정도로 평범해 보였다. 친구들의 감각적인 정장을 보자 내가 의기양양하게 걸치고 온 것들이 유행이 꽤 지난 것처럼 느껴져 풀이 죽었다. 게다가 파란색 블라우스의 양 날갯죽지가 걸어오는 동안 땀으로 얼룩져 군청색으로 변해 있었다. 다른 데도 아니고 겨드랑이라니. 웃기고 추접스러워 보이지 않을까 걱정됐다. 동기들과 형식적인 악수를 나누며 최대한 겨드랑이를 벌리지 않으려 애썼다. 내심 누군가 내 손톱을 봐줬으면 싶었지만 알아차리는 사람은 아무도 없었다. 부러 손으로 입을 가리고 웃고 머리카락을 자주 만져도 마찬가지였다. 동기 여자애들은 신부화장이나 식장 인테리어 등 딴 곳에 정신이 팔려 있었다. 내 손에 가장 신경 쓰고 있는 건 나 자신뿐이었다. 게다가 공교롭게도 나는 신부의 단짝을 대신해 부케까지 받아야 했다. 차가 막혀 아직 성당에 오지 못한 녀석이 있어서였다. 다른 사람들은 대부분 결혼했거나 아이가 있었다. 나는 옆에 친구에게 '야, 네가 받아. 네가 더 친하잖아' 라고 속삭였다. 친구가 시큰둥한 투로 '난 독신주의자잖아' 라고 말하며 발을 뺐다. 나는 원하지도 않는 장기자랑 무대에 끌려나가는 사람처럼 온갖 저항을 하며 몸부림치다 결국 하객들 성화에 못 이겨 신부 옆에 서게 됐다. 사람들은 내가 쑥스러워 한다고 여기는 모양이었다. 신부는 꽃 주인이야 누가 되든 좋다는 식의 표정을 짓고 있었다. 언젠가 부케는 가장 싱싱하고 좋은 꽃으로 만들기 때문에 비싸다는 얘길 들은 기억이 났다. 친구가 든 꽃도 20만 원은 족히 넘어 보였다. 봉우리가 시원스레 벌어진 화이트 튤립 다발이 별다른 장식 없는 단아한 실크 리본에 묶여 있었다. 둘레가 레이스처럼 갈라진 흰 꽃잎과 길게 뻗은 초록색 줄기가 산뜻하고 순결한 인상을 주었다. 어정쩡한 자세로 신부 옆에 서서 몸을 꼬고 있는데 사진사가 신호를 보냈다.

"자, 하나, 둘, 셋 하면 던지세요."

사람들은 일제히 기대감에 찬 눈으로 나를 바라봤다. 나는 팔을 벌리지 않으려 애쓰며 엉거주춤 달려가다 바닥에 그만 꽃다발을 놓쳐버리고 말았다. 하객들은 모두 관대하게 웃었다. 사진사는 자주 있는 일이라는 듯 명랑한 목소리로 나를 격려했다.

"자 다시 갑니다. 친구분 좀 더 적극적으로 받아보세요. 이제 찍습니다. 하나, 둘, 셋."

나는 겨드랑이 얼룩을 들키지 않으려 이번에도 소극적으로 움직였다. 내가 몇 번이나 부케를 놓치자 신부가 낭황하는 미소를 지었다. 나 역시 촬영이 지연돼 초조한 마음이 들었다. 혹 예식에 부정이라도 타는 건 아닌지 미안했다. 그러니 다시 신호가 오면 허공에 온몸을 던져서라도 튤립을 받아내는 수밖에 없었다.

"자. 다들 여기 보세요. 마지막입니다. 친구분 준비하시고. 신부, 던지세요! 하나, 둘. 셋."

찰칵―.

순간 사진기에 포착됐을 내 모습이 절로 머릿속에 그려졌다. 나는 하얗게 질린 얼굴로 '만세' 자세를 취하고 있었다. 내가 보여주고 싶은 건 예쁜 손톱이었는데 정작 하객들은 내 겨드랑이에 생긴 커다랗고 우스운 얼룩만 보고 말았다. 앞으로도 그들은 영원히 나를 그렇게 기억하게 되겠지. 땀 흘리는 여자…… 땀을 아주 많이 흘리는 여자……. 나는 부케를 꽉 안으며 울상 진 채 활짝 웃었다. 하객들의 우레와 같은 박수 소리가 오랫동안 들려왔다.

지하철역을 향했다. 한 손에는 아까 받은 부케가 들려 있었다. 지나가는 몇몇 이들이 나를 힐끔거렸다. 오전 내내 힐을 신고 종종거렸더니 벌써부터 발이 붓고 허리가 아팠다. 보도 곳곳에는 아직도 빗물이 고어 있었다. 구두가 젖으면 안 되는데 걸음마다 자꾸 구정물이 튀었다. 클러치백에서 물티슈를 꺼내 종아리에 묻은 흙탕물을 닦아내는데 웬 승용차 한 대가 스윽 멈추어 섰다. 자신을 독신주의자라고 말했던 아까 그 친구였다. 그녀는 차 창문을 내린 뒤 고개를 내밀며 '태워줄까?' 물었다. 운전석 옆으로 그녀가 벗어둔 하이힐이 보였다. 친구는 무척 말랑말랑해 보이는 슬리퍼를 신고 있었다. 내가 괜찮다고 사양하자 친구는 방긋 웃고 떠났다. 결혼식은 미소가 너무 많아 힘들다. 뭘 좀 마실까 하다 이참에 남산에서 목을 축이는 것도 나쁘지 않을 거란 생각이 들었다. 마침 명동에 왔으니 N서울타워에서 일하는 친구를 보고 가기로 했다. 친구 퇴근시간을 기다렸다 같이 저녁을 먹고 공원 주위를 산책하면 딱일 듯했다. 거리는 여전히 덥고 복잡했다. 부케가 성가셨지만 버리기 아까워 계속 가지고 다녔다. 당장은 불편해도 막상 병에 꽂아두면 며칠은 집 안이 환할 거란 기대가 들었다. 지하도 앞에 다다르자 웬 아주머니 한 분이 목청을 돋우고 있는 모습이 보였다.

"저축은행 신용카드 만드세요. 사은품 드립니다!"

대형마트나 백화점에서도 자주 듣는 소리라 지나치려는데 가판 한쪽에 수북 쌓인 찜솥과 여행 가방이 눈에 띄었다. 아주머니는 흔들리는 내 눈빛을 금방 알아차리고 목소리를 높였다.

"신용카드 하시면 빨래 삶는 솥이나 여행 가방 드려요!"

걸음을 늦추어 살짝 여행 가방을 살펴봤다. 제법 크고 튼튼한 게 고급스러운 재질의 천이 씌워져 있었다.

'어차피 필요한데 하나 할까?'

이번 여름에 친구와 일본이나 태국에 가기로 한 약속이 떠올랐다.

'앞으로도 출장이 잦을 텐데. 번번이 가방을 빌릴 순 없잖아? 사놨다가 나중에 신혼여행 때 써도 되고.'

카드사에서 각종 사은품이 나가는 건 알고 있지만 캐리어를 주는 건 드물었다. 이대로 지나치면 언제 또 같은 조건의 상품을 만나게 될지 알 수 없었다. 하지만 그렇다고 온종일 캐리어를 끌고 다닐 수도 없는 노릇이었다. 다음에 할까? 돌아서려는데 아주머니의 목소리가 급기야 우렁차졌다.

"20만 원 상당의 가방 공짜로 드립니다. S사 정품, 고급 캐리어 가져가세요."

그러곤 내게 직접 말을 건넸다.

"하나 하세요. 첫 해에는 연회비 무료고 영화관이나 패밀리레스토랑 등 가맹점에서 할인받을 수 있어요. 여기 콘도와 놀이동산 이용권 등 혜택도 많아요."

입을 꾹 다물고 자리에 선 채 오늘 하루 여행 가방을 들고 다녀야 하는 수고와 20만 원의 가치를 저울질했다.

"우선 신청하시고 나중에 불필요하다 싶으면 가위로 잘라내셔도 돼요."

아주머니가 짐짓 비밀스러운 투로 말했다. 나는 이미 신용카드가 세 개나 있어 망설였다. 무심코 손톱을 입에 물고 뜯는데 아주머니가 환한 목소리로 외쳤다.

"아유, 손이 참 예쁘시네요."

나는 '아, 네' 하고 손을 내려놓았다. 언젠가 백화점에서 일하는 친구로부터 '여자는 손톱과 가방으로 남자는 안경테와 시계로 소비수준과 구매력을 판단한다'는 얘기를 들은 적이 있었다. 아주머니의 칭찬을 들으니 이 순간 적어도 지불능력이 없어 고민하는 것처럼 보이지는 않을 거란 안도가 들었다.

"가방은 오늘 가져가야 하나요?"

"예, 빈 가방이라 아주 가벼워요."

서류작성은 간단하고 신속하게 이뤄졌다. 카드는 신용 등급 심사를 거쳐 며칠 뒤 인편으로 배달해준다고 했다. 개인정보수집 동의서에 인적사항을 기입하는 사이 아주머니가 다정하게 상체를 기울이며 조언을 해줬다. 두꺼운 화장을 한 콧잔등 뒤로 송골송골 땀이 맺혀 있는 게 보였다. 아주머니의 가슴팍과 겨드랑이 근처도 축축하게 젖어 있었다. 그녀의 땀 냄새를 맡으며 서둘러 서류에 서명했다. 그러곤 가방을 챙겨 시내로 나왔다. 지하철을 탈까 하다 택시를 이용하기로 마음먹었다. 부케에 클러치백에 여행 가방까지 들고 남산에 올라가려니 엄두가 안 났다. 택시비로 5천 원쯤 나올 테니 20만 원짜리 가방을 19만 5천 원에 샀다 치면 되지 않을까 하며 '빈 차' 등을 켠 택시를 향해 나는 부케를 쥔 손을 번쩍 들어 올렸다.

* * *

친구는 나를 보고 당황했다. 친구의 한 손에는 쟁반이 다른 한 손에는 주둥이가 긴 스테인리스 주전자가 들려 있었다.

"웬일이야?"

기대만큼 반겨주지 않아 좀 서운했지만 영업중이라 그러려니 했다.

"웬일은. 너 보려고 왔지."

친구가 매니저의 눈치를 살폈다.

"나 다섯 시에 끝나는데."

"괜찮아. 저기서 책 보고 있을게. 같이 저녁 먹자. 나 신경 쓰지 말고 일해."

나는 창가에 자리를 잡고 앉았다. 남자 종업원이 먼지 하나 없는 테이블에 컵 받침을 깔고 생수가 담긴 유리잔을 내려놓았다. 아이스모카를 주문한 뒤 간이 책장에서 잡지 몇 권을 집어 왔다. 통유리 너머로 스모그에 싸인 시내 전경이 보였다. 잿빛 한강, 빽빽이 들어선 빌딩과 다닥다닥 붙은 가옥들. 애써 찾아 볼 풍경은 아니지만 음료와 함께 전망을 구매했단 느낌이 들었다. 주말이라 카페에는 사람이 꽤 많았다. 다른 자리에 앉은 이들도 턱을 괸 채 창밖을 바라보거나 담소를 나누고 있었다. 얼마 뒤 옆에 꼬마가 유리벽에 코를 댄 채 뭐라 종알대는 소리가 들렸다.

"엄마 저게 뭐야?"

온화한 인상의 여자가 미소를 지으며 답했다.

"케이블카야. 저 안에 사람들이 있어. 이렇게 줄을 타고 꼭대기로 올라오는 거야."

아이가 눈을 크게 뜨고 물었다.

"저렇게 높이 올라가다 갑자기 멈춰버리면 어떡해?"

여자가 아이의 머리를 쓰다듬어주며 말했다.

"걱정하지 마. 누군가 구해주러 올 거야."

유리잔을 들어 물을 마셨다. 투명한 유리컵을 우아하게 감아 쥔 손끝을 보며 한 번 더 흡족해했다. 친구는 종종거리며 끊임없이 뭔가를 나르고, 닦고, 움직이고 있었다. 그리고 이따금 나와 눈이 마주치면 어색한 웃음을 지었다. 나는 한 손으로 종아리를 주물렀다. 마음 같아선 발바닥도 마구 마사지하고 싶었지만 체면상 그럴 수 없었다. 택시를 타고 남산 초입에서 내려 케이블카를 탔다. 개인 차량은 남산에 들어갈 수 없다는 걸 기사 아저씨를 통해 뒤늦게 알았다. 봉화대 근처에서 내려 한참 계단을 올랐다. 여기가 끝인가 싶은 곳마다 층계가 한없이 이어졌다. 도중에 너무 힘들어 포기하고 싶을 지경이었다. 땅에 빗물이 고여 캐리어 바퀴 사이로 구정물이 튀었다. 백에, 캐리어에, 부케까지 들고 오는 길이 여간 힘든 게 아니었다. 온몸에 땀이 흐르고 블라우스 전체가 축축하게 젖었다. 발에는 이미 물집이 잡혀 있었다. 나중에는 여행 가방이고 부케고 어디 갖다버렸으면 좋겠다는 생각이 들었다. 걷는 내내 옆구리에서 클러치백이 흘러내렸다. 가다가 멈추고 다시 걷다가 멈추어 백을 옆구리에 바싹 끼워 올렸다. 그러곤 나중엔 부케를 캐리어 안에 집어넣었다. 가방 속 밴들에 부케를 단단히 고정시키고 지퍼를 닫으면 괜찮을 것 같았다. 막연히 친구 얼굴이나 보자고 온 건데 완전 고난의 행군이었다. 더욱이 N서울타워에서는 입장료를 받고 있었다. 나는 피로에 쩐 얼굴로 초고속 엘리베이터를 타고 N서울타워 꼭대기 층까지 올라왔다. 이곳에 밥값과 찻값이 만만치 않다는 걸 알았지만 그땐 이미 가격이고 뭐고 상관없이 어디든 널브러져 목을 축이고 싶은 마음이었다.

종업원이 기다란 유리잔에 생크림이 얹어진 아이스모카를 갖다 줬다. 빨대로 한입 쪽 빨아먹으니 머리가 쨍- 해지는 게 기분이 났다. 오래전 테이크아웃 커피점에서 아이스모카를 마셨을 때 그 깊고 그윽한 단맛에 반했던 기억이 났다. 커피 한 잔에 몇 천원이라니 학생 때라 엄두가 안 났는데. 햇빛이 작열하던 어느 여름날, 용기 내어 들어간 가게에서 난생 처음 마셔본 거였다. 그때 나는 '세상에 이렇게 맛있는 음료가 있다니!' 하고 감탄했다. 그러고 보니 부천에서 만난 선배도 비슷한 얘기를 했었다.

"너 책은 좀 보니?"

"예, 보려고 노력하고 있어요."

"그래. 우리 같은 광고쟁이나 마케팅 쪽에 있는 사람들은 계속 공부해야 해. 고전은 기본이고. 신간도 부지런히 살피고, 시대의 흐름을 읽어야지."

선배는 유리잔을 매만지며 말을 이었다.

"왜 박완서의 《엄마의 말뚝》이란 소설 보면 주인공이 국화빵을 처음 먹고 놀라는 장면이 나오잖아."

나는 머리를 긁적였다.

"아, 그래요?"

"그래. 그런 게 있어. 아무튼 그때 걔가 엿이나 꿀과 다른 팥앙금 맛을 뭐라 표현하냐면 그건 서울의 감미, 대처의 추파였다 뭐 이런 말을 해."

"……"

"근데 난 요새 우리 세대 도시의 감미는 이 커피가 아닐까 싶어. 에스프레소나 아이스모카 같은 거. 카라멜마끼아또나 아이스 그린티 블렌디드 같은 거 말이야."

선배는 광고 회사 직원답게 감각적으로 말했다.

"뭐 로스팅 방법과 원두 종류에 따라 그 맛도 가지각색일 테고. 나도 이젠 단맛보다 신맛과 쓴맛에 더 끌리긴 하지만 말이야."

나는 선배 얘기를 들으며 가만 고개를 끄덕였다. 그땐 그냥 지나친 얘기였는데. N서울타워 꼭대기에 와 커피를 마시다 보니 선배 얘기가 새삼 떠올랐다. 라디오 방송을 송출하기 위해 수십 년 전 서울에 처음으로 세워진 전자탑. 그 꼭대기에서 커피를 홀짝이며 나는 잠시 신맛과 쓴맛을 구분하려 집중했다. 하지만 나는 여전히 단맛에 더 끌렸다. 시간이 충분하다면 나도 선배처럼 책을 많이 보고, 또 응용하며 살고 싶단 생각이 들었다. 나른한 표정으로 잡지를 넘기며 볼우물에 힘을 주어 커피를 쪽 빨아 마셨다. 카페인이 민들레 씨앗처럼 온몸에 퍼져 나가며 세포 하나하나를 건드리는 느낌이 났다.

해가 지자 바람이 꽤 선선했다. 친구와 나는 캔 맥주 몇 개를 사서 팔각정 근처로 갔다. 친구가 발목까지 오는 하얀 원피스에 낡은 이스트팩을 매고 앞장섰다. 언제 봐도 친구의 패션 감각은 참으로 난감했지만 하이힐을 신은 채 온종일 캐리어를 천형처럼 이고 다닌 내 모습도 썩 근사하진 않을 듯했다.
"목 좀 축이고 밥 먹으러 가자."
친구가 이를 드러내며 웃었다. 주위에는 즉석사진을 찍어주는 사진사와 돌계단에 앉아 쉬는 가족들, 외국인 관광객의 모습이 보였다. 우리는 비교적 사람이 적은 곳을 찾아 자리를 잡고 앉았다. 해질녘 축축해진 나무 냄새가 상그러웠다. 발밑에선 피둥피둥한 비둘기 몇 마리가 과자 부스러기를 부지런히 쪼고 있었다. 친구가 검은 봉지에서 맥주 두 캔을 꺼냈다. 냉장고에서 갓 꺼내 표면에 이슬이 맺혀 있었다. 친구가 맥주 캔을 따 내게 권했다.

"자."

나도 얼른 캔 하나를 집어 친구 것을 따주려 했다. 그러다 문득 '아, 오늘 손톱을 해서 안 되는데……' 라는 생각이 들었다. 캔을 잡고 주저하자 친구가 내 얼굴을 빤히 쳐다봤다.

"왜?"

"응? 아니야."

에라 모르겠다 싶어 알루미늄 따개 부분에 과감히 손가락을 갖다 댔다. 그러곤 손끝에 힘을 줘 따개를 들어 올렸다. 치익- 청량하게 탄산이 빠져나오는 소리와 함께 순간 검지 손톱이 찢어졌다.

"아야."

한 손으로 재빨리 다른 손을 감쌌다. 아프다기보다 아깝다는 생각이 먼저 들었다.

"다쳤어? 괜찮아?"

팔뚝에 돋은 소름을 비벼가며 나는 괜찮다고 했다. 친구가 걱정스런 눈으로 상처를 바라봤다. 그러곤 이내 뭔가 발견한 듯 반색했다.

"어머, 너 손톱 했니?"

나는 손을 바싹 오므렸다.

"어? 아니."

친구가 덥석 내 손을 잡고 이리저리 살폈다.

"한 거 같은데?"

나는 손을 더 강하게 쥐며 딴청을 피웠다.

"아, 이거, 내가 한 거야."

결혼식장에서는 누군가 알아주길 그렇게 바랐는데 이상하게 친구 앞에선 감추고 싶은 마음이 컸다. 친구가 나를 비난할 리 없고, 그쯤은 대단한 사치가 아닌데도 그랬다. 우리는 곧 건배했다. 친구가 좋다는 듯 크으— 소리를 냈다.

"이사한 데는 좋아?"

"응. 예전에는 방 크기랑 이불 크기가 거의 같았는데. 이사 와 처음으로 요를 까는데 요가 너무 쪼그매 보이는 거야. 그게 너무 좋았어."

친구는 내 얘기를 들으며 익숙한 솜씨로 제 종아리를 주물렀다.

"그래 다음에는 수영장 딸린 원룸 없나 한번 알아봐. 칵테일 바도 차려놓고."

나는 신을 벗고 다리를 감싼 채 웅크려 앉았다.

"넌 어때?"

친구가 시선을 피했다.

"똑같지 뭐."

그러곤 잠시 남산 아래 펼쳐진 서울을 아득하게 바라봤다. 도심 바깥의 동떨어진 고요 탓에 저 아래 대처의 풍경은 이국에서 날아온 엽서처럼 낯설게 다가왔다. 찢어진 손톱에서 느껴지는 이물감에 자꾸 신경이 쓰였다. 알코올이 들어가자 하루의 긴장이 풀리며 몸이 노곤해졌다. 친구는 다리를 만지던 손으로 허리를 두드렸다. 우리는 말없이 호젓하게 맥주를 홀짝였다.

"참, 너 그 가방 정말 태국 여행 때문에 한 거야?"

나는 꼭 그런 건 아니라고 필요해서 가져온 거라고 변명했다.

"그랬구나."

친구가 얼마 있다 말을 이었다.

"나 사실 너한테 할 말 있는데."

정색하는 얼굴을 보자 갑자기 불안해졌다. 혹시 돈이 필요한 걸까, 어떤 식으로, 얼마까지 가능하다고 해야 의가 상하지 않을까 그 짧은 순간에 별 고민이 다 됐다.

"나 여행 못 갈 것 같아."

"어?"

"내가 먼저 가자고 한 건데 미안해. 그렇게 됐어."

무슨 일인지 물으려다 관뒀다. 이유는 단순하리라. 식구 중 누가 아프거나 사고를 쳤을 것이다. 자세한 얘기는 모르지만 친구에게 중요한 일이 닥칠 때마다 늘 그런 일이 생기곤 했다. 나는 더 묻지 않고 그냥 알았다고 했다. 친구가 내 여행 가방을 쳐다봤다.

"있잖아……."

"응?"

"나 사실 여행 안 좋아해."

"뭐?"

친구가 의심의 눈초리를 보였다.

"진짜야. 내가 언제 너한테 여행 가자고 하디. 돈 굳어서 좋다야."

그러자 문득 까맣게 잊고 있던 부케 생각이 났다.

"참 아까 말한 부케 보여줄까?"

"응. 그 수치의 부케? 으하 어디 있는데?"

"여기."

한쪽 발로 여행 가방을 툭 쳤다. 비둘기 떼가 깜짝 놀라 후드득 하늘로 날아갔다. 친구가 관심을 보이며 상체를 숙였다. 나는 가방 앞에 쪼그려 앉아 지퍼를 풀었다. 그러고는 가방을 활짝 열어젖혔다.

"짜잔―."

"……"

"어?"

우리는 서로의 얼굴을 멍하니 마주봤다. 가방 속 부케는 심하게 망가져 있었다. 꽃잎도 여기저기 흩어져 멍들어 있는 상태였다.

"부서졌네."

친구가 담담하게 답했다.

"그러네."

우리는 가방을 그대로 놔둔 채 다시 벤치에 앉았다. 주위는 서서히 어둑해지고 있었다. 친구가 홀짝 맥주를 들이켰다. 나도 입

안에 맥주를 털어넣은 뒤 말없이 앞을 바라봤다. 그렇게 오래 여행 가방 옆에 있자니 어쩐지 우리가 떠나온 사람 혹은 떠나갈 사람이 아니라 어딘가로 멀리 쫓겨난 사람처럼 느껴졌다. 그리고 꽤 오래전부터 그렇게 커다란 가방을 이고 다녔던 것 같은 기분이 들었다. 허리 숙여 찢어진 꽃잎 하나를 집어 들었다. 끝부분이 갈색으로 변해 있었다. 한참을 만지작거리다 손바닥에 올려놓고 후- 불었다. 부드럽고 선선한 4월 바람을 타고 하늘하늘 도심 속으로 꽃잎 한 점이 낙하했다. 큰 바람이 불어와 꽃잎은 고꾸라졌다 비상하길 반복하며 알 수 없는 곡선을 그리고 날아갔다. 친구가 맥주를 마셨다. 나도 맥주를 들이켰다. 그리고 어느 순간 더 이상 맥주가 없다는 사실을 깨달았다.

"갈까?"

나는 엉덩이를 털며 일어섰다.

"그래."

친구가 내 대신 캐리어 손잡이를 잡았다.

"가자."

하얀 원피스에 끈 짧은 책가방을 맨 친구가 휘적휘적 앞장을 섰다. 9센티미터 구두를 신은 나는 절름발이처럼 뒤뚱뒤뚱 친구를 따라갔다. 언덕을 내려가는 우리 그림자를 따라 드르륵- 드르륵- 캐리어 바퀴 소리가 꼬리처럼 길게, 쉬지 않고 따라왔다.

문학의 새로운 세대

손아람

객관적인, 공식적인, 점잖은, 이런 표현들은 비슷한 어법으로 쓰인다는 사실을 말해두고 싶다. 인물이 곧 역사인 이 작은 판에서 일어난 투쟁과 반목이 객관적인, 공식적인, 점잖은 기록으로 축소되는 게 바람직한 일인지, 판단은 독자의 몫으로 남겨두려 한다.

손아람

1980년 서울에서 태어났다. 서울대학교 미학과를 졸업했다. 장편소설로 《소수의 건》, 《진실이 말소된 페이지》가 있다.

예심

이것은 말 그대로 활자로 쌓아 올린 구조물이다. 수백의 작가, 수천의 이름, 수만의 문장, 수십만의 어휘, 수백만의 음운이 그 설계에 동원되었다. 서로를 짓누르고 질식시키는 언어들의 물리적 층간에서 문학의 오랜 투쟁은 비로소 선명한 의미가 되었다. 남은 문제는, 누가 당선되느냐이다.

서로에 무관심한 인간의 가치들. 적이 되어 경합하는 이야기들. 문학이 세계의 어떤 모습을 보여주든, 스스로 세계 위에 놓였을 때의 지위는 선풍기 미풍에 날려 흩어질 종이 더미이다. 그래서 심사위원인 '추'는 눈높이까지 위태롭게 쌓아 올려진 응모작들로부터 바벨탑을 떠올렸다. 물론 농담이나마 그런 말을 입 밖에 낼 수는 없었는데, 그것은 그 자신이 신춘문예로 등단한 까닭이기도 하거니와, 응모작들을 사이에 두고 탁자 맞은편에 늙은 '정'이 두 눈을 부릅뜨고 앉아 있었기 때문이다. 다른 심사위원들이야 추와 정 사이를 감도는 냉랭한 공기가 거북했을 테지만, 문단에서는 호사꾼들의 관음적인 호기심이 경쟁적으로 방 안을 향하고 있었다. 중견소설가인 '김'은 들어오기 전에 문자 메시지까지 받았다. 눈여겨보라고. 끝나고 다 이야기해줘야 돼.

　물론 요즘 같은 시대에 문학을 전공하는 젊은 학생들이라면 추와 정의 개인사 따위에는 관심이 없을 것이다. 어렵사리 문학이 뿌리내린 현실의 구질구질함을 들쑤셔 얻을게 뭐냐고 묻는다면, 자신 있게 대답하지는 못하겠다. 객관적인, 공식적인, 점잖은, 이런 표현들은 비슷한 어법으로 쓰인다는 사실을 말해두고 싶다. 인물이 곧 역사인 이 작은 판에서 일어난 투쟁과 반목이 객관적인, 공식적인, 점잖은 기록으로 축소되는 게 바람직한 일인지, 판단은 독자의 몫으로 남겨두려 한다.

　추와 정이 오늘 공동의 목표 아래 한자리에 모인 것이 왜 놀라운 일인지 설명하자면 꽤 오랜 세월을 거슬러 올라가야 한다. 아마 문학평론가이자 K대 불문과 교수였던 故 문형근 선생에서부터 시작하는 게 적당할 것이다.

당대 최고의 지성이었던 문형근 선생은 1983년 개최된 연례 학술대회에서 한국문학에도 신구조주의의 여명이 밝아온다고 주장했다.[1]

그는 신구조주의의 경향이 뚜렷이 감지되는 작풍의 신진 작가 세 명을 언급하였는데, 그중 하나가 바로 추다. 문은 수차례 자크 데리다를 인용하며 추의 작품이 이전 세대의 한국문학과는 근본적으로 구별되는 지평 위에 있다고 평가하였다. 그러나 그날 문이 발표한 논문은 자크 데리다의 첫 인용이라는 의의를 가질 뿐 별다른 후속 논의로 이어지지는 못했다. 당시 한국 지식인 사회에서는 철 지난 레비 스트로스의 유행이 한참이라, 태반이 데리다의 이름조차 들어보지 못한 학계에서 섣불리 문에 동의하거나 반박할 자가 없었던 것이다. 데리다의 첫 번역서가 국내에 정식으로 출간된 것은 15년이 더 지난 후였다.

신구조주의라는 단어를 들어본 적조차 없다고 한 추의 인터뷰 발언[2]은 잘 알려져 있지만, 사조에 속하는 것과 사조를 인지하는 것은 별개의 일이므로 그건 문제가 아니다. 추 스스로도 자신에 대한 평가를 부정하기 위해 그런 말은 한 건 아니었다. 정말 신구

---

1) 문형근, 〈韓國現代文學: 新構造主義的 接近〉, 제3회 문학 콜로키움, 1983. 문형근은 '신구조주의'라는 표현을 사용하였으나 이 용어는 후학들에 의해 후기구조주의로 정착하였다.

2) 1984년 4월 3일 〈동아일보〉 17면 인터뷰 기사.

조주의라는 단어를 들어본 적이 없었고, 그게 무슨 뜻이냐는 기자의 갑작스러운 질문에 당황했을 뿐이다. 사실 추는 내심 자신이 한국문학의 새 지평을 열었다는 평가에 흡족해하고 있었다.

당시 정은 대학 조교수로 갓 임용된 신출내기 국문학자였다. 그는 원로학자인 문이 레비 스트로스가 동양척식회사가 설립되던 해에 태어났음을 지식인 사회에 환기시켰다는 사실이 마뜩치 않았다. 전전 세대 주제에 자신의 교수 임용 논문 주제를 구시대의 유물 취급하다니. 문은 국문과 출신도 아니지 않는가. 전공이 아닌 학벌의 지형 위에 고착한 평단의 세력 구도 역시 정의 오랜 불만이었다. 무엇보다 정은 전후 세대라 전쟁의 참극을 몸소 겪지 못해 그런지 겁대가리도 없었다. 그리하여 정은 월간《현대문학》에 기고한 글에서 문을 이렇게 도발하였다.

(추의 작품과 최근의 평가가) ……구태의연한 문학적 통찰을 구태의연하게 해석한 데 지나지 않음을 지적해두고 싶다. 새로움에 대한 우리의 보편적 이해에 비추어볼 때, 새로운 시도란 결코 그 시작에서부터 보편적으로 동의되는 명제의 형태로 출발할 수는 없는 것이다.[3]

---

3)〈文學의 世代〉,《현대문학》, 1984년 2월호.

이 글에서 정은 오히려, 그때까지 평단이 평가를 유보하고 있던 또 다른 신진작가 '유'를 지목하여 "文學의 新世代가 등장하였다"고 추켜세웠다.

인내심이 부족했던 문은 정치적 셈을 빤히 읽으면서도 정이 쳐놓은 그물 속으로 걸어 들어가고 만다. 《현대문학》 다음 호에 기고한 글에서, "최근 소장 평론가들에게서 드러나는 문학적 감식안의 부재를 우려한다"[4]고 정의 도발을 되받은 것이다. 문과 정이 이곳저곳의 문예지에서 치고받는 동안 문학평론가 서넛이 참전을 선언하여 이 논쟁은 평단의 세대 갈등으로 비화될 조짐을 보였다. 그사이 정의 이름은 널리 알려졌다. 이것이 이른바 '문학의 신세대' 논쟁이다. 그러나 열띤 시작에도 불구하고 이 논쟁은 시대의 문학담론으로 성장하지는 못했는데, 다음 해 봄 문이 지병인 췌장암으로 급작스럽게 별세했기 때문이다. 문의 장례식에는 사백여 명의 문인과 학자, 그리고 출판인들이 참석했다. 정도 거기에 갔다. 장례식에서 정을 마주친 계간《문예중앙》편집인들은 메스꺼운 기분을 느꼈다. 불과 일주일 전 보내온 원고에서, 문이 정을 향해 "평론가로서의 수명을 다했다", "학문적 가사 상태" 등의 예지적인 비난을 쏟아냈던 까닭이다. 원고는 정의 요청으로 쓰이진 않았다. 짧은 전쟁은 그렇게 적의 죽음으로 막을 내렸다.

---

[4] 〈文學的 思惟란 무엇인가〉, 《현대문학》, 1984년 3월호.

그러면 문과 정이 각각 문학의 신세대로 지목하였던 추와 유는 어떻게 되었는가? 먼저 유에 대해 말하자면, 그는 평단과 출판시장의 꾸준한 외면 속에 두어 작품을 더 낸 뒤 처가의 도움을 받아 통닭집을 차렸다. 그 후로 유의 이름은 더 이상 문학사에서 언급되지 않는다. 반면 우리 모두 알고 있듯이 추는 명실상부 한국 최고의 작가 반열에 올라섰다. 아이러니하지만, '문학의 신세대'를 걸고 벌어진 상속전의 승자는 결국 죽은 노인이 된 셈이다. 정은 추의 네 번째 장편소설 《소문》에 작품 해설을 실음으로써 현실을 발빠르게 받아들였다.

거기에서 정은 "탁월한 미적 탐색으로 역사의 비극적 지점에서 누구도 예상하지 못한 찬란한 서사를 발굴했다"고 추의 작품을 극찬했다. 하지만 추의 입장에서 보자면 이 느닷없는 화해의 제안은 공평하지가 않았다. 추는 미적 탐색뿐만 아니라 기억도 탁월한 사람이라 자신의 작품을 "구태의연"하다고 못박은 사람의 이름을 가슴에 새겨두었던 모양이다. 추는 계간 《창작과비평》과의 대담에서 꽤 준비된 말들을 쏟아낸다.

"저는 문학평론을 독립된 기예로 봐요. 작품의 해설에 머물지 않을 때 오히려 평론은 그 본분을 다하는 거겠지요. 소설이 삶의 지반 위에 구축된 문학이라면, 문학평론은 소설의 지반 위에 구축된 문학입니다. 소설이 벽돌이라면, 평론가는 건축가여야 해요. 건축가가 뭘하나요?

건물을 지어야지요. 건축이란 벽돌의 재질을 분석하고 무게를 측정하는 것 이상의 작업입니다. 벽돌이 재료로서 가진 가능성을 현물화하는 작업이지요. 그러니까, 저는 평론가들이 제 작품을 진단하고 채점하고 해설하고 도식화하는 것 이상을 원해요. 평론가들이 제가 미처 도달하지 못한 것들을 발견해주기를 원합니다. 그런데 여전히 학습서식 해설에 머무는 평론가들이 있어요. 이런 말해도 괜찮겠지요? 악의가 있는 건 아니니까. 예를 들면 '정' 같은 양반. 아, 그 분 방대한 지식은 저도 존경합니다. 그런데 그 사람이 쓰는 글은 상상력이 결핍되어 있어요. 제가 a와 b를 말하면 a는 동의하지만 b는 미심쩍다고 지적하는 수준이지요. 절대로 c를 내놓지 못해요. 겨우 그런 게 평론이 할 일이라면, 이런 말이 좀 과할진 몰라도, 평론은 그만 사라져도 됩니다."[5]

선전포고와 함께 2차전이 시작됐다. 그후 10년간 정은 추의 작품 동향에 끈질긴 관심을 보였다. 그는 추의 소설 《수미, 영태》에 대해 "계급갈등의 문제를 순진하고 성급하게 접근하였다"[6]고, 《삭풍》에 대해서는 "역사적 변증에 관한 그릇된 이해"[7]라고, 《숨》에 대해서는 "《삭풍》에서 퇴보한"[8]이라고 썼다. 이에 추는 〈어느

---

5) 계간 《창작과비평》, 1988년 봄호 작가 대담.
6) 〈'수미, 영태'와 자본주의적 계급질서〉, 계간 《문학과사회》 1989년 가을호.
7) 〈역사는 진화하는가? – '삭풍'으로 들여다본 한국현대사〉, 계간 《창작과비평》 1991년 봄호.
8) 〈'숨', 현실을 호흡하고 있는가〉, 계간 《창작과비평》 1992년 겨울호.

평론가의 죽음〉이라는 단편으로 화끈하게 응수했다.

두 사람의 운명은 추가 P대학 문예창작과 교수로 임용된 90년 대부터 엇갈린다. 추가 자신의 문하에서 김이선, 양문지, 이희 등의 젊은 여성 작가를 배출하며 위풍당당하게 일가를 이룬 데 반하여, 그 기간 동안 정이 한 일이라고는 집필이 뜸해진 추를 사석에서 헐뜯는 게 고작이었다. 그런데 정은 글에 비해 말이 세련되지 못한 사람인지라, 결국 한 문예지의 송년회를 겸한 술자리에서 치명적인 실수를 저질러버렸다. 우회적으로 추를 겨냥한다는 것이 "문창 년들이 한국문학을 다 말아먹고 있다"는 망언을 내뱉었던 것이다. 동석한 후배 평론가 몇 사람이 마지못해 웃어주었다. 잔을 채우는 술이 거칠게 넘쳐흐르고, 잔등을 혀로 낼름 핥은 정이 건배를 외치고, 답배 대신 싸늘한 시선이 돌아왔건만, 정은 밤새 얼굴만 벌겋게 붉힐 뿐 뭐가 문젠지 파악조차 못했다. 얼어붙은 12월이었다. 한 해를 가쁘게 청산한 세상과 문학과 한 평론가의 파란만장한 경력이, 빈 병이 주룩 늘어선 그 송년의 밤을 넘어 길고 어두운 월동기에 접어들었다. 그해가 다 가기 전에, 많은 문인들이 정의 적으로 돌아섰다.

정의 발언을 접한 추는 노벨 문학상을 김진명에게 빼앗긴 고은처럼 격분했다. 그날 일을 추에게 전한 장본인이자 이번 신춘문예 심사위원이기도 한 김의 말에 따르면, 당장이라도 정을 만나 따지려는 추를 여러 차례 말려야만 했다고 한다. 그 후로 오늘까지 추와 정은 사석에서 마주치면 눈인사조차 나누지 않았다.

그렇다면 신춘문예 주최 측인 A신문은 무슨 생각으로 이 두 사람을 동시에 심사위원으로 위촉했는가. 담당기자인 '강'이 "심사위원들은 대승적 차원에서 문학의 새 길을 모색하기 위해 한자리에 모였다"고 문화면 하단에 끄적이긴 했지만, 스스로 그렇게 믿었는지는 의문이다. 원래 기사란 객관적인, 공식적인, 점잖은 성질의 것이니 말이다. 사실 주최 측의 셈은 너무 훤히 들여다보여서 오히려 추와 정이 그 제안을 받아들였다는 사실이 놀라울 지경이었다. A신문은 단지 추와 정 사이에 외나무다리를 놓았을 뿐이었다. 그리고 구경꾼들이 모이길 기다리고 있었다. 좋은 결정도, 쉬운 결정도 아니었지만, 현실 위에서 이루어진 결정이었다. 신춘문예는 이미 꽤 오랫동안 말들을 수확하지 못한 채 시들시들 말라가고 있었다. 문학이 봄이 아니라 겨울을 나고 있었기에.

출전 선수의 수가 엄격하게 정해진 프로스포츠처럼 심사위원단에는 추와 정을 중심으로 친분 있는 소설가와 평론가들이 적절히 안배되었다. 누군가 공정과 견제를 바랬는지 어쨌는진 몰라도 그건 절대로 현명한 발상은 아니었다. 7명의 심사위원이 평론가 대 소설가의 구도로 직사각의 탁자를 끼고 마주 앉은 방 안의 풍경만 봐도 알 수 있지 않은가. 추와 정을 제외한 나머지 다섯 심사위원은 정전 협상을 나온 실무진처럼 수장의 눈치를 살피기에 여념이 없어 보였다. 좋은 소설을 취하는 것도 쉬운 일이 아니지만, 그게 인간관계의 문제처럼 난해하지는 않았기 때문이다.

탁자 좌측의 세 명이 평론가들이다. 정 옆에 앉은 남자가 한때 정과 동인활동을 했던 '천'이고, 그 옆 여자는 천과 B대학 국문과 동문인 '이'이다. 그리고 맞은편에는 네 명의 소설가가 앉아 있는데, 추, 그리고 추와 호형호제하는 사이인 '김', 추의 제자 양문지, 그리고 최근 전성기를 맞은 젊은 여성소설가 '류'가 바로 그들이다. 류는 방 안에 들어온 후 입 밖으로 말 한마디를 내지 못하고 무슨 말만 나오면 수줍게 고개를 끄덕였다. 류를 처음 대면한 정은 시선을 힐끗 주고서 속으로 중얼거렸다. 거 변변치 못한 사람이로군.

그러나 화려하고 과감한 차림새의 류가 보기와 다르게 말을 아끼고 있는 것은 그녀가 변변치 못한 사람이라서가 아니라 이 방에 앉은 그녀의 입장에 특수한 측면이 있기 때문이었다. 그녀의 존재와 경력은 한국문학의 또 다른 축이면서 다른 의미에서 태평양의 섬과 같은 것이었다. 나이 서른에 느지막이 문예창작과에 입학했던 류는, 다른 여성작가들이 진중한 목소리로 '여성'과 '모성애'를 말하는 동안 거추장스러운 접두어를 생략하고 과감하게 '성'과 '성애'를 묘사해왔다. 그녀의 솔직하고 자유분방한 글은 젊은 여성 독자들의 열렬한 지지를 받았고, "감각적인 몸 언어의 시대를 열었다"는 긍정적인 평가를 받기도 했으나, 대개의 문인들은 그들이 쌓아온 점잖은 철학이 닿지 않는 세상의 말초적 지점에서 벌어지는 화학반응을 지켜보며 곤혹스러워했다. 일부는 '류'가 그리는 화려한 성생활이 경험현실의 역사에서 비롯된 것인지 의구심과 약간의 호기심을 가지기도 했다. 그리하여 류의 장편소설 《그녀의 집》이 지난 10년간 인쇄된 추의 소설보다 더 많이 팔려나간 베스트셀러가 되었을 때는, 추조차 은근히 류를 염두에 두고 문학의 진정성이 사라진 시대를 개탄하는 칼럼을 문인들이 잘 보지 않는 월간지에 썼을 정도다.[9]

그러나 짐짓한 멸시의 언어는 시장의 환호 앞에 겁을 집어먹고 한 발자국씩 차츰 물러났다. 드디어 올해에는 A신문이 세대의 시각을 반영한다는 명목으로 류를 신춘문예 심사위원으로 위촉하기에 이른 것인데, 신춘문예 주최 측 내에서 그녀에게 과연 자격이 있는지 논란이 일었던 것도 사실이었다. 그래서 류가 이 자리에서 처음으로 입을 열고 조심스러운 말투로 "제가 심사위원이란 걸 처음 해보긴 하지만, 일곱 명이 다 읽기엔 응모작이 너무 많지 않은가요?"라고 물었을 때는 막 건물 옥상에 담배를 비벼 끄고 들어온 담당기자 강조차 하하, 웃으며 무시해버렸던 것이다. 대신 강은 말했다.

---

9) 월간 《주부생활》, 2004년 9월호.

| 손아람 | 문학의 새로운 세대

"그럼 작품을 어떻게 나눌까요. 무작위? 가나다순? 아니면 원하는 작품을 선생님들께서 골라 가져가시겠어요?"

추가 대답했다.

"고를 필요까지야 있겠나. 강 기자님께서 알아서 나누세요."

그렇게 심사위원 한 명당 약 100편의 작품이 배당되었다. 예심에서 할 일은 그게 다였기에, "일곱 명이 다 읽기엔 응모작이 너무 많지 않은가요"는 류가 회의 석상에 입 밖에 낸 유일한 문장이 되고 말았다. 그런데 인류의 의사결정기구가 대개 홀수의 구성원으로 이루어진 이유를 잘 이해하고 있는 추로서는, 류를 마냥 소홀히 다룰 수만은 없어 포석을 깐답시고 친근한 척 그녀의 귀에 입김을 뿜으며 이렇게 속삭였다.

"류 선생, 이 정도면 양호한 겁니다. 올해는 응모작이 아니라 심사위원이 많은데."

말을 하는 추의 시선은 맞은편의 정을 찬찬히 훑었다. 정 역시 류의 귓가에 입을 대고 속삭이는 추를 잠자코 지켜보고 있었다. 추는 덧붙였다.

"건질 게 몇 편 안 될 거에요. 좋은 작품이 널렸으면 무엇하러 공모를 벌이겠어."

심사위원들은 3주 후에 강원도 평창에서 있을 본심 합숙을 기약하며 자리를 깨기로 했다. 일어서자 류의 머리는 추보다 한 뼘이 높은 곳에 올라섰다. 향수의 관능적인 잔 내음을 남기고 방을 나서는 류의 뒷모습을 보면서 방금 전까지 아군 행세를 하던 추는 혀를 찼다. 어찌 땅을 딛고 서 있나 싶게 아찔아찔 좁아지는 하이힐 굽을 따라 문학이 명맥을 다해가는 듯싶었던 것이다. 몇 년 전 읽었던 류의 소설 《그녀의 집》을 떠올리자 한숨이 나올 것만 같았다. 추는 생각했다. 세상이 온통 겉멋으로 물들어가는가. 한편, 추에 앞서 자리를 일어난 정 역시 류의 뒤를 밟아 복도를 걸으면서 비슷한 생각을 하는 중이었다.

본심

　심사위원들이 후보작을 읽고 한 편씩을 뽑았다. 강 기자가 그것들을 심사위원 머릿수만큼 복사하여 가져왔다. 한중문학포럼의 발제를 준비하느라 선정된 작품을 미리 읽지 못한 정은 평창으로 가는 고속버스 안에서 일단 추가 선택한 작품을 읽어 보았다. 어휘 하나하나를 강박적으로 꼼꼼히 살폈다. 지난 시절 추의 작품을 읽을 때처럼. 강원도 초입의 휴게소에 도착하고 나서야, 정은 사방이 차가운 눈으로 덮여 있다는 사실을 알았다. 스멀스멀 멀미 기운이 올라왔다. 그는 버스에서 가장 먼저 내려 약국으로 뛰어갔다.

〈야만 대 야만〉.

굳이 찾자면 장점이 없는 것도 아니었으나, 반면 견디기 어려운 단점은 너무나 명백했다. 영어로 먼저 쓰고 번역한 듯 살아 있는 맛이 좀체 없는 문장의 저열함이 그러하였고, 대강대강한 전개의 산만함이 그러하였고, 이 작품이 추의 심사작 중에서 나왔다는 점이 그러하였고, 무엇보다 그럼에도 불구하고 정에게 주어진 보잘것없는 100편의 예심작들보다 이것이 월등하다는 사실을 인정할 수밖에 없다는 점이 그러하였다. 그 사실은 문제가 될 수 있었다. 본심 회의에서 추에게 질질 끌려다니며 고개를 끄덕이게 되는 상황을 상상하니 약국에서 산 기미테를 붙여 간신히 진정시킨 위장이 다시 쏠릴 것만 같았다. 인구 오천만의 나라에서 겨우 이보다 나은 작품을 찾기 어렵다니. 겨우, 겨우, 겨우, 이 정도란 말인가! 문학은 정말로 끝장이 나려는가!

추는 자판기에서 커피를 뽑아 나오는 길에 정과 마주쳤다. 그는 김이 모락모락 피어나는 종이컵을 두 손으로 감싸쥐고 호호 불며, "커피에 계란을 풀면 기가 막힌데. 자네들 안 먹어봤지?" 따위의 말로 다른 심사위원들을 웃기다가 정의 낯빛이 심상찮음을 읽었다. 그러나 그편에서 정을 향해 조르르 달려온 건 '이'였다.

"어머, 정 선생님. 편찮으세요?"

"괜찮아, 괜찮아. 그냥 속이 좀 더부룩해서. 먼저 들어가 있어."

그러자 추는 가지, 하더니 정말로 다른 심사위원들을 끌고 버스로 들어가버렸다. 홀로 남은 정은 벤치 위에 쌓인 눈을 손바닥으로 거칠게 쓸어내고 앉아 담배를 태웠다. 볼수록 괘씸한 인간이다. 커피에 계란을 푼다고? 못된 취향이로고.

 평창의 콘도에 도착해 심사위원들은 간단히 점심을 먹었다. 본심에 올라온 후보작들을 각자 최종 검토하는 시간을 가진 후 토의는 오후 세 시부터 시작되었다. 두 시간만에 네 작품이 나가 떨어졌다. 후보작은 〈야만 대 야만〉, 〈그건 아니지〉, 〈초벌구이〉의 셋으로 압축되었다. 애초 지지하는 사람이 류 뿐이었기에 〈그건 아니지〉 또한 곧 밀려났다. 류는 잠시 저항했지만, 다른 심사위원들이 〈그건 아니지〉를 해부하기 시작하자 입심에 밀려 "젊은 작가들에게 그런 문학관을 강요할 순 없어요"라는 단말마의 항변을 남기고 물러났다.
 추는 줄곧 〈야만 대 야만〉이 천착한 주제의식에 후한 점수를 주었다. 반면, 정은 〈야만 대 야만〉이 봐줄 만한 점은 그것뿐이라고 일축하며 〈초벌구이〉를 당선작으로 밀었다. 물론 그것이 순전히 추에 대한 반발심 때문은 아니었다. 정 역시 문학평론을 평생의 본업으로 삼았던 사람 아닌가. 정은 오히려 이 토론에 추의 제자인 소설가 양문지가 정치적으로 임하고 있는 게 아닌지 의심하고 있었다. 예심에서 스스로 〈초벌구이〉를 발굴하고서는, 오전까지만 해도 노다지를 캤다고 뿌듯해하던 양문지였다. 정이 〈초벌구이〉에

편승하자 그녀가 급작스럽게 〈야만 대 야만〉으로 선회한 까닭이 미심쩍었다.

 심사위원들이 각자 의견을 보태면서 회의실의 분위기는 열기를 더해갔다. 테이블 저만치에 앉은 강 기자는 특별히 추와 정 사이에 오가는 설전에 주목하면서 심사위원들이 주고받는 대화를 노트북으로 기록해나갔다. 뭐 이 정도면 나쁘지 않은걸, 생각하면서. 그러나 정상적인 논쟁의 외관을 아슬아슬하게 유지하던 그 토론은 결국 근본적이며 예견되었던 한계에 부딪혔다. 격론의 와중 정의 입에서 "추 선생은 언어적 조형 전략에 대해서는 생각이 없는 분 같구만"이라는 조롱이 튀어나왔고, 그에 뒤따른 꼬리가 길고 불편한 침묵을 기점으로 다른 심사위원들이 내놓는 의견이 현격히 줄어든 반면 추와 정의 논조는 험악해지기 시작했던 것이다. 논쟁은 어느새 추와 정 사이의 다툼이 되었다. 벌써 여덟 시였다. 길고 무의미하며 전선의 변동이 없는 전투 끝에 류가 〈그건 아니지〉를 재고해보면 어떻겠냐고 묻는 지경이 되자, 가만히 지켜보던 강 기자가 좀 더 매력적인 제안을 내놓았다.

 "그냥 두 작품을 다수결에 붙여볼까요."

 세 사람이 〈야만 대 야만〉에 손을 들었다. 다른 세 사람이 〈초벌구이〉에 손을 들었다. 류는 자신을 향한 눈길을 느끼고서 변명했다.

"저는 기권할게요."

어느새 사회자가 된 강 기자가 말을 받았다.

"올해부터 심사 과정을 공개하기로 한 거 아시지요? 제가 기사로 써야 합니다."

강은 류 쪽을 쳐다보지도 않은 채 말했다.

"제가 감히 간섭할 권한은 없지만, 다수결로 간다면 부디 기권표는 나오지 않았으면 합니다. 차선작이라도 선택을 해주시지요. 이런 말 드려서 대단히 송구스럽습니다."

고개 숙인 류를 대신하여 정이 대답했다.

"일단, 저녁들 자시면서 숙고하시고, 돌아와서 더 해봅시다. 속이 쓰리게 출출하네."

심사위원들은 미리 예약해두었던 대로 오대산 자락에 위치한 백숙집으로 갔다. 텅 빈 식당 중앙에 두 테이블로 나눠 이미 음식이 차려져 있었다. 그래서 묘하게 추를 중심으로 한 소설가 그룹과 정을 중심으로 한 평론가 그룹이 다시 나눠 앉게 됐다. 공복에 바삐 돌아다니는 젓가락들이 야들야들한 오골계의 속살을 찢어발기는 동안, 류는 죄지은 사람처럼 풀 죽은 표정을 하고 누렇게 뜬 기름에 시선을 담그고만 있었다. 류의 낌새를 살핀 추가 반주 삼아 주문한 생막걸리를 주욱 들이키고서는 말을 걸었다.

"참, 류 선생. 바깥양반은 요즘 잘 계시는가?"

류는 당황했다. 김이 물었다.

"응? 추 형이 바깥 분이랑도 아는 사이야?"

"딱히 아는 건 아니고, 류 선생 바깥 분이 물리학자 아닌가. 거 방송도 타시고 꽤 유명한 분으로 알고 있는데. 맞지요, 류 선생?"

류는 그저 웃기만 했다. 평론가 쪽 테이블에 앉은 '이'가 속없이 끼어들어 물었다.

"대학 늦게 들어가시지 않았어요? 언제 과학자 남편을 만났대."

류가 대답했다. "남편이 뒷바라지 해줘서 늦게라도 대학에 간 거죠. 결혼을 일찍 했어요. 스물셋에."

정이 말했다. "류 선생 미모에 넘어가신 거로구만. 지금도 이렇게 출중한데 스물셋엔 어땠겠어. 근데 왜 하필 문예창작과에 들어갔어요?"

"어렸을 때부터 글 쓰는 걸 좋아했거든요."

"뭐 꼭 문예창작과에 들어가야 글 쓰나."

정은 힐끔 추를 보면서 대꾸했다. 류는 신경 쓰지 않고 말했다.

"저도 꼭 작가가 되겠다고 결심하고 들어갔던 건 아니에요. 서른 접어드니까 주부 생활이 무료해지기도 했었고요. 정작 대학 들어가서는 다른 학생들보다 나이가 열 살이 많아 잘 어울리지도 못했죠. 대학 동기들 술 마시려고 몰려 나갈 때 저는 남편 저녁밥 차리러 집에 돌아갔어요."

추가 막걸리를 자작하며 말했다.

"하지만 첫 소설을 내자마자 진짜로 성공한 작가가 된 거지. 원래 다 그런 거예요."

"운이 좋았죠. 솔직히 출판이 될 거라는 기대도 안 했었는데."

"그런데 류 선생."

"네?"

추는 또 한 잔을 들이키고 물었다.

"류 선생은 오늘 두 작품 모두 마음에 들지 않아요?"

식당 안은 눈송이 가라앉는 소리도 들릴 만큼 고요해졌다. 다들 태연한 척 젓가락을 휘두르고는 있지만 귓바퀴는 류를 향해 세운 거였다. 류는 대답 대신 어색하게 웃어보였다. 추는 다시 물었다.

"왜, 어디가 그렇게 마음에 안 들어요?"

"글쎄요. 둘 다 너무 낡은 소설이 아닌지."

추의 입술이 움찔거렸다. 그는 입가로 흘러내린 막걸리를 훔쳐냈다.

"낡았다고?"

입을 다문 류를 향해 추는 혼잣말처럼 중얼거렸다.

"낡았단 말이지. 그럼 그걸 가지고 지지고 볶는 우리도 낡았단 소리 아닌가, 하하하하하하하."

추가 어거지로 웃어넘긴 후로 류는 다시 대화에 끼지 못했다. 먼저 식사를 끝낸 정은 젓가락을 탁 소리 나게 내려두고 이를 쑤시며 나가 담배를 꺼내 물었다.

| 손아람 | 문학의 새로운 세대　127

숙소로 돌아왔을 때 시간은 밤 열 시가 넘었다. 강 기자는 삼십 분 쉬며 소화를 시키고 나서 당선작을 마지막 표결에 부치자고 제안했다. 기권 없는 깔끔한 표결에. 심사위원들은 각자의 방으로 돌아갔다. 정은 조용히 류의 방으로 찾아가 문을 두드렸다. 류 선생, 담배 피시죠? 밖에서 담배나 한 대 같이 태웁시다.

강원도의 시린 겨울밤이었다. 우주를 메운 별들이 얼어붙은 행성을 굽어보는 겨울밤. 눈 덮인 대지에 봄을 싹 틔울 문학이 호명을 기다리는 겨울밤. 류는 모직 코트 옷깃 사이로 파고드는 한기에 몸서리치며 어렵사리 담배에 불을 붙였다. 그녀는 떨고 있었다. 자신이 듣게 될 말이 두려웠다. 류는 식은 입술로 연기를 길게 내뿜었다. 정은 연기의 꼬리를 눈으로 쫓다가, 문득 말을 꺼내기 시작했다. 친근하고, 부드럽고, 적절하게.

"류 선생 참 맛나게 빠시네. 언제부터 피웠어요?"

"고등학교 때요."

"일찍 시작했네. 구하기 어려웠겠어."

"길거리에서 꽁초를 줍고 그랬죠, 뭐."

"허허, 어렵죠? 여자로 산다는 게."

"글업을 지고 살아서 어렵죠. 여자는 극복이 돼요."

정은 동의한다는 듯 한참을 껄껄 웃었다. 정의 웃음이 멈추자 어색한 침묵이 다시 돌아왔다. 정은 차가운 겨울밤을 향해 고개를 들고 말했다.

"강원도에선 아직도 별이 잘 보이네."

"네."

"나 어렸을 땐 서울에서도 별이 저래 보였지. 책을 구하긴 어려웠지만 문제가 되지 않았어요. 동네 한량들도 별을 보면서 머릿속에 문학을 쓸 수 있었으니까. 하늘에 별이 사라졌을 때 문학의 시절은 이미 지나간 거야."

정은 주름진 손가락을 들고 까마득한 밤 공간의 한 켠을 찔러 보였다.

"저기 위에 별이 나란히 아래로 늘어선 거 보이지. 저게 쌍둥이자리야. 형은 인간이고 동생은 불사신이었다는데, 형이 죽자 그 슬픔으로 동생도 죽어가게 됐지. 그래서 천신이 둘의 피를 섞어 형을 살렸다고 해요."

류는 조용히 미소 지었다.

"낭만적이시네요. 이런 분인지 몰랐어요."

"우리 관계도 저 쌍둥이자리 같은 거 아닌가. 소설을 쓰는 건 류 선생이지만, 소설이 죽으면 나도 죽는 거야."

정의 시선은 땅으로 돌아와 류를 향했다. 류는 담담한 표정으로 이제 듣게 될 질문을 기다렸다. 정은 물었다.

"마음 정했어요?"

"지금, 제가 실토해야만 하는 상황에 처한 건가요."

"선생이 결정할 문제지."

류는 잠시 말을 골랐다. 그리고 차분하게 대답했다.

"자유롭게 선택할 권한이 있다면 저는 기권입니다. 하지만 두 작품 중 하나를 꼭 선택해야 한다면, 그걸 선택이라 부를 수 있을지는 모르겠지만," 정은 류에게서 시선을 놓지 않고 있었다. 류는 콕 집어서 남은 말을 마무리 지었다. "저는 〈초벌구이〉에 표를 주진 못하겠어요."

"추 선생과 따로 대화했어요?"

"네."

"뭐라던가요."

"정 선생님께서 제게 〈초벌구이〉로 함께 가자 부탁하실 거라더군요."

"아직도 그러네. 참 정치적인 사람이야."

"두 분 사이 문제에 대해선 전 잘 몰라요."

"이건 그 양반과 나 사이 문제가 아니에요. 그 사람 심사를 하러 온 건지 나랑 대결을 하려고 온 건지 모르겠어. 문학을 생각해야지. 〈야만 대 야만〉, 괜찮아요. 하지만 류 선생도 알거야. 신춘문예가 어떤 의미인지. 수많은 예비 작가들이 당선작을 읽고 고쳐 쓰면서 연습하게 되요. 그게 그럴 가치가 있는 작품으로 읽힙디까?"

"저는, 〈그건 아니지〉가 좋았어요."

"그게 〈야만 대 야만〉을 뽑아야 할 이유야? 그건 아니지. 문학에 대한 테러나 다름없는 짓이라고."

"비교적, 이라고 말씀드릴 수밖에 없네요. 비교적."

정의 얼굴이 굳어졌다. 막걸리의 취기에, 겨울밤의 한기에, 혹은 견디기 어려운 수치심에, 어쩌면 절망적인 열패감에, 정의 콧등이 시뻘건 색으로 물들었다. 그는 한참만에 입을 열어 물었다.

"결국, 선생은 〈야만 대 야만〉에 표를 던지겠군?"

"네."

"이건 어처구니가 없는 일이야."

"제 생각도 그래요."

대화는 거기서 끝났다. 정은 조용히 꽁초를 밟아 끄고 먼저 콘도로 돌아갔다. 류는 자리에 남아 담배를 하나 더 불붙였다. 담배 연기가 성운처럼 별들을 휘감으며 피어올랐다. 그녀는 올려다보았다. 죽은 쌍둥이 형을 살린 동생이라고? 류의 눈에는 쌍둥이 형제가 보이지 않았다. 그녀의 눈에는 무한한 공간 위에 규칙 없이 엎질러진 천체들이, 각자 빛나고 있을 뿐인 표정 없는 별들이 담겼다. 저들 가운데에서 윤동주는 친지들의 소유권을 헤아렸고, 저들 가운데에서 알퐁스 도데는 소녀의 성스러움을 기렸다. 이야기는 별보다 많았고 우주보다 광활했다. 그러나 별들은 알지 못한다.

갑자기 남편이 보고 싶었다. 남편의 따뜻한 가슴이 벌써 그리워졌다. 그것은 체온계를 들이댈 필요가 없는 온기였다. 품에 파고

들어 행복해하면 되는 거였다. 류는 별을 점거한 사연 따위를 더 이상 듣고 싶지 않았다. 펜을 쥔 이들이 하늘에 부여할 저마다의 사연을 다투는 동안, 과묵한 과학자들이 장구한 우주의 역사를 완성해버렸음을 알았던 것이다.

 4 대 3. 다수결 끝에 이번 신춘문예 당선작은 〈야만 대 야만〉으로 결정났다. 다음 날 오후 심사위원들은 서울로 돌아왔다. 뒷풀이 술자리가 기다리고 있었다. 정은 내키지 않는 표정으로 피곤해서 먼저 들어가겠다고 말했으나, 결국 강 기자에게 잡혀 억지로 끌려갔다.
 고된 일이 끝났기에 심사위원들은 한결 밝아진 모습이었다. 술이 한 바퀴 돌자 류마저 말이 많아졌다. 강 기자는 블라인드 해두었던 응모자의 신원을 밝혔다. 사방에서 탄성이 터졌다.
 "스물다섯 살짜리 여자애라고?"
 "작품 읽으면서 당연히 남자일 거라고 생각했는데, 의외네요."
 "저도요."
 "경영대학원?"
 "요즘은 글도 그런 친구들이 잘 쓰는군."
 "그게 과연 바람직한 일인지. 문학이 자꾸 땅에서 괴리되어 가는 듯한 느낌이 드네요."
 "뭘, 똑똑한 사람들이 돈만 벌려 하지 말고 자꾸 들어와줘야 이

판도 고사되지 않는 거지. 난 긍정적인 현상이라고 봐요."

"그런가요."

그들은 성큼 다가온 문학의 미래를 자축하면서, 또 새 봄의 평온함을 기원하면서, 잔을 드높여 건배했다. 그리고 화제를 이어 나갔다. 문학을 걱정했고, 시대를 비탄했고, 정치를 비난했고, 그러다보니 자연스레 장가를 잘 가 여당에서 의원 배지를 달게 된 소설가 '민'에 도달했다. 추는 민의 보잘것없던 작가 초년을 아주 구체적으로 기억했다. 자네들, 내가 여태 그 친구한테 먹인 설렁탕이 몇 그릇인지나 아는가.

오직 단 하나의 입이 꾸준한 침묵을 지켰다. 정은 무르익어 만개한 술판에서 한마디 내지 않고 잔을 입에 털기만 했다. 보다 못한 옆자리의 이가 정에게 술을 따르며 아양을 떨었다.

"자, 우리 선생님도 한마디 하세요."

정은 받은 잔을 단숨에 들이켰다. 그리고 기다렸다는 듯 방금 넘긴 술처럼 쓴 말을 내뱉었다.

"시대가 바뀐다 해도 말이야, 필요충분조건을 갖춘 작품을 문학이라 불러야 되지 않겠나."

정에게 돌아오는 긴장된 눈빛들. 정은 개의치 않고 계속했다.

"우리부터 벌써 시류에 타협하기 시작하면, 앞으로는 어떤 꼴이 되겠나 말이야."

한 노인의 묵은 상처와 고집에서 우러나오는 그런 비장한 질책에 감히 대항할 수 있는 사람이 누가 있겠는가. 같은 만큼 고집스러운 노인을 제외한다면 말이다. 싸늘한 적막을 깨고 입을 연 건 역시 추였다. 여기서 추의 '탁월한' 기억은 오랜만에 빛을 발했다.

"〈야만 대 야만〉, '역사적 변증'의 그럴듯한 예가 아니었어요?"

그걸로는 부족하다고 여겼는지 추는 더 나아갔다.

"정 선생, 너무 '구태의연한' 틀로 판단하려 하지 말아요. 우리 같은 사람들의 사고 틀에 갇혀 있지 않다는 점에서 오히려 이 작가를 '문학의 새로운 세대'라고 볼 수 있지 않겠냐는 말입니다."

추와 정은 서로를 째려보았다. 하지만 나머지 사람들로서는, 방금 추의 입에서 나온 가시 돋친 말에 담긴 역사성을 눈치챌 도리가 없었다. 그저 막연하게 위험한 느낌을 감지했을 뿐이다. 도리어 담당기자 강은 추의 말을 문자 그대로 독해하여 깊은 인상을 받기까지 했다.

"문학의 새로운 세대라…… 굉장히 좋은데요. 그 구절을 이번 수상작의 타이틀로 잡아도 되겠습니까?"

추는 강의 잔에 술을 따라주었다.

"왜 안 되겠어요."

강은 술잔을 들어 넘기고는, 잊을 새라 수첩을 꺼내 또박또박하게 적어넣고 심지어 입으로 웅얼웅얼 읊조려보았다. 문학의 새로운 세대.

그런 강의 모습을 보자 추는 몹시 기분이 좋아졌는지, 자신의 잔을 털어내고서 정 앞으로까지 쑤욱 내밀었다. 추를 잘 아는 김으로서는 그 행동에 깜짝 놀랄 수밖에 없었다. 추는 정을 향해 자못 누그러진 말투로, 심지어 껄껄 웃기까지 하면서 말했다.

"정 선생이 많이 언짢아 보이는데, 기분 풀고 한 잔 받아요. 〈초벌구이〉도 그리 나쁜 작품은 아니야. 한 작품을 뽑아야 되는 걸 어쩌겠소? 걱정하는 이유는 알겠지만 문학이란 게 한 작품으로 어찌 될 만큼 그리 허약하지 않아요. 정 선생, 우리 별놈 다 보면서 이 판에서 잘만 견뎌왔잖습니까? 자, 받아요."

누가 보아도 추는 승자의 여유를 부리고 있는 중이었다. 특히 주말에 당장 문단의 친우들을 만나 오늘 일을 이야기해주게 될 김으로서는, 이 대목에서 많은 이들이 흥분하게 될 것을 벌써 확신하고 있었다. 그러나 정은, 추가 내민 잔을 가만히 바라보기만 할 뿐이었다. 미동도 하지 않았다. 추는 정에게 내민 잔을 흔들었다.

"어서요, 내 손이 민망해합니다."

정은 여전히 술잔을 가만히 바라볼 뿐이다. 이가 정의 팔뚝을 잡아 흔들며 거들었다.

"아이, 정 선생님. 그러지 말고 좀 받으세요. 이제 두 분도 푸실 때가 됐네요."

그러나 정은 팔뚝을 흔드는 손에도 술잔을 권하는 손에도 설복당하지 않았다. 대신 고개를 들고 추의 두 눈을 똑바로 바라보면서 이렇게 물었다.

이겼다고 생각합니까?

추는 정의 갑작스러운 반응에 어떻게 대처할지 몰랐다. 술잔을 거둘 새도 주지 않고 정은 이어갔다.

"내가 적이라면 이 시합은 추 선생의 승리겠지요. 하지만 나는 선생의 적이 아니고, 이건 시합이 아니야. 추 선생 생각은 다르겠지. 어쨌든 이겼다고 생각해도 좋습니다. 긴 시합이었습니다. 승리를 축하합니다."

말을 마친 정은 벌떡 자리에서 일어나 인사도 없이 걸어 나가버렸다. 강 기자가 선생님, 선생님! 하고 외치며 따라갔지만 정을 붙잡아 데려올 수는 없었다.

시상식

'박'은 밝은 갈색으로 머리칼을 물들인 앳된 소녀였다. 그녀의 모습에서 스물다섯을 감지하기는 어려웠다. 추는 심사위원석에 앉아 기자들 말에 더듬거리며 대답하는 박의 모습을 가만히 지켜보았다. 박은 곧 다가와 심사위원들에게 인사를 올렸다. 특히 류 앞에서는 "《그녀의 집》, 감명 깊게 읽었어요."라고 치레했다. 추는 생각했다. 우리 중 읽은 게 저거 밖에 없는가 보구나. 뭐 스물다섯이라니까.

추는 다른 한편으로, 자기 옆의 빈자리에 더 신경이 쓰였다. 시상식이 곧 시작되건만 정은 아직 나타나지 않았다. 앞니 빠진 노인의 치열처럼, 정이 앉아야 할 의자는 심사위원들 사이에 홀로 바닥을 드러낸 채 덩그러니 놓여 있었다. A신문사 사장이 시상식장에 들어왔다. 그가 나란히 앉은 심사위원들과 차례차례 악수를 나눌 때까지도 정은 보이지 않았다. 악수를 끝낸 사장은 강 기자에게 물었다.

"정 선생님이 안 보이시네?"
"전화드렸는데, 몸이 안 좋아 오늘 못 오시겠답니다."
"어이구, 그럼 곤란한데."

사장은 진행요원을 손짓으로 불렀다. 그리고 경삿날 보기 안 좋으니 빈 의자를 바깥으로 걷어내라고 시켰다. 진행요원은 잰걸음으로 추의 옆으로 달려갔다. 그가 실례합니다, 하고 낡은 목재의자를 집어들 때, 추는 의자를 잡은 손목을 붙들고 조금만 기다려보라 간청하고 싶은 충동을 느꼈다. 진행요원은 의자를 들고 황급히 시상식장 밖으로 뛰어 나갔다.

추는 여전히 옆자리를 크게 느꼈다. 휑하니 남은 빈 공간까지 치울 수는 없었던 것이다. 문제는 의자가 아니었다. 결국 강 기자가 심사위원석으로 다가와 요구했다.

"저기 선생님들, 의자 간격을 좀 넓혀 앉아주시겠습니까? 오늘

정 선생님이 못 오실 것 같은데요."

사회자가 연단에 올랐다. 시상식이 시작되었다. 추의 눈은 섬광의 세례를 받으며 연단으로 걸어가는 갈색머리 소녀를 보았다. 그리고 추의 머리는 제 옆자리에 있어야 할 노인의 얼굴을 떠올렸다. 복잡한 심상들이 어른거리며 추를 어지럽게 했다. 그래, 의자를 고쳐 앉아도 빈자리는 빈자리지. 참으로 서글픈 퇴장이구나.

연단으로 우레와 같은 박수가 쏟아진다. 이 모든 것이 저 작은 여자아이를 위한 일이다. 여기 정은 없고 추는 있지만, 여기에는 정의 자리도 추의 자리도 없다. 연단을 등지고 선 박이 볼을 발그레 붉히며 웃었다. 문득 추는 자신이 더없이 늙었음을 깨달았다. 나도 곧 퇴장해야겠지. 우리 자리에는 다른 이들이 앉아 있게 될 것이다.

정의 말이 옳았다. 긴 시합이었다. 이제 다 끝났다. 투쟁은 상속인들의 몫이다. 다음 세대가 똑같은 일을 반복해 나갈 터다. 하지만 과연 우리가 그들에게 문학을 물려줬다고 말할 수 있을까.

정의 말이 옳았다. 이건 시합이 아니었다. 이 전쟁은 승자도 패자도 남기지 않는다. 상처 입은 개인을 남길 뿐. 정은 물론 추 역시 나폴레옹이나 스탈린으로 기억되지는 않을 것이다. 우리는, 잊히리라.

문학에 바친 뜨거운 청춘이 머릿속을 주마등처럼 스쳐 지나갔다. 막이 내려온다. 추는 많은 사건들을 기억했다. 추는 많은 사람들을 추억했다. 하지만, 추는 자신이 쓴 작품들의 제목조차 이제 다 외우지 못했다.

추는 결심했다. 여기서 나가면 성에게 전화해봐야겠다. 그를 만나 긴 대화를 나누리라. 그 대화는 동틀 녘까지 이어지리라. 종이에서 해방된 꾸밈없는 언어. 유리잔을 채운 소주처럼 소박하고 씁쓸한 입말. 이제 해묵은 과거를 정리할 때이다. 부려 놓은 짐을 챙겨 방을 비워줄 때이다. 그러나 그게 화해는 아닐 것이다. 격한 포옹이나 악수 따윈 없을 테니. 우리는 펜에 연마된 거창한 감정을 교환하는 대신 노인다운 너그러움으로 서로의 허물을 보듬을 것이다. 이 모든 이야기는 그저, 극장에서 돌아가는 필름의 한 장면과 같은 것이었다. 역사의 비좁은 편篇에 배치된 노쇠한 문학. 그리고 문학의 긴 수명 안에 끼워진 장章의 몇 구절. 그게 애초 우리에게 주어진 몫이었다. 보라, 문학의 새로운 세대여! 우리는 이렇게 떠난다.

다음은 기자들이 수상자인 박에게 공식적인 질문을 던질 차례였다. 주최 측의 강 기자가 먼저 운을 뗐다.
"앞으로 전업으로 글을 쓰실 생각인지요?"
"네, 그러고 싶어요."
"경영대학원에 재학중이시니 앞으로 얼마든지 안정된 생활을 할 수 있지 않나요. 굳이 작가가 되겠다고 결심한 이유가 있으세요?"

박은 잠시 망설이다 말꼬리를 흐리며 수줍게 대답했다.

"실은요, 취직이 안 되서 갔는데요. 대학원에……."

그녀의 솔직한 말에 장내는 웃음바다가 되었다. 이번엔 C신문 기자가 물었다.

"좋아하는 작가가 있으세요?"

"아서 클라크도 좋아하고, 폴 오스터도 좋아하고요. 아, 아멜리 노통이나 크리스토퍼 바타유도 좋아요. 보르헤스는 최고죠. 좋아하는 작가는 많아요."

"한국 작가 중에선요?"

박은 뒤통수를 긁적였다.

"글쎄요, 한국소설은 그리 많이 읽은 편이 아니라서……."

내색은 안했지만 심사위원들은 당혹감에 휩싸였다. 특히 추가 그랬다. 반면 강 기자는 박의 말에 느끼는 바가 있어, 수첩을 들춰 어제 적은 구절을 찾아내고 그 옆에 콜론(:)을 찍은 후 다음과 같이 붙여 썼다.

문학의 새로운 세대 : 한국소설은 별로 안 읽었다 함.

마르께스주의자의 사전

마르께스주의자는 그동안 자신이 삼켰던 낱말들을 모두 토했다. 1년여 동안 그가 공들여 씹었던 낱말들이 몇 줌 위액으로 나와 바닥을 적셨다. 부질없는 언어들. 그는 칼로 부은 정강이를 쨌다. 거기에서도 피고름 같은 언어들이 흘러내렸다. 그는 존재하지 않는 나라의 시민이었다고 말했다. 의무도 권리도 없는 나라. 그러나 왠지 내게 그곳은 아름다웠다. 영주권도 시민권도 없는 결코 만날 수 없는 나라.

손 홍 규

손홍규

1975년 전북 정읍에서 태어났다. 동국대학교 국어국문학과를 졸업했다. 2001년 《작가세계》에 단편소설 〈바람 속에 눕다〉로 등단했다. 제비꽃서민소설상을 수상했다. 소설집 《사람의 신화》, 《봉섭이 가라사대》, 《톰은 톰과 잤다》, 장편소설 《귀신의 시대》, 《청년의사 장기려》, 《이슬람 정육점》이 있다.

그해 봄 소집 해제로 학교에 돌아간 그는 반년 남짓한 기간 동안 많은 게 변했음을 깨달았다. 문학회에서 열어준 환영식은 몇 달 전의 환송식과 별다르지 않았다. 그가 군에 간다고 말했을 때 그건 입대가 아니라 소집일 뿐이라고 정정해주었던 짓궂은 선배가 여전히 제대가 아니라 소집 해제일 뿐이라고 놀렸지만 그는 어떻게 대처해야 할지 몰랐다. 나는 그에게 무엇이 그토록 낯설었냐고 물었다. "인류 최초의 농담을 듣는 기분이었다고나 할까."

그 선배가 환송식에서 김소진이 방위로 복무하는 동안 국어사전을 ㄱ부터 ㅎ까지 독파했다는 이야기를 들려주었다. 그는 골똘히 생각에 잠겼다. 그리고 국어사전을 잘근잘근 씹어 먹고 돌아오겠노라 선언했다. 그는 기초 군사 훈련이 끝나는 날 다락방에 널렸던 누나들의 옷가지며 잡동사니를 치웠다. 다락방에는 신전에 바쳐진 제물처럼 국어사전 한 권만 성스럽게 달랑 놓였다. 근무를 마치고 돌아오면 그는 다락방에 올라가 침침한 백열등 아래서 신중하게 낱말을 더듬은 뒤 정말로 국어사전을 씹어 먹었다. 다락방은 그의 고치였다. 그는 사전에서 새로운 세계를 발견했으며 태초의 시인처럼 말의 매력에 금세 사로잡혔다. 사전의 세계에 몰두하다 보면 깊은 골짜기와 높은 봉우리가 있는 산맥의 한가운데 선 기분이었다. 낱말들은 서로의 이름을 불렀고 메아리처럼 이 골짜기와 저 산봉우리를 종횡으로 가로질렀다. 그는 귓가에 울리는 활자들의 부름에 따라 이리저리 헤매고 싶은 충동을 억눌러야 했다. ㄱ부터 ㄴ, ㄷ, ㄹ…… 이렇게 차근차근 사전이라는 미로를 정복하고 싶었다. 그의 누나들은 이따금 다락방 문을 열고는 채 변태를 하지 못한 번데기라도 보듯 혀를 찼다. 그는 나비로 우화할 날을 기다리는 인간 번데기였다.

  그는 사전을 먹다 잠이 들기도 했다. 어린 시절에는 반듯이 누워도 남을 만큼 넉넉한 크기였지만 이제 더는 그럴 수가 없었다. 그곳에서 잠들었다 깨면 설거지를 하고 난 뒤처럼 몸이 쑤셨다. 더 이상 다락방이 신비롭지 않다는 사실을 깨닫기도 했다. 그는 어린 시절 왜 이 다락방을 즐겨 찾아들었는지 이해할 수 없었다. 그토록 많은 악몽의 근원지였는데. 부모가 남겨준 그 집에서 세 남매는 서로를 경멸하지 않고 사는 방법을 배웠다. 그는 힘이 센

급우에게 놀림을 당하거나 얻어맞은 날이면 다락방에 웅크리고 앉아 공상 속에서 복수를 감행하는 가련한 약골이었다.

그는 누나들에게 쓸데없는 근심을 안겨주지 않기 위해 사전을 뜯어 먹을 때마다 최대한 소리가 나지 않도록 입을 꾹 다문 채 꼭꼭 씹었다. 사전은 쓴맛이 났다. 몸속에서 낱말들이 아우성을 치며 혈관을 따라 흘렀다. 어느 날 그는 작전 계획도를 만들다 압정에 손가락을 찔렸는데 그곳에서 낱말이 한 방울 한 방울 기포처럼 아슴아슴 솟아오르는 환각을 겪기도 했다. 화장실의 낡은 변기는 배설물을 제 힘으로 삼키지 못했다. 대야에 물을 가득 담아 높이 들어 올려 낙차를 이용해 부어주어야만 했다. 그럴 때마다 그는 눈을 질끈 감았다. 거기에 소화되지 못한 낱말들이 뭉텅이로 똬리를 틀었을 것만 같아서였다.

그는 방위로 복무하던 6개월 내내 속이 좋지 않았다. 그는 먹을 수 있는—먹어도 탈이 나지 않는 사전을 만들면 빌 게이츠처럼 억만장자가 될 수도 있겠다는 공상을 했다. 3분의 1쯤이 뭉텅 뜯겨 나간 그의 사전은 미래 인류가 발견한 골동품 같았다. 그가 정복한 곳은 ㅁ까지였다. 선배가 여섯 달 전의 약속을 기억하고 그에게 물었다. 그는 당황하여 얼굴이 벌게졌는데 기간이 짧아서라고 항변했지만 믿어주는 것 같지는 않았다.

그가 돌아온 교정은 을씨년스러웠다. 산 중턱에 자리 잡은 터라 여전히 바람이 드셌다. 해마다 봄이면 되풀이되는 학생들의 등록금 투쟁이 지겨웠는지 대학 당국은 다양한 방식의 등록금 분할 납부를 미리부터 고지하고 나섰다. 그는 한꺼번에 등록금을 납부한 게 억울했다. "큰누나는 적금 때문에 쩔쩔맸고 작은누나는 카드 빚 때문에 안달이었거든."

교학과, 서무과, 학생과를 찾아다니며 등록금을 돌려달라고 요구했다. 교직원들은 긴장한 얼굴로 그를 맞았다가 너털웃음을 터뜨리며 그를 돌려세웠다. 그들이 긴장한 이유는 그가 고리끼 소설의 주인공 빠벨처럼 비장하게 찾아와 등록금을 돌려달라 요구했기 때문이었고, 너털웃음을 터뜨린 이유는 그가 돌려준 등록금을 고이 간직했다가 다시 분할 납부하겠다고 말했기 때문이었다. "이봐, 학생. 그런 이유로 등록금을 돌려줄 학교가 어디에 있어?"

그는 분했다. 그런 이유로 등록금을 돌려줄 학교가 어딘가에 분명히 있을 거라 굳게 믿고 다른 대학에 다니는 지인들에게 하나하나 전화를 걸어 물어보았지만 만족할 만한 대답을 듣지는 못했다.

그는 교정 곳곳에 나붙은 대자보들을 심드렁하게 바라보았다. 대선 자금 공개나 교육 재정 확보를 요구하는 내용들이었다. 그는 자신과는 무관한 일인 듯해 김이 샜다. 이미 등록을 해버린 그로서는 등록금 투쟁만큼 무의미한 일이 없었다.

문학회는 매주 세 번, 월요일과 수요일과 금요일에 모임이 있었다. 월요일에는 일상적인 총회가, 수요일에는 시 합평회가, 금요일에는 소설 합평회가 열렸다. 그는 얼마 안 가 발자크라는 별명으로 불리었다. 합평이 끝난 뒤 뒤풀이 자리에서 만드시 분당질을 했기 때문이었다. 그는 후배들이 자신을 발자크라 부른다는 사실을 알고 쓸쓸한 얼굴로 이렇게 말했다. "나는 마르께스주의자야." 그는 이런 말을 누나들에게도 했다. 누나들은 근심스러운 눈빛으로 그를 보았다. 어린 시절부터 어머니 노릇을 했던 큰누나가 한숨을 푹 내쉬었다. "젊은 시절에 마르크스주의자가 아니면 그것도 바보라고 했으니까." 종합병원의 간호사인 큰누나에게선 늘 강렬한 클로로포름 냄새가 났다. 아버지 노릇을 했던 작은누나는 그 옆에서 화난 얼굴로 고개를 주억거렸다. 백화점 화장품 판매원인 작은누나에게선 늘 희미한 아세톤 냄새가 났다. 그는 할 말이 없었다. 마르께스주의를 마르크스주의로 오해한 것도 그러하지만 식민지 시대에나 통용되었을 법한 농담을 누나들의 입에서 듣게 된다는 게 어쩐지 역사는 진보하지 않고 순환한다는 증거인 듯해서였다.

그의 집 앞 골목 입구에는 수십 년 된 복덕방이 있었다. 고리오 영감을 연상시키는 복덕방 노인은 장판을 깐 작은 평상에 앉아 밥도 먹고 술도 마시고 화투도 쳤다. 노인에 대한 인상은 그가 나이를 먹을수록 달라졌다. 그가 최초로 기억하는 노인은 스크루지 영감이었고 중학생 시절에는 방망이 깎는 노인이었으며 고등학생 시절에는 늙은 어부 산티아고였다. 이제 노인은 고리오 영감처럼 수심이 가득한 얼굴로 복덕방 앞을 지나치는 사람들을 초점 없는 눈길로 바라보았다. 예전이나 그때나 변하지 않은 게 있다면 그가 고리오 영감을 노인으로만 기억한다는 사실이었다. 대학생이 된 뒤로 그는 복덕방 앞을 지나갈 때마다 절로 어깨가 움츠러들었다. 고리오 영감의 동료들인 참전용사회 노인들에게 뺨을 맞은 적이 있어서였다. 하지만 그가 방위로 복무하는 동안 그들과 관계가 원만해졌다. 비록 육방이라는 놀림을 빼놓지 않고 받긴 했지만. 그는 고리오 영감이 싫지 않았다. 그가 누나들과 사는 집을 고리오 영감이 중개했다는 인연 때문만은 아니었다. 노인은 그가 풀이 죽어 타박타박 걸어오는 걸, 흥에 겨워 가볍게 뛰듯이 걸어오는 걸 오랜 세월 동안 지켜보았다. 노인의 눈빛은 그의 기분을 다 안다는 듯 부드러웠는데 그가 침울하면 똑같이 침울해졌고 그가 즐거우면 똑같이 기쁨으로 빛났다.

그날 아침 누군가를 기다리기라도 하듯 복덕방 앞에 우두커니 섰던 노인이 지나가는 그의 팔을 붙잡았다. "네가 마르크스주의자라는 이야기를 들었다. 나는 괜찮다. 아무 상관없어." 노인은 그렇게 말해주었다. 그는 버스에서 지하철에서 학교로 이르는 길에서 노인의 말을 곱씹어보았다. 어쩌면 자신을 가장 잘 아는 사람은 누나나 문학회 동료 들이 아닌 그 노인일지도 모른다는 생각이 들었다. 그날 강의는 사회과학대학 건물에서 있었다. '북한의 정치와 사회'라는 교양 강좌였다. 그에게는 공공연하게 주체사상을 논할 수 있다는 점이 매력적이었다. 사회과학대학 대강의실은 청강생을 포함해 교수와 대결하고 싶어 안달이 난 200여 명의 학생들로 북적였다. 머리칼이 하얗게 센 교수는 개량 한복을 입었는데 방금까지 모내기를 하다가 새참을 먹기 위해 논두렁에 오른 농부처럼 보였다. 강의는 지루했다. 창밖으로 보이는 하늘이 어두컴컴했다. 한바탕 비가 쏟아질 기세였다. 아주 먼 곳에서 누군가 울부짖는 듯한 소리가 들려왔는데 그건 도서관 앞에서 열리는 출정식의 소음일 터였다. 강의가 시작된 지 채 한 시간도 지나지 않았을 때 대여섯 명의 학생들이 앞문을 통해 우르르 들어왔다. 낯익은 문학회 후배가 있어 그는 하마터면 팔을 번쩍 들고 소리라도 지를 뻔했다. 수강생들이 웅성거렸다. 교수는 뒷짐을 진 채 묵묵히 그들을 견뎠다. 짧고 간단한 소개를 마친 뒤 그들은 도서관 앞에서 열리는 집회와 서울 시내에서 치르게 될 시위에 동참해줄 것을 호소했다. 몇몇 수강생들이 가방을 꾸려 슬그머니 강의실을 빠져나갔다. 그는 자신과 상관없는 등록금 투쟁에 동참할 생각이 없었다. 그러나 조금 뒤 그는 도서관 앞에 모인 학생들 무리 뒤쪽에 스페인 내전을 취재하기 위해 영국을 떠나 바르셀로나에 방금 도착한 조지 오웰처럼 팔짱을 낀 채 섰다.

  3천여 명의 시위대가 학교를 떠날 무렵에는 한낮인데도 캄캄했다. 시위대는 후문을 통해 학교를 빠져나간 뒤 경찰과의 쓸데없는 충돌을 피하기 위해서였는지 인도로만 행진했다. 그는 의용군에 입대하는 것 말고는 달리 할 수 있는 일이 없었던 조지 오웰처럼 시위대를 따라 시내로 진입했다. 시위대는 청계천 고가도로 아래서 다른 시위대들과 합류했다. 3만여 명이 내지르는 함성이 고가도로 아랫면에 부딪히며 공명되어 그의 귓속에서 울렸다. 시위대는 느릿느릿 시청 쪽으로 흘러갔다. 시위대 선두는 광교를 거쳐 을지로입구에 이른 듯했다. 시위는 따분했다. 그가 있는 곳에서는 전투경찰도 보이지 않았고 시민들도 무심한 얼굴로 지나쳤다. 추적추적 비가 내렸다. 3월의 막바지에 내리는 빗줄기에는 한기가 스며 있었다. 빗물이 그의 앞 머리칼 끝에서 뚝뚝 떨어졌다. 그는 등에 멨던 가방을 벗어 가슴에 안았다. 그의 가방 속에는 ㅅ까지 뭉텅 떨어져 나간 국어사전과 노트 한 권이 들었다. 소집 해제 뒤에도 그는 사전 삼키기를 그만두지 않았던 거였다. 내가 속은 괜찮냐고 묻자 그는 만성이 된 덕분인지 가끔 설사를 해도 견딜 만은 했노라고 답했다.

시위대 선두 쪽의 소식들이 입과 입을 통해 전해졌다. 명동 쪽에서 진출한 다른 시위대까지 을지로입구에서 합류했는데 그곳에 경찰 저지선이 펼쳐졌다는 것이었다. 일부 시위대는 종로 쪽으로 진출하여 종각에서 경찰과 대치중이라고 했다. 서울 하늘은 우중충했다. 빗줄기는 점점 굵어졌다. 그는 고가도로 아래를 떠나지 않았다. 시위대의 후미마저 그에게서 멀어졌다. 시위대가 빠져나간 자리를 재빠르게 자동차들이 채웠다. 그는 중앙분리대가 없는 횡단보도 가운데 쭈그리고 앉았다. 마르께스라면 이런 상황을 어떻게 묘사했을까. 그는 ㄱ에서 ㅅ까지의 낱말들 가운데 적당한 걸 찾아보려 애썼다. 머릿속 낱말들은 뒤엉킨 채로 그의 사고의 촉수를 피해 달아났다. 고가도로를 지붕으로 이고 앉은 그는 평온하다고 느꼈다. 세상에서 가장 큰 다락방에 들어간 듯한 기분이었다. 그곳에서 그는 엠마처럼 고독했다. 그는 하릴없이 앉았다가 습관처럼 가방에서 사전을 꺼냈다. ㅅ의 마지막 장에 실린 낱말들을 찬찬히 눈으로 훑어본 뒤 눈을 감고 방금까지 시선으로 어루만졌던 그것들을 음미했다. 이제 더는 사전의 세계가 경이롭지 않았다. 어쩌면 눈앞에 외계인이 나타난대도 5분만 지나면 이웃사촌처럼 친숙하게 대할 수 있을 듯했다. 그는 비 맞은 염소 꼴로 ㅅ의 마지막 장을 천천히 씹어 먹었다. 파란불이 켜져 횡단보도를 건너던 사람들이 그를 무심한 눈길로 보았다. 그는 폭음을 들으며 헛구역질을 했다. 폭음은 그치지 않았다. 조금 뒤 그는 최루가스 냄새를 맡았다. 그는 재채기를 하다 퇴각하는 시위대에 뒤섞였다. 질서! 질서! 시위대는 손수건, 피켓 등을 흘리면서 동대문운동장 쪽으로 밀려갔다. 그는 을지로 쪽으로 방향을 꺾어 퇴각하는 시위대에 휩쓸렸다. 청계로와 을지로에서 밀려온 시위대들이 옛 훈련원 앞 대로에 대기중이던 전경들에게 막혀 인쇄소가 모인 골목길로 뿔뿔이 흩어져 들어갔다. ㄱ 시각에 을지로입구에서 명동 쪽으로 밀려난 시위대와 충무로까지 우회했던 시위대는 명동성당으로 모여들었다.

"확신할 수는 없지만 보았다고 생각했어." 그가 보았던 건 눈매가 날카롭고 머리털이 뻣뻣하며 공포와 피로 가운데 어느 쪽인지 알 수 없는 어쩌면 둘 다에 잠식되었을 수도 있는 낯빛이 창백한 남학생이었다. 누군가 그의 등을 가볍게 툭 건드렸다. 그가 돌아보았을 때 어둠이 빗줄기를 타고 창처럼 그들 사이로 내리꽂혔다. 그는 백골단이 그들을 뒤쫓는 걸 힐끔 보았다. 몇 명의 학생들과 함께 중구청으로 향하는 큰길가의 주유소까지 달려온 그는 자신이 방금 빠져나온 골목에 뒤엉키며 쓰러진 한 무리의 학생들이 백골단의 곤봉과 군홧발 세례를 받는 걸 보았다. 그 순간에 설명할 수 없는 환각을 보았는데 한 무리의 노동자들이 곡괭이질을 하는 모습이 그의 눈앞에 떠올랐다가 사라졌다. 곧이어 정체를 알 수 없는 문장들이 입속에서 웅얼댔다. 메모하고 싶은 강렬한 충동을 느꼈지만 그가 부들부들 떨리는 손으로 할 수 있는 일은 가방을 꼭 붙잡는 것뿐이었다. 비는 잠시 그쳤다. 그는 충무로까지 터덜터덜 걸었는데 병사들의 시체 틈에서 홀로 일어나 아무 일 없다는 듯 황산벌을 빠져나가는 백제의 패잔병이라도 된 듯한 기분이었다. 누군가 그를 불렀다. 돌아오라고 손짓을 했다. 그는 고개를 저었지만 어느새 발길을 되돌려 인쇄 골목을 향해 걷는 자신을 발견했다. "겨우 한 살 차이지만 나보다 어린 사람이 전경에게 맞아 죽을 수도 있다는 걸 처음으로 실감해서였을 거야." 그날 죽은 학생은 연세대 법학과 2학년생 노수석이었다. 명동성당에 집결했던 시위대가 소식을 듣고 달려왔다. 시신은 을지로 국립의료원에 안치되었다. 어둠이 짙게 내려앉은 서울 거리는 장대비 속에 푹 잠겼다. 국립의료원이라 짐작되는 곳 앞에 달맞이꽃처럼 빛나는 전경들의 헬멧만이 보였다. 하수구는 외려 빗물을 쿨럭쿨럭 내뿜었다. 빗물이 내를 이뤄 골목을 흘렀다. 발목까지 잠긴 채 그는 내리는 비를 고스란히 맞았다. 돌멩이에 두들겨 맞는 기분이었다. 고리오 영감은 이럴 줄 알았던 걸까. 그는 자신을 위로하듯 부드럽게 감싸주던 노인의 말을 떠올렸다. 나는 괜찮다. 아무 상관없어. 이렇게 입속으로 되뇌어보자 오전에 들던 것과는 달리 비난으로 여겨지기도 했다. 괜찮지 않아. 상관있어. 이건 역사적 사건이 아니야. 그저 수해와 같은 자연재해일 뿐. 그는 이렇게 중얼거리며 자정이 가까운 시각에야 학교로 돌아갔다. 학생회관은 밤샘을 하려는 시위대로 북적였다. 그는 다른 동료들처럼 문학회 방에 앉아 추모시를 써보려 노력했다. 비에 흠뻑 젖은 고단한 마르께스주의자는 가방에서 사전을 꺼냈다. 다행히 귀퉁이만 젖었으나 사전은 좌뇌쪽이 함몰된 두개골을 연상시켰다. 그는 밤새 한 줄도 쓰지 못했다. "그때 처음으로 이런 의문을 품었던 것 같아. 이 상황을 표현할 수 있는 낱말은 사전에 없을 거라는, 침묵이 사전의 장기일 거라는."

그는 매일 장례위원회가 있는 연세대에 갔다. 꽃보다 먼저 피어난 대자보와 플래카드가 그의 정신을 어지럽혔다. 아직 사전을 다

| 손홍규 | 마르께스주의자의 사전 153

먹지 못했으므로 설불리 문장은커녕 낱말조차 뱉어낼 수 없었다. 그는 장례가 치러질 때까지 난코스라 여겨졌던 ㅇ을 다 먹어치웠다. 그사이 시를 제법 쓰던 한 후배가 등록금을 마련하지 못해 휴학을 했고 소설가가 되고 싶다던 한 후배가 군대에 갔다. 장례식 당일 오전 신촌로터리에서 노제가 열렸다. 그는 우연히 가까운 곳에서 노수석의 부모를 볼 수 있었다. 기형도의 산문 가운데 망월동 묘역을 참배한 뒤 버스 안에서 이한열의 어머니와 조우했던 순간을 묘사한 대목이 떠올랐다. 기형도는 그 장면을 별다른 수사도 없이 섬세하게 그려냈는데 읽는 그조차 무슨 말을 해야 할지 몰라 더듬거리는 심정이었다. 그제야 그는 아버지가 돌아가셨을 때에도 어머니가 돌아가셨을 때에도 그와 비슷한 상황이었다는 걸 깨달았다. 그는 다락방 안에서 문고리를 꼭 잡은 채 누나들이 불러도 친척들이 혀를 차도 동요하지 않았다. 다락방의 어둠을 견디는 게 무슨 말을 해야 할지 몰라 다른 사람들 앞에서 쩔쩔매는 것보다 낫다는 걸 어린 시절에도 알았던 거다.

한순간 노수석의 부모와 눈이 마주쳤던 것도 같았다. 집요하게 존재하는 것들을 볼 때처럼 경멸과 찬탄이 뒤섞인 시선이었다고 그는 기억했다. 그는 노제 현장을 빠져나가고 싶었으나 사람들에 가로막혀 뜻대로 할 수 없었다. 사방이 훤히 트이고 하늘이 끝없이 높은 곳이었건만 다락방에 갇힌 듯 답답했다. 나는 그가 느낀 답답함을 이해할 수 있을 듯했다. 그는 간신히 사람멀미라는 낱말을 기억해냈다. "나 역시 눈매가 날카롭고 머리털이 뻣뻣하며 공포와 피로 가운데 어느 쪽인지 알 수 없는 어쩌면 둘 다에 잠식되었을 수도 있는 낯빛이 창백한 남학생 가운데 하나였으니까. 젠장, 안 그런 녀석이 그중에 누가 있지?"

마르께스주의자는 그해 봄과 초여름을 우울하게 보냈다. 학생총회가 성사되어 수업 거부가 결정되었으나 본관 건물을 점거한 학생들의 숫자는 점점 줄어갔다. 기말고사가 얼마 남지 않았던 어느 날 문과대학에서 나오던 그의 시야에 총장실 창턱에 걸터앉아 남산타워를 바라보는 학생이 들어왔다. 그는 하마터면 문과대학 계단에서 구를 뻔했다. 넘어졌다 일어나 보니 그 학생은 사라졌다. 휑하게 열린 창문은 짐승의 눈처럼 사나웠다. 농성 천막은 해체되었고 본관을 점거했던 학생들도 그곳을 빠져나왔다. 그의 사전은 더 얇아졌고 그의 배 속에는 ㅊ까지 들어갔다. '북한의 정치와 사회'의 기말고사 시험 문제는 단 하나였다. 주체 개념을 설명하고 비판하시오. 아래로부터의 의사 결정. 관료제 정착으로 사실상 불가능할 수밖에 없는 구조. 그의 머릿속에서 한 학기 동안 배우고 익혔던 개념어들이—상투적인 수사들이 생각의 촉수를 피하지 않고 얌전히 기다렸다. 그는 지난봄부터 습관적으로 위장약을 복용했고 사전을 삼키기 전보다 더 나은 문장을 쓰지 못한다는 걸 인정하는 순간이 올 것 같은 불안감 때문에 불면증에 시달렸다.

여름방학 첫날 그는 누나들에게 다음 학기 등록금을 스스로 마련할 테니 걱정하지 말라고 선언했다. 큰누나는 미덥지 못하다는 듯 입을 샐쭉거렸지만 그의 어깨를 주물러주었고 작은누나는 팔짱을 낀 채 깔깔깔 웃었다. "우리는 네가 염소가 될까 봐 걱정했단다." "염소가 다 뭐야. 토끼 새끼지." 그는 안심이 되었다. 등록금 마련에 실패하더라도 손 내밀기가 덜 쑥스러울 것 같아서였다. 그는 기와지붕을 수리하는 사람들을 따라다니는 동안 ㅋ을 삼켰다. 지붕 위에 올라 낡은 기왓장을 아래로 던질 때마다 낱말 하나씩을 함께 던졌다. 서울과 수도권 곳곳에 이처럼 많은 한옥이 있다는 걸 그는 처음 알았다. 선조들의 마을을 거니는 기분이 들었다. 경마장 마사馬舍에 딸린 말 샤워실 벽에 고무 판을 대면서 ㅌ을 삼켰다. 말의 부상을 방지하기 위한 고무 판이었는데 한쪽 면에 본드를 잔뜩 발라 벽에 붙이는 단순한 작업이었지만 얼마쯤은 본드에 취한 듯 몽롱해지는 걸 감수해야 했다―그는 무의식에 저장된 낱말 가운데 ㅌ이 많은 이유가 바로 그 때문이라고 설명했다. 체구가 작은 기수들과 어울려 밥을 먹기도 했고 마주들의 허락을 받아 말들의 갈기를 쓰다듬기도 했다. 건초를 씹어보기도 했는데 사전보다는 맛이 좋은 듯했다. 유제류有蹄類 특유의 쌍꺼풀진 눈과 발굽 들 사이에서 그는 자주 환상에 취했다. 그사이 장마가 끝나고 무더위가 시작되었으며 복날을 꼬박 지켜 누나들과 삼계탕을 먹었다. 그의 피부는 전보다 짙은 구릿빛으로 그을렸고 이마에 제법 단단한 주름살이 잡혔다. 8월에 접어들었을 때 그는 잠시 문학회 방에 들렀다가 마침 통일선봉대로 국토 순례를 떠나는 후배의 환송식 자리에서 거나하게 취하는 바람에 발자크라는 꼬리표를 떼지 못하고 말았다. 8월은 더할 나위 없이 무더웠다. 그는 배관공을 따라다니며 누수관을 보수하는 작업을 거들었다. 작업을 마치고 시험 작동을 했을 때 말끔하게 수리가 된 걸 확인하면 체증이 가라앉듯 속까지 후련했다. 그는 포을 그처럼 술술 삼켰다. 낱말 하나하나가 피톨이 되어 자신의 몸속을 자유롭게 돌아다니는 공상을 했다. 저녁노을이 물든 서쪽 하늘을 보며 귀가하는 시간은 더없이 감미로웠다. 배관공은 작업이 끝나면 그를 데리고 술집에 갔다. 그곳에서는 싸구려 막걸리마저 농염했다. 배관공은 그를 아우라 불렀고 그는 배관공을 형님이라 불렀다. 배관공의 거칠고 단단한 손가락을 동경했으며 상스러운 동시에 다정한 말투 역시 배우고 싶었다. 그는 난생처음 몽키와 스패너를 손에 쥔 채 춤추는 사람을 보았으며 한쪽 가슴을 덜렁 내놓은 채 술을 따르는 퇴물 작부에게 방심한 동안 불알을 잡혀보기도 했다. 나는 그에게 뉴스를 본 게 그 술집이었냐고 물었다. 그는 고개를 끄덕였다. 왜 연세대에 들어갈 생각을 했느냐고 묻자 그가 내 눈을 빤히 바라보았다. "몰랐니? 너 때문이었잖아."

나는 기어들어가는 목소리로 연세대에 있지 않았노라고 그에게 말했다. 통일선봉대 대원으로 참여했던 건 사실이지만 서울에 올라왔던 날 빠져나왔다고 덧붙였다. "난 몰랐다." 그는 집에 돌아가 표의 마지막 장을 우물우물 삼키면서 무엇을 해야 할지 고민했다. 큰누나는 그의 고민에 아무런 관심이 없었다. 그해 가을에 결혼할 계획이었다. 그는 하지정맥류로 고통스러워하며 잠결에도 끙끙 앓는 소리를 내는 작은누나의 혈관이 도드라진 종아리를 만져보았다. 나무처럼 단단했다. 밤새 잠 못 이룬 그는 새벽녘 배관공에게 전화를 걸었다. 배관공은 그가 더는 일을 할 수 없게 되었다고 하자 아쉬워했다. "뭔가 좀 외설스러운 말을 했던 것 같아. 그러니까 술집 누님 젖통이 그리우면 언제든 찾아와 등등. 그런데 전혀 그렇게 들리지가 않았어. 정든 사람과 이별할 때 서운함을 감추려고 외려 부산을 떨며 재촉하는 사람의 목소리라고나 할까." 그는 배관공이 종이는 작작 처먹으라고 힐난한 뒤 전화를 끊었다는 것도 기억했다. 그의 머리를 깎아준 사람은 고리오 영감이었다. 그날따라 이발소는 좀처럼 문을 열지 않았고 그의 얼굴에 수심이 가득한 걸 본 노인이 손짓을 했다. 노인은 복덕방 의자를 문 앞에 내놓은 뒤 이발 도구를 평상 위에 가지런히 늘어놓았다. 그는 노인이 손에 쥔 바리캉에서 나는 윙윙대는 소리가 어떤 운명을 암시하는 것처럼 여겨졌다. 머리카락이 말끔하게 잘려나간 머리통을 스윽 만져보았다. 노인은 모자를 쓴 채 어떻게 사례를 해야 할지 몰라 엉거주춤 선 그를 부드럽게 안아주었다. 그리고 그의 귓가에 예의 그 말을—그는 토씨 하나 다르지 않은 문장이었다고 기억했다—속삭여주었다.

그는 우선 학교에 갔다. 불교학과 학생회실을 찾은 그는 낯익은 사람들에게 부탁해 어렵지 않게 승복과 바랑을 구할 수 있었다. 그는 문학회 방에서 옷을 갈아입었다. 청바지와 티셔츠 그리고 운동화는 바랑에 넣었다. "세브란스 병원을 통해 들어갔는데 얼마나 떨렸는지 몰라. 얼굴은 새카맣게 탔으니 흠 잡힐 걱정이 없었지만 머리통이 새하얗잖아. 눈썰미 있는 전경이었다면 그렇게 쉽게 들여보내주지는 않았을 거야. 차라리 목사나 수녀로 변장할 걸 그랬어." 나는 차마 그에게 왜 그런 위험을 감수했느냐고 묻지 못했다. 그러면 내 눈 속에 뛰어들기라도 할 것처럼 빤히 들여다볼 게 뻔했으므로. 그는 연세대에 들어간 날짜를 기억하지 못했다. 나는 8월 15일일 것이라고 일러주었다. "맞아. 시내 곳곳에 내걸렸던 태극기를 보았던 것 같아." 그날 오전 6천여 명의 경찰이 교내에 진입해 정문에서 본관까지 이어진 도로인 백양로를 점거했다. 나는 그가 전경이 점거한 백양로를 어떻게 통과했을지 무척 궁금했다. 그는 학생회관 뒤편 조경 공사를 위해 파놓은 구덩이에 네 시간 남짓 처박혀 있었다고 했다. 그는 주변에 있던 널빤지로 구덩이를 가리고 그 아래서 푹푹 찌는 8월의 열기를 견뎠다. 그 안에서 조심스럽게 옷을 갈아입었다. 그의 바랑 안에는 이제 승복과 고무

신 그리고 ㅎ만이 남은 국어사전이 들었다. 학생들의 목소리가 가까운 곳에서 들리자 그는 널빤지를 치우고 슬금슬금 학생회관 북쪽으로 돌아 백양로에 들어섰다. 학생회관을 경계로 그 너머는 딴 세상이었다. 그는 자신도 모르게 이건 폐허라고 탄식하듯 중얼거렸다. 최루탄과 화염병 파편들 그리고 돌멩이가 어지럽게 널린 백양로 주변은 살천스럽기 그지없었다. 바리케이드로 사용되었던 책상과 의자가 불에 그슬린 채 아무렇게나 뒹굴었고 타다 만 광목천과 플래카드가 들러붙은 차도와 인도에는 최루탄 냄새가 섞인 메스꺼운 연기가 힘없이 피어올랐다. 난간과 계단은 말할 것도 없고 손 닿는 높이의 건물 외벽 마감재들까지 몽땅 뜯겨 나갔는데 그는 마치 눈앞에서 세계가 해체되는 중인 것 같은 느낌이었다. 미처 던지지 못한 채 방치된 돌무더기가 곳곳에서 눈에 띄었으며 그 옆에는 손수건으로 눈만 내놓은 채 얼굴을 가리고 쇠파이프를 쥔 학생들이 주저앉아 휴식을 취하고 있었다. 그는 백양로를 따라 올라간 뒤 머리에 붕대를 감은 학생이 일러준 종합관을 찾아갔다. 그는 나지막한 목소리로 내 이름을 불렀다. 1층부터 옥상까지 차례차례 모든 복도와 강의실을 둘러보았지만 그는 나를 만날 수 없었다. 나는 그에게 당연하다고 말했다. 그곳에 있지 않았으므로.

 종합관을 빠져나온 그는 왔던 길을 되짚어 내려간 뒤 도서관과 체육관 사잇길을 지나 이학관으로 향했다. 학생들의 점거로 공사가 중단된 운동장의 패널로 된 차폐막을 따라 전경과 학생들이 밀고 밀리는 중이었다. 그는 쉽게 이학관에 다가갈 수 없었다. 그는 체육관 벽에 바짝 붙어선 채 하늘에서 최루액이 쏟아지는 걸 지켜보았다. 백양로에서 사수대들이 체육관 쪽으로 몰려왔다. 최루 연기가 그들을 집어삼키며 따라왔다. 정문 쪽에서 전경들의 진입 작전이 다시 시작되었다. 이학관 정문 계단의 바리케이드 때문에 그는 운동장에서 밀려온 사수대들을 헤치고 가야 했다. 누군가 그에게 싸울 수 있느냐고 물었다. 그는 잠시 머뭇거렸다. 그는 이학관을 올려다보았다. 옥상에서 나부끼는 깃발의 끝자락이 나타났다 사라졌다. 깨진 창문을 가로막은 피켓을 보았고 고개를 내민 채 한가롭게 먼 하늘을 응시하는 사람도 보았다. 그는 세상에서 가장 차분한 구조 신호를 본 듯한 기분이었다. 누군가 그에게 쇠파이프를 쥐여주었다. 정문 쪽으로 갑시다! 이런 외침들이 들려왔고 그는 바랑을 고쳐 멘 뒤 다른 학생들을 따라 달려갔다. 그는 공포를 억누르고 간신히 내뱉는 고함과 포성을 연상시키는 폭음에 둘러싸였다. 성한 사람들이 없었다. 핏자국이 말라붙은 청바지와 팔뚝이나 머리에 감긴 더러운 붕대들만이 보였다. 여름날 오후의 태양빛이 사정없이 그들 머리 위로 내리꽂혔다. 아스팔트에서 피어오르는 열기와 짓누를 듯 덮쳐오는 햇볕에 그의 몸뚱어리가 이글이글 타오를 지경이었다. 학생들은 채 10분도 버티지 못하고 종합관과 이학관 쪽으로 밀려났다. 운동장에서 대치하던 사수대가 버터주지 못했다면 이학관을 등지고 물러서던 학생들은 꼼짝없이 포위되었을 것이다. 누군가 후퇴 신호를 보냈고 학생들은 전경들에게 등을 보인 채 이학관으로 뛰어 올라갔다. 그는 이학관 맞은편 건물의 외벽에 기대어 잠시 숨을 고르다 운동화가 핏물에 젖은 걸 발견했다. 그는 바짓단을 접어 올렸다. 오른쪽 정강이의 새끼손가락 크기로 벌어진 상처에서 진득한 핏물이 흘러나왔다. 그는 백양로를 달려 올라가는 백골단을 보았다. 중대 병력의 전경들이 도서관과 체육관 사잇길로 진입하는 것도 보았다. 사수대들이 이학관을 뛰어 올라가는 것도 보았다. 그는 그곳까지 달려갈 자신이 없었다. 그는 자신이 기대었던 건물 외벽을 따라 절뚝절뚝 걸어 모퉁이를 돌아갔다. 그곳은 기이하게도 창문이 저만큼 높은 곳에 있었다. 그는 건물 뒤편으로 돌아갔다. 해체된 비계가 쌓인 곳을 발판으로 삼으면 창문을 통해 안으로 들어갈 수 있을 듯했다. "그런 걸 초인적인 힘이라고 하는 거지. 어떻게 거길 통해서 기어 들어갔는지 모르겠어." 나는 그에게 물었다. 그럼 언제 연세대를 빠져나간 것이냐고. 그는 어깨를 으쓱하더니 되물었다. "나는 연세대를 빠져나간 게 아니야. 진압 작전이 벌어졌던 이십 일까지 그곳에 있었어." 나로서는 금시초문이었다. 나는 그가 연세대에 남았을 줄은 미처 짐작도 하지 못했다.

 그가 창문을 넘어 들어간 곳은 복도 끝 계단참이었다. 누가 지켜보는 것만 같아 그는 한동안 고개조차 들지 못했다. 오한이 든 것처럼 몸이 떨렸다. 그는 이윽고 어슴푸레한 복도에 눈이 익었다. 조심스레 복도 양편의 문손잡이들을 돌려보았다. 그는 손잡이들에서 자신을 밀어내는 척력을 느꼈다. 또한 그들의 거부하는 목소리도 들었다. 이상한 나라의 앨리스와 다른 점이 있다면 그가 몹시도 겁에 질렸다는 것이리라. 마지막 문이 그를 받아주었다. 손잡이가 끼익 소리를 내며 돌아가던 순간 기시감에 사로잡혔는데 그건 아마도 어린 시절 자신을 골탕 먹이려고 다락방 문을 바깥에서 잠갔던 누나들에 대한 기억이 겹쳤던 것이리라고 그는 추측했다. 그는 다락방 문이 잠기면 그 안에서 열어달라고 떼를 쓰거나 우는 대신 그냥 잠들었다. 그리고 언제나 문 열리는 소리에 깼다.

그는 주인이 누구인지 알 수 없는 연구실로 한 걸음 들어섰다. 그가 들어선 방과 건물은 외부 세계와 완벽하게 절연된 공간이 아니었기에 공기를 찢는 폭음과 헬리콥터 소리, 사람들의 아우성과 외침들이 기세가 한 뼘쯤 숙진 채이기는 했지만 어김없이 파고들었다. 하지만 그는 전혀 다른 세계에 한 발을 들여놓았다고 생각했다. 연구실은 외부의 소란과는 상관없이 원래 그대로인 듯 얌전하게 스스로의 내부를 그에게 드러냈다. 학생들이 학교를 점거하기 전까지는 심상한 풍경이었을 고요하고도 조금은 뻔뻔하게 느껴지기까지 했던 연구실이 그에게는 신비로웠다. 커다란 창을 가린 블라인드는 틈도 없이 드리워졌지만 높이 달린 조그만 창들을 통해 빛이 스며들어와 방은 그리 어둡지 않았다. 책상 위는 깨끗

했고 책장에는 책들이 빈틈없이 꽂혔다. 의자마저 책상과 선을 맞춰 반듯하게 놓였고 바닥에는 휴지 한 조각 없었다. 방은 이 낯선 마르께스주의자의 침입에 당황하지 않았다. 방을 채운 공기마저 부드럽게 견고했으며, 그가 한 걸음 내디딜 때마다 시치미를 떼듯 그가 방금 전까지 점유했던 공간을 소리도 없이 채웠다. 잠시 숨을 멈추기라도 했던 듯 작은 단문형 냉장고가 조용히 헛기침을 한 뒤 진동했다. 그는 손님용 탁자 위에 놓인 꽃병에 다가갔다. 방금 누가 물을 갈고 분무기로 적셔주기라도 한 것처럼 장미꽃은 어둑신한 방 안에서도 생생하게 빛났다. 이 방의 주인 혹은 조교는 퍽 세심하면서도 다감한 성격의 소유자일 거라 짐작했다. 바로 그 순간이 아니었다면, 다른 일로 이 방을 방문할 기회가 있었다면 그는 결코 이 방을 신비로운 공간으로 체험하지 못했을 것이다. 평범한 것에 깃든 신성. 마르께스주의자는 일상과 보통에 감춰진 신비를 누구보다 빨리 깨달았다.

그는 책상 앞 바퀴 달린 가죽 의자에 앉았다. 의자는 그에게 어려워하지 말라고 속삭였다. 타인에게 익숙해진 사물들에서 흔히 느낄 수 있던 이물감은 없었다. 그의 등과 엉덩이를 부드럽게 받아들인 의자는 가볍게 발끝으로 밀기만 해도 소리 없이 굴렀다. 그는 오래전 혹은 전생에 이 방의 주인이었을 자신을 상상했다. 언젠가 이런 방에 이처럼 앉아 사색에 잠긴 적이 있었던 것만 같았다. 유리창은 간헐적으로 흔들렸다. 폭음이 일 때마다 방을 보호하듯 그렇게 떨었다. 시간이 정지된, 아니 어쩌면 시간이 처음부터 존재하지 않았던 공간이라고 표현하는 게 더 어울릴 듯한 그곳에서 그는 바깥 세계를 눈이 아닌 귀로 관람했다. 그는 바깥을 거대한 수족관으로 혹은 바다로 상상했다. 그에게 헬리콥터는 한 마리 고래상어였다. 백골단은 은갈치 떼였고 전투경찰은 벵에돔 떼였다. 이학관이라는 어초에 몰려든 학생들은 고등어 떼였고 사방을 자욱하게 메우는 최루 연기는 한류에 섞여든 난류였다. 쇠파이프와 방패가 부딪는 소리들이 날치 떼처럼 그의 귓속으로 날아왔다. 경찰의 무전기에서 나는 잡음과 이학관 옥상에서 들려오는 선무 방송에서 선율마저 헤아릴 수 있을 듯했다. 그러나 그의 즐거운 상상은 오래가지 못했다. 그는 높이 달린 작은 창을 통해 여전히 먼 하늘을 응시하는 누군가를 볼 수 있었고 최루액이 흩뿌려지는 것도 볼 수 있었다. 그는 나지막하게 중얼거렸다. 비가 오네 그날처럼.

해 질 무렵 학생들은 전경을 정문까지 밀어냈다. 그는 자신이 머문 건물 주변에서 들려오는 소리들로 그런 사실을 알 수 있었다. 이윽고 그는 용기를 내 큰 창에 드리운 블라인드를 살짝 들어 올려 밖을 내다보았다. 여전히 그곳은 폐허였다. 그는 나갈 수도 있었다. 아무렇지도 않은 듯 무리에 뒤섞일 수도 있었지만 방이 그를 붙잡았다. 그는 설명할 수 없는 감정이라고 말했다. 마르께스주의자는 피곤했다. 수십 년에 걸쳐 소모해야 할 감정들을 단

몇 시간 만에 소진해버린 듯 맥이 빠졌다. 하지만 사실 그는 불안과 평온 사이에서 동요했다. 이학관에는 그가 만나고 싶어 하는 사람이 있었고—다시 한 번 나는 그곳에 없었노라고 말했지만 그는 내 말을 별로 신경 쓰지 않는 듯했다—출혈은 멈추었지만 정강이가 욱신거렸다. 그는 책상 서랍 맨 아래 칸에서 구급함을 찾아냈다. 그는 이 방에 얼마나 머물게 될지 알 수 없었지만 되도록 흔적을 남기고 싶지 않았다. 하지만 몇 방울의 요오드팅크 액이 바닥에 떨어졌다. 혀로 핥아 먹고 싶을 정도였다.

그는 의자에 앉은 채로 자신이 이곳에 오지 않았다면 지금쯤 배관공이 운전하는 트럭 조수석에 앉아 차창 밖을 보았을 것이라고 생각했다. 어제까지의 그는 이 시각에 전혀 피곤하지 않았다. 새벽부터 늦은 오후까지 작업을 했어도 배관공과 함께 단골 술집으로 가는 동안 새로운 활기가 솟았다. 그곳에는 큰누나보다 나이가 두 배쯤 많은, 노회하지만 추하지 않은 누님이 있었으니까. 그러나 지금 그는 몽롱하고 어지러웠으며 구역질까지 났다. 그는 헬리콥터 날개에서 시작된 파열음들을 들으며 까무룩 잠 속으로 빠져들었다. 나는 그 시각에 연세대 상공에 뜬 헬리콥터가 모두 열넷이었다고 일러주었다. 그는 놀란 듯했다. "그렇게 적었단 말야? 나는 하늘을 까맣게 뒤덮은 새 떼들을 보았거든. 무슨 종류였는지는 알 수 없지만 거대한 날개를 우아하게 편 채 속도를 줄여 하강하는 새 떼들이었어." 그는 새 떼들 꿈을 꾸었다. 그가 잠든 사이 서울은 어둠에 잠겼고 서치라이트 불빛이 이따금 창을 비추었으며 그의 형상이 고요한 방에서 점멸했다.

그는 새벽에 잠깐 깼지만 시각을 알지 못했고 날짜도 알지 못했다. 자신이 어디에 있는지도 몰랐다. 방의 고즈넉함에 이끌려 다시 잠에 빠져들었다. 다음 날도 무척 맑았지만 그는 흐리다고 기억했다. 그는 그 방을 떠나는 순간까지 그렇게 믿었다. 냉장고는 텅 비었다. 이 방의 주인은 오랜 휴가를 떠난 것만 같았다. 다행히 냉온수기의 물통에 물이 3분의 1쯤 남았다. 그는 뜨거운 물을 컵에 받아 천천히 조금씩 마셨다. 그는 할 일이 없었다. 편지나 일기와 같은 은밀한 읽을거리를 찾아낼 수도 있었겠지만 그는 무단 침입자가 아니라 방문객처럼 처신하기로 마음먹었다. 마르께스주의자라면 꽃 가까이 다가가지 않아도 향기를 맡을 수 있어야 한다고 그는 믿었다. 그는 하루를 초조한 느긋함 속에서 보냈다. 그는 대담하게 방을 나가 화장실을 다녀왔고—하마터면 습관처럼 변기의 손잡이를 누를 뻔해 가슴을 쓸어내린 일 말고는 딱히 그가 감수해야 할 위험은 없었다—방의 한쪽 벽에 붙은 작은 세면대에서 세수까지 했다. 배가 고프긴 했지만 아직은 참을 만했다. 그는 ㅎ을 먹으며 허기를 달랬다. 사전을 그처럼 달게 먹기는 처음이었다. 소독을 자주 해주었시만 성치는 쉬이 낫지 않았다. 외려 정강이가 부어올랐고 간지럼을 느껴 손을 대면 칼로 후벼 파는 듯한 통증이 찾아왔다. 민중가요와 군가가 밀물처럼 갈마들었다. 오후가 되었을 때 그는 자신이 생각보다 태연스럽게 이 상황을 견딘다는 사실이 대견하기도 했으며 좀 더 용감하게 행동하지 못했음에 부끄럽기도 했다. 저 건너편에 이학관이 있다는 사실만이 그의 유일한 위로였다. 그가 체험하는 결정적 사건들이 비록 언제 어느 때 결정적 순간으로 바뀌게 될지 알 수 없었으나 그런 순간이 다가온다면 이 방을 뛰쳐나갈 용기를 발휘할 수 있을 거라 믿었다. 그가 넉 장째의 ㅎ을 씹을 때였다. 여태 들어보지 못한 낯선 소음이 들렸다. 그는 문에 다가가 귀를 댔다. 현관문이 열리는 소리였다. 이윽고 그는 방을 점검할 것을 명령하는 목쉰 소리를 똑똑히 들었다. 손잡이의 잠금장치를 누르기에는 이미 늦었다. 그는 소리 없이 두 손으로 손잡이를 꼭 잡았다. 복도를 달리는 군홧발 소리가 가까워졌다가 멀어졌다. 2층으로 향하는 전경인 것 같았다. 맞은편 방들의 문손잡이를 점검하는 소리가 들렸다. 그 소리가 멀어졌다가 가까워졌다. 전경은 옆방 앞에서 한참을 머물렀다. 2층에서 내려온 전경이 모두 잠겼다고 보고했다. 손안의 손잡이가 물에 젖은 둥근 비누처럼 미끄덩 빠져나갈 것만 같았다. 조금 뒤 그는 손잡이를 돌리는 힘을 느꼈다. 그의 이마에서 땀이 주르륵 흘렀다. 그와 전경은 문을 사이에 두고 상대를 알지 못한 채 어떤 대결을 치르는 중이었다. 전경은 누가 안에서 문을 잠갔을지도 모르지 않느냐고 투덜댔다. 현관이 잠겼으니 그럴 리 없노라고 변명하는 목소리가 이어졌다. 그는 문 너머 그들의 숨결까지 느낄 수 있었다. 뜨뜻미지근한 숨이 문을 관통하여 그의 얼굴에 훅 끼쳐왔다. 나는 그가 느낀 공포를 짐작할 수 있었다. 그 상황을 묘사할 때 그의 말투에서 묘한 슬픔이 느껴졌고 그의 슬픔에서는 사과 냄새가 났다.

그는 전경들이 손잡이에서 손을 뗀 뒤로도 두 시간 남짓 꼼짝도 하지 못했다. 그들은 현관문을 닫은 채 복도에 누워 잠들었고 그들이 누군가의 성난 발길질에 깨어나 허겁지겁 건물을 빠져나갈 때까지 숨조차 크게 쉬지 못했다. 그는 간신히 잠금 버튼을 눌렀다. 딸깍. 그 소리가 격발한 총탄처럼 그의 가슴에 박혔다. 그는 우아한 착지에 실패한 체조 선수처럼 문 앞에서 비틀대다 쓰러졌다. 그제야 그는 자신이 있는 건물이 이미 전경들의 영역으로 넘어갔음을, 이학관이 포위되어 섬처럼 고립되었음을 깨달았다. 어둠이 무례하게 방으로 난입했다. 그는 흐물흐물 녹아버린 넉 장째의 ㅎ을 삼키지 못하고 뱉었다. 반쯤 소화된 나머지 석 장의 ㅎ도 토해냈다. 그가 ㅎ에 약한 이유였다.

그는 스스로를 자신의 몸 안에 은닉했다. 블라인드 너머가 전경들의 집결지였다. 그곳에서 중대 단위의 교대와 얼차려와 배식이 이루어졌다. 식판을 긁는 소리, 라이터 부싯돌 소리, 기합 소리, 그리고 이해할 수는 없었지만 탄식하는 소리와 울음도 들려왔다. 그는 더 이상 그 방에서 평온하지 못했다. 그는 매 순간 그들의 적의를 느꼈다. 그에게 문밖은 적으로 가득한 세계였다. 그가 그들의 소리를 들을 수 있다는 건 그들 역시 이 방에서 생겨난 소리를 들을 수 있다는 걸 뜻했다. 방 안의 사물들이 한숨을 쉬었다. 그는 방의 보호가 사라졌음을 깨달았다. 그 방은 더 이상 학생과 전경들 사이의 텅 빈 완충지대가 아니었다. 그는 여기에서 죽는다면 자신이 우렁찬 군가에 눌려 죽은 최초의 인간일 거라고 생각했다. 마르께스주의자는 더 이상 품위를 지킬 수 없었다. 그는 옆으로 누운 채 바지 지퍼를 내려 누런 오줌을 쌌다. 나중에는 거추장스러운 바지를 아예 벗어버렸다. 한낮의 열기가 가시고 달구어졌던 방이 서서히 식으면 참았던 대변을 누었다. 밤이 깊으면 무싯날처럼 쓸쓸했다. 잠드는 것조차 두려웠다. 혹시라도 코를 골거나 잠꼬대라도 하면 이 방이 산산조각 날 것만 같았다.

그는 하룻밤에 ㅎ의 수많은 단어들을 먹어치웠다. 어두컴컴했으므로 상관없었다. 무엇을 먹든 마찬가지일 것이었다. 날이 밝자 눈이 뻑뻑했다. 졸음이 밀려왔다. 그는 잠들어도 괜찮을 이유를 찾기 위해 고심했다. 그가 조언을 구하기 위해 불러들일 수 있는 사람은 자신뿐이었다. 민중가요와 군가가 어김없이 갈마들었다. 그 틈으로 낯선 웃음이 비집고 들어왔다. 서로를 위무하기 위한 목소리들이었다. 학생과 전경이 구호를 주고받았으며 가볍게 조롱하기도 우스갯소리를 나누기도 했다. 이곳에서는 뜻하지 않게 연방제가 이루어졌다. 저들과 그는 이웃이었다. 서로에게 무관한.

그는 새로운 형태의 해방구에 자신이 속했음을 깨달았다. 어떤 역사에도 기록된 적 없는 특별한 코뮌이었다. 그는 이 해석에 만족했다. 그리고 그가 자신의 해방구에서 맨 처음 한 일은 잠을 자는 것이었다. 어머니 배 속처럼 아늑했다. 해가 타올랐다 저물었으며 별이 뜨고 달이 가고 어둠이 그를 부드럽게 덮어주었다. 깨어 있는 동안에는 시간의 흐름을 잊지 않기 위해 낮과 밤이 몇 번 바뀌었는지를 되풀이해서 각인했지만 외려 너무 몰두한 탓에 사흘이 흘렀는지 나흘이 흘렀는지를 종내 헷갈리고 말았다. 그는 바닥에 누운 채로 밤이 낮을 토하고 낮이 밤을 토하는 걸 목격했다. 밤 속에 낮이 낮 속에 밤이 있었다. 밤과 낮은 누구의 꿈일까. 낮이 밤의 꿈일까 밤이 낮의 꿈일까. 어둠 속에서 눈을 번쩍 뜨면 창 너머 캄캄한 하늘에 뜬 희미한 별이 보였다. 자신을 주시하는 하늘의 게슴츠레한 눈이었다. 그에게는 퍽 위안이 되었다. 어둠 속의 한 점 불빛은 제 주변만 밝히지는 않았다. 불빛을 볼 수 있는 곳이라면 어디나 어둠은 걷힌 것이나 마찬가지였다. 한 점 불빛이 밝힐 수 있는 어둠은 무한했다. 그는 엄지와 집게로 동그라미를 만들어 눈에 댔다. 그렇게 하면 별을 관통해 그 너머의 다른 세계로 갈 수 있을 것 같았다. 그의 시선만이라도. 그는 몸속에 은닉했던 자신이 벌떡 일어나 방을 서성이는 것도 보았다. 어느 날이었는지는 기억하지 못했다. "그때는 이미 시간이 아무런 소용없었으니까. 내 몸에서 빠져나와 방 안을 서성이던 그것의 정체가 악마라고 생각했어. 만약 내 안에 악마가 있다면 나는 그의 형상을 나와 꼭 닮은 사람으로밖에 달리 상상할 수가 없으니까. 악마가 가슴이나 머리에 깃든다는 생각들, 그러니까 마치 기생충이나 바이러스처럼 내게 침투한 외부의 존재라는 생각들은 다 거짓이야. 악마는 내 전부를 지배하는 존재일 테니까."

그는 블라인드 너머에서 들려오는 소리에 귀를 막았다. 전경들은 체포한 학생을 장난감처럼 다루었다. 어느 총련이야? 광주라고? 이 새끼들은 그때 씨를 말려버렸어야 했는데. 그때 뒈지지 않은 걸 후회하게 해주마. 너 저 안에서 씹했지? 몇 명 따먹었냐? 그는 폭력의 오금을 보는 듯한 기분이었다. 안락하고 잔인한 움푹 팬 공간. "그 학생이 전경의 쇠파이프에 두들겨 맞으며 내지르던 비명 때문이 아니었어. 나는…… 그 말들이 모두 사전 속에 있다는 사실을 참기 힘들었던 거야." 마르께스주의자는 그동안 자신이 삼켰던 낱말들을 모두 토했다. 1년여 동안 그가 공들여 씹었던 낱말들이 몇 줌 위액으로 나와 바닥을 적셨다. 부질없는 언어들. 그는 칼로 부은 정강이를 쨌다. 거기에서도 피고름 같은 언어들이 흘러내렸다. 그는 존재하지 않는 나라의 시민이었다고 말했다. 의무도 권리도 없는 나라. 그러나 왠지 내게 그곳은 아름다웠다. 영주권도 시민권도 없는 결코 만날 수 없는 나라.

그는 어느 날 한밤중에 눈을 떴다가 벽에 난 창문들이 모두 방을 비춘다는 걸 알았다. 그때의 어둠은 거울의 뒷면에 입히는 주석과 수은의 합금이었다. 현실의 그가 속한 방은 고요했지만 창에 비친 방들은 서로에게 소문을 전하듯 은밀했다. "그러니까 그때가 진압 작전이 시작되기 직전의 새벽이었던 거야. 징조는 그처럼 은밀하게 찾아오잖아."

희붐한 빛이 창에 비친 방을 지워갔다. 그는 자신이 점점 자웅동체에 가깝게 변해가는 걸 느꼈다. 욕망 없이 슬퍼할 수도 기뻐할 수도 있을 듯했다. 그는 자신의 고립을 실감했다. 누가 원해서였을까. 그 새벽 그는 진정으로 존재하지 않는 공화국의 유일한 시민이었다. 그는 벽이 투명해지고 안개가 낀 듯한 시야가 말끔히 개면서 한낮의 공포가 자신을 엄습하는 걸 지켜보았다. 그가 혼자 감당해야 할 공포들. 그는 혼자이기에 자유롭고 외로웠다. 그는 종합관이 진압되는 동안 맹렬한 기세로 나머지 ㅎ을 씹어 먹었다. 이학관에서 탈출을 시도하는 학생들을 보면서 마지막 장을 꿀꺽 삼켰다.

8월 20일 오후, 대학 관계자들과 몇몇 업무 차량의 정문 통과가 허용되었다. 생수 배달 업체의 직원은 공사가 중단된 공대 건물 앞을 지나 맨 처음으로 그가 고치를 틀고 숨죽여 울었던 건물에 들어섰다. 배달원은 이제 막 태어난 알몸의 나비를 놀란 눈으로 바라보았다. 그는 배달원이 건넨 목장갑을 끼고 바랑에서 모자를 꺼내 쓴 뒤 어깨에 생수통을 올렸다. 마지막으로 그는 고개를 돌려 방을 보았다. 수많은 방들이 겹쳐 보였다. "다 보았지. 폐허의 흔적조차 사라져 완전하게 무가 되어버린 연세대 교정을. 그 배달원을 뒤쫓아 다니며 모든 건물의 생수통을 교체했어. 새로운 세계를 건설이라도 하듯 비장하게 말야." 나는 그가 1초라도 빨리 그곳을 벗어나고 싶어 했을 거라 생각했다. 그는 어떻게 목격의 고통을 견뎠을까. 쥐어뜯긴 머리칼과 핏자국 선명한 깃발과 썩지 않아 구슬 같던 눈알 들이 뒹굴던 그곳에서. 그는 배달원에게 발견되고도 세 시간이 지난 뒤에야 정문을 통해 연세대를 빠져나올 수 있었다. 그가 내 눈을 지그시 들여다보았다. "나는 그곳에 있었던 걸 후회하지 않아. 팔을 부러뜨려서라도 병원을 통해 들어갈 생각이었으니까. ……자 이제 말해주지 않겠니?" 나는 그의 가슴에 얼굴을 묻었다. 나는 그를 군대에 보내던 날의 환송식과 그가 돌아왔을 때의 환영식 자리에 있었다. 나는 그에게 발자크라는 꼬리표를 붙여주었고 선전전을 위해 들어갔던 대강의실에서도 수많은 학생들 가운데 앉은 그를 한눈에 알아보았다. 그가 청계 고가도로 아래서 뭇사람들의 시선을 아랑곳하지 않고 사전을 씹어 먹을 때 옆에 함께 쭈그리고 앉았으며 비가 내리는지 오르는지 분간할 수 없었던 더럽고 후락한 을지로 골목길에도 있었다. 그가 한 문장도 쓰지 못한 채 은결든 몸으로 휘청대며 문학회 방을 빠져나가는 걸, 문과대학 그늘 속에서 계단을 내려오다 넘어지는 걸 보았다. 노제가 열렸던 신촌로터리에서 뒷걸음질하는 그의 팔을 붙잡기도 했으며 국토 순례를 떠나기 전 그가 내 손에 쥐여주었던 봉투를 잊지 못했다. 그 봉투 속 지폐에서는 고약한 구린내 대신 사과 냄새가 났다. "난 직감으로 알았다. 네가 이학관에 있다는 걸. 그날 탈출하는 학생들 무리에서 너를 발견하고 얼마나 안도했는지 모른다. 그러니까 난 잘못 본 게 아니었어." 그리고 그는 내 어깨를 부드럽게 만지면서 고리오 영감이 자신에게 들려주었던 말을 내게도 똑같이 속삭였다.

  나는 이학관 컴퓨터실에서 열린 창을 통해 그를 보았다. 처음에는 환청일 거라 생각했다. 내 이름을 부르는 그의 목소리…… 나는 빡빡 깎은 그의 머리에서 부서지는 햇살을 보았다. 눈부셨다. 나는 그의 공화국의 첫번째 시민이 되고 싶었다. 나의 마르께스주의자. 그의 공화국에 존재하지 않는 유일한 사물은 사전이다.

완전한 불면

정인은 모래시계처럼 누군가 자신의 몸도 뒤집어 빨갛거나 혹은 파란 빛깔의 모래알을 떨어뜨릴 수 있기를 소망했다. 부디 잠들어 주어진 시간을 온전히, 규칙적으로 흘려보낼 수 있기를 간절히 소원했다.

염 승 숙

염승숙
1982년 서울에서 태어났다. 동국대학교 문예창작학과를 졸업했다. 2005년 《현대문학》에 단편소설 〈뱀꼬리왕쥐〉로 등단했다. 소설집으로 《채플린, 채플린》, 《노웨어맨》이 있다.

AV, 에로의 세계는 깊다. 정인은 텔레비전 화면에 박힌 문구를 오래도록 바라보았다. 그것은 성인 영화 한 편이 방영되는 동안 브라운관 왼쪽 상단에 작은 글씨로 앙증맞게 떠올라 사라지지 않는, 케이블 채널의 캐치프레이즈였다. 에로의 세계는 깊다, 고 정인은 소리 내 웅얼거렸다. 그러고는 턱 끝까지 끌어올렸던 이불을 가만 내리고 불안한 눈으로 사위를 둘러보았다. 여러 채의 가구가 다붓이 붙어 있는 다세대 주택의 원룸이기 때문일까, 아니면 방 안의 조도가 잘 맞지 않아서일까. 방 안엔 정인 혼자였지만 침대에 누울 때면 꼭 보이지 않는 누군가가 함께 텔레비전의 화면을 보고 있거나 혹은 그렇게 느끼는 자신을 바라보고 있는 기분이 들곤 했다. 정인은 팔을 뻗어 머리맡에 놓인 스탠드의 불빛을 조절

했다. 덩치 큰 누군가가 천천히 몸을 말고 웅크려 앉듯 불빛이 잦아들었다. 문득 현의 말이 떠올랐다.

 방 안의 조도를 적절히 맞추는 게 중요합니다. 수면에 영향을 주니까요.

 천장 중앙에 등을 매달고, 책상과 침대 머리맡 쪽에 스탠드를 하나씩 놓았는데도 전체적으로 방의 밝기가 고르지 않은 것이 정인은 늘 불만스러웠다. 여덟 평 정도의 작은 방은 물이라도 쏟아져 흠빡 젖어버린 종이 상자처럼 벽면과 모서리가 얼룩덜룩해 보였다. 불이 켜져 있거나 꺼져 있거나 그것은 마찬가지였다. 정인은 이불 안에 깊숙이 몸을 묻고 무거운 눈을 감은 뒤 잠이 오길 기다렸다. 그러나 잠들고 싶은 마음이 간절할수록 신경은 더욱 곤두섰다. 액자 하나 없는 빈 벽면에 형체 모를 그림자가 어릿거리는 걸 정인은 느꼈다. 불면의 통증은 고독이나 외로움의 감정보다도 더 날 선 아픔이었다. 정인은 눈을 뜨고, 천장을 올려다보았다. 그러자 하루에도 수백 번씩 남의 집 천장을 올려다보며 일한다던 현의 모습이 다시 그려졌다.

 코가 가려워요.

 현과 처음 만난 날 우습게도 정인은 불쑥 그렇게 말했다. 현이 의자에 올라서서 두 팔을 위로 뻗었을 때였다. 왜 그런 말을 내뱉었는지 지금도 딱히 설명할 수는 없지만 그때 정인은 코가 가렵다고요, 코, 코 말예요, 코, 라며 한숨을 쉬듯 구두덜거렸다. 투정을 부리는 연인처럼 코, 라는 단어에 악센트를 주는 정인에게 현은 뭐라고요, 하고 되물었다. 뭐라고요, 란 물음이 노크 소리처럼 들렸다.

현은 조도 전문 기술자였다. 유명 전구 브랜드 R의 A/S팀 소속 설비기사로, 공간의 적절한 밝기를 측정하고 조절해주는 것이 주된 업무였다. 방이 지나치게 밝다, 어둡다, 조도가 균일하지 않다는 이유로 피로와 불면을 호소하는 사람들이 많아서 현은 시간을 쪼개 일한다고 말했다. 정인은 현이 피곤함을 지우려 쌍꺼풀진 눈을 크게 깜빡일 때마다 그의 좁고 납작한 이마가 절로 찌푸려지던 모습이 기억났다. 정인도 방의 조도가 맞지 않아 불편을 느끼는 일이 잦았다. 잠을 자지 못하는 것도 그 때문이 아닌가 생각하며 설비 의뢰를 했으나 일주일이 지나도록 감감이었다. 정인이 두통이 몰려오는 머리를 감싸 쥐며 다음 날 아침엔 꼭 R의 고객센터로 전화를 걸어 따져 물어야겠다고 다짐하던 밤에 현관의 벨이 울렸다. 자정이 다 되어가던 때였으므로, 정인은 깜짝 놀라 숨을 죽였다.

죄송합니다. 조도 조절 신청하셨죠. 에이에스 기삽니다.

현관 바깥에서 누군가 목소리를 낮춰 말해왔다. 정인은 망설였다.

저기, 지금이 몇 신데.

죄송합니다. 정말 죄송해요.

먼 길을 걸어 고향에라도 돌아온 사람처럼 현은 무거운 말투로 거듭 사과했다. 그러고는 제 몸 구석구석에 쌓인 모래 먼지를 털어내기라도 하듯 자신의 이름은 현이며, 우연인지 모르겠으나 정인의 옆집에 살며, A/S 설비 의뢰가 많이 밀려서 일정대로라면 2주 정도 더 기다려야 할지도 모르는데 혹시 지금 이 시간도 괜찮다면 조도를 좀 봐줘도 괜찮겠냐는 말을 해왔다.

잠도 오지 않고 해서요.

당황했지만 정인은 머뭇대며 현관문을 열었다. 오랜 시간 잠들지 못한 듯 그의 눈동자에 비늘처럼 실핏줄이 도드라져 있었다. 저는 괜찮지만 이웃에서 시끄럽다고 하지 않을까요, 라는 정인의 대꾸에 현은 괜찮습니다, 저희가 쓰는 드릴은 특수제작된 것이라서 시멘트 벽을 뚫어도 소리가 나지 않아요, 라며 방으로 들어섰다. 그날 밤 현은 바지런히 형광등을 갈아 끼우고, 부엌과 화장실 천장 가까이에 구멍을 뚫어 작은 할로겐 등 두 개를 달고, 현관 입구에 고깔 모양의 벽등 한 개를 설치했다.

불빛이 어른거릴 때마다 말예요, 코가 가려워요.

코요?

네.

왜요?

글쎄요, 모르죠.

코라면. 아, 얼굴에서 가장 튀어나온 부분이라서 그럴까요?

정인이 내준 의자는 등받이가 길었을 뿐 높이는 턱없이 낮아서 현은 까치발을 든 채로 형광등을 갈아 끼우며 대답했다. 정인은 의자가 기우뚱 흔들릴까 등받이를 붙들어주었다. 그리고 두 발을 가지런히 모은 뒤 발가락 끝에 힘을 주고 서 있는 현을 말끄러미 바라보았다. 이 사람은 도대체 하루에 얼마나 많은 시간을, 발끝에 힘을 모으고 살아가는 걸까. 자칫 방심한다면 의자 위에서 떨어지고 말 것이다. 먼지 더께가 앉은 오래된 형광등을 익숙한 손놀림으로 교체하는 현을 보며 그가 온몸으로 풍기는 삶의 긴장이라는 것, 그것의 밀도에 정인은 조급함과 안도감을 동시에 느꼈다. 그날 현은 정인에게 5만 원 남짓한 설비비 영수증을 끊어주었다. 정인은 불평하지 않고 지갑을 꺼내 값을 지불했다.

정인은 몸을 뒤척이다 아예 스탠드를 껐다. 다시 텔레비전 화면으로 시선을 고정시켰다. 볼륨을 최대한 낮춰 놓은 탓인지 화면 속 영상은 그저 무감하게만 느껴졌다. 볼륨을 조금이라도 높인다거나 통화를 크게 한다거나 두어 번쯤 발을 구르기만 해도 현관문에 시끄러워요, 라거나 조용히 해주세요, 같은 내용의 노란색 쪽지가 붙었다. 딱히 포르노 영화광이라거나 그쪽 방면에 과도한 흥미가 있어서랄 것은 아니었지만 정인은 이따금 혹은 자주 케이블 채널을 돌려 AV를 보았다. 흥분을 하거나, 감정을 이입하지도 않았다. 무의미하게 시간을 흘려보내기엔 무의미한 영화를 시청하는 것도 나쁘지 않다고 생각했을 뿐이었다.

케이블 성인 채널은 한 번 방영한 비디오를 몇 번이고 반복해서 틀어주는 일이 잦았는데 정인은 그중에서도 '유키'라는 이름의 배우가 주인공인 일본 AV가 나올 때를 기다렸다. 인터넷 홈페이지에서 방송 편성표를 미리 확인한 뒤 방영 시간을 체크해두고, 시간이 되면 어김없이 텔레비전 앞에 앉아 리모컨을 들었다. 이미 수차례 보았으면서도 정인은 유키를 화면 속에서나마 유심히 관찰했다. 일본인이라면 아닐 텐데, 고개를 갸웃대면서도 정인은 어느 날 우연찮게 보게 된 그녀의 얼굴이 낯익어 미간을 찌푸렸다. 중고등학교 시절의 동급생인 것도 같고, 과거의 어느 때 아주 가깝게 알고 지내던 언니 또는 동생인 것도 같고, 그도 아니라면 아주 어릴 적 집안 결혼식에서나 마주쳤을 법한 먼 친척인 것도 같았지만 확신하진 못했다.

그녀는 유키라는 이름을 가졌고, 일본어를 구사하며, 다양한 국적의 상대 배우와 알몸으로 뒤엉켜 연기했다. 어깨까지 닿는 밝은 갈색의 머리칼, 역시나 갈색 눈썹과 갈색 눈동자를 지녔다. 마른 몸매에 풍만한 가슴, 잘록한 허리, 매끄럽게 뻗은 다리, 길고 긴 손가락, 잘 다듬어 산뜻한 분홍 매니큐어를 칠해놓은 반달 모양의 손톱까지. 정석이랄 수도 있을, 어쩌면 너무나 전형적으로 만들어진 것 같은 AV배우의 몸이었다. 때때로 정인은 브라운관 가까이 붙어 앉아 인형과도 같은 그녀의 몸을 유심히 들여다보았다. 사람이라기엔 땀구멍이나 솜털조차 보이지 않는 지나치게 차끔한 피부였다. 인간미가 없어 보이기도 했지만 그와 동시에 유키는 어딘지 모르게 가냘프고, 설명하기 어려운 애잔한 인상을 풍겼다.

유키를 처음 본 식후, 정인은 인터넷 포털사이트에서 그녀의 이름을 검색해보았다. 사라 유키, 1980년생, 미국계 일본인, 후쿠오카 출생, 일본의 유명 AV배우. 웃을 듯 말 듯 아리송한 표정으로 정면을 응시한 그녀의 얼굴이 프로필 사진란에 올라와 있었다. 정인은 이런저런 검색 페이지를 들춰 보면서도 자신이 왜 그녀에게 관심을 기울이는지 이해하지 못했다. 요즘 같은 때에는 어디든 널리고 널린, 흔하디 흔한 AV배우일 뿐이었다. 딱히 기묘한 얼굴도, 기이한 이력도 갖고 있지 않은, 다만 일본 AV계에서만은 제법 인기가 있다고 알려져 있는 배우였다. 그렇다 해도 그녀의 얼굴은 거듭해서 정인의 시선을 붙들었다. 밤만 되면 정인은 붉어진 눈으로 유키의 움직임을 좇았다. 그러면서 일본은 얼마든지 건너갈 수 있는 가까운 거리의 나라이며, 이민도 귀화도 개명도 하다못해 신분 세탁 또한 얼마든지 가능한 일이니 그녀가 정인이 아는 사람이 아니라고 단언할 수만은 없을 거라고, 정인은 생각해보았다. 에로의 세계는 깊다, 는 문구를 유념하며 정인은 케이블 성인 채널에 등장하는 AV배우 '유키'를 유심히 관찰해왔던 것이다.

침대에 나른히 누워 텔레비전 리모컨을 만지작거리는 시간은 정인에게 하루 중 가장 고통스러웠다. 몸이 천근만근 무거워도 눈꺼풀은 감기지 않았고, 피로에 찌들어 눈 밑이 거뭇거뭇해져도 정신이 몽롱해져 올 뿐 잠들지 못했다. 최면에라도 걸린 듯 하얗게 지새우는 불면의 밤은 괴로웠다. 잠을 원하는 이에게 불면은 굶주림보다 가혹했다. 정인은 한숨을 내쉬며 목에 걸고 있던 빨간색 체크무늬의 수면안대를 빼버리고, 신고 있던 베이지색 수면양말도 발과 발을 비벼 신경질적으로 벗겨냈다. 안대와 양말은 긴 밤 내내 이불과 함께 접혀 나뒹굴 것이다.

아무런 효과도 없다는 걸 알면서 정인은 오로지 잠을 자고 싶다는 일념만으로 시중에 판매되는 온갖 상품들을 사들였다. 안대와 양말은 물론이고 족욕기, 마사지기, 입욕제, 바디로션, 양초, 향수, 아로마 오일, 각종 포도주와 유기농 야채주스, 기능성 잠옷, 쾌적한 수면을 위한 명상과 체조를 알려주는 수많은 서적들이 좁은 방 안을 가득 메웠다. 온전히 잠들고만 싶다. 눈 뜬 시간 오롯이 그 생각만으로 취한 듯 하루를 보낼 때가 많았다.

제발이지 잠이 필요해.

정인은 무력감과 패배감에 시달리며 거울 앞에서 되뇌었다. 그것은 식욕보다 간절하고, 성욕보다도 강렬했다. 하루 스물네 시간 정인의 뇌를 자극하는 것은 그 어떤 생의 탐욕보다도 거센, 잠을 향한 욕망이라고 해도 좋았다.

언젠가부터 현대 사회에서 발생하는 모든 질병의 원인은 수면 부족이었다. 많은 이들이 잠들지 못했고, 꿈꾸지 않았다. 잠들지 못해 허우적거리다 자동차의 운전대를 비틀거나 차도 위에서 갈지자로 걸어 다니는 사람들로 사건 사고가 넘쳐났다. 날이면 날마다 새로 개원하는 수면클리닉은 잠이 고픈 환자들 탓에 어디든 성황이었다. 섭취하면 수면을 돕는다는 각종 한약재며 식재료들은 품귀 현상을 빚었고, 기 수련과 단전호흡을 가르치는 학원은 몰려드는 수강생들로 북새통을 이루었다. 밤은 낮보다 더 번잡하고 혼란스러웠다. 불면을 호소하며 거리로 쏟아져 나온 사람들로 밤의 거리는 혼잡했고, 강도와 아리랑치기 등 온갖 범죄도 기승을 부렸다. 상점들은 밤늦도록 셔터를 내리지 않고 영업을 계속했다. 밤 시간대의 시청률을 차지하기 위한 경쟁도 과열되어 방송사들은 수많은 광고를 줄줄이 이어 붙여 24시간 전파를 송출했다. 불면증을 앓는 사람들의 수는 급속도로 늘어났다. 그들이 수면제를 과다 복용한 뒤 깨어나지 못하는 일도 비일비재했다.

　잠들지 못하는 시간과 그에 따른 고통이 비례하면서 사람들은 점차 수면제 한두 알만으로는 아무런 효과도 보지 못했다. 병원에서 끊어주는 처방전을 들고 약사 앞에 선 사람들은 어느 날엔 세 알, 다음 날엔 다섯 알, 그 다음 날엔 열 알을 요구했다. 그중에서도 수면제 A는 유명 제약업체에서 독점하다시피 제조해 판매하던 것이었다. 출시 이후부터 광고가 오랜 기간 이어져 왔고, 또 짧고 중독성 강한 시엠송 덕분에 수면제는 곧 그 회사 제품인 A가 최고라는 인식이 크던 때였다. 그 외 수면제 B와 C, D, E와 같은 제품들이 A와 비슷한 정도의 효과를 보이면서도 가격은 저렴해 꾸준한 판매율을 보였다. 불면을 앓는 사람들은 A만으로 성이 차지 않자 B, C, D, E 등의 제품을 모조리 구매해 섞어서 복용했다.

수면제 A의 회사는 곧 신제품 A플러스를 시장에 내놓았다. 제품은 크게 히트했지만 호의적 반응은 오래가지 못했다. 수면제 A플러스를 복용한 환자들이 혼수상태 혹은 사망에 이르렀다는 뉴스가 줄지어 보도되었던 까닭이었다. 식약청은 검식을 위해 수면제 A플러스의 유통과 복용을 한시적으로 금지시켰다. 얼마 지나지 않아 수면제 A플러스에서 인체에 해로운 다량의 발암 및 독극물질이 검출되었고, 면역력이 낮은 이에게는 치사량에 가까운 수치라는 자체 검식결과를 발표했다. A플러스가 높은 판매율을 보이는 것에 고무돼 경쟁적으로 출시되었던 B플러스, C플러스, D플러스, E플러스에서도 비슷한 검식결과가 나왔다.

더 높은 수면 효과를 원하는 사람들의 거센 요구를 외면할 수 없어 저희로서도 너무나 고통스러웠습니다.

수면제 A플러스를 판매한 제약회사의 개발팀 전무는 공식 기자회견을 통해 대국민사과성명을 냈다. 시중에 판매되었던 모든 수면제가 식약청으로부터 판매 중지 명령을 받고 수거되었다. 사람들은 약국 문을 열고 되돌아 나오며, 이 세상에서 수면제가 사라졌다는 사실을 도저히 받아들일 수 없어 괴로워했다. 불면이 사라지지 않는 이상 수면제를 먹지 않고 살아갈 수 있는 방법은 아무것도 없었다. 잠을 자지 못한다는 생각만으로도 고통스러워 공포감마저 느꼈다. 그리고 모두는 씁쓸하게나마 깨닫게 되었다. 24시간 내내 눈을 뜨고 있을 만큼 세상은 그다지 아름답거나 화려하지는 않다는 것. 잠을 꿈꾸는 것이야말로 바로 악몽이라는 것.

이후 국민 건강을 위한다는 목표 아래 식품안전관리부와 기술과학연구소, 식약청이 연계한 정부 직속 기관이 발 빠르게 신설되었다. 수면제를 대신할 만한 안전하고도 인체 무해한 수면 보조제가 출시되었으니 하루 이틀 안에 전국의 보건소에서 구매할 수 있을 거라는 소식이 들려온 건 그로부터 자그마치 석 달 만의 일이었다.

잠.

그것은 어떤 특별한 이름도, 재기발랄한 명칭도 아닌 그저 '잠'이었다. 지름이 0.5밀리미터에 불과한 아주 작은 크기의 알약, 잠. 빨간색과 파란색이 절반으로 나뉘어 물결치듯 합쳐진 모양새의 그것은 태극 문양처럼 절도 있으면서도 묘하게 부드러워 보였다. 잠이라니. 사람들은 그 이름의 단순함에 웃었으나 그것이 가져올 효과를 궁금히 여겼다. 혈관 콜레스테롤, 고혈압과 당뇨, 위장 속 쓰림, 변비, 두통, 생리통, 하체 부종까지 개선시킨다며 이런저런 수십 가지의 건강 보조 기능까지 갖춰 나온 '잠'은 사회적으로 큰 반향을 일으켰다.

나는 이제껏 이 나라가 나한테 해준 게 아무것도 없다고 믿어왔는데 오늘부로 취소!

수면제 A부터 B, C, D, E를 모두 섞어 먹어야 잠이 들 수 있었던 고도불면증 환자들은 잠을 복용한 뒤 깨어나 인터넷 카페며 블로그에 믿기지 않는 효능에 대해 떠들어댔다. 매일 이렇게만 잘 수 있다면 이 나라 전체를 배추처럼 씹어 먹을 수도 있어요, 라고 저녁 뉴스에 나와 소리쳤던 사람은 인기 있는 개그프로그램에도 출현해 똑같은 말을 외쳤다. 정인 역시 마찬가지였다. 영혼이라도 팔겠다, 라는 식상한 말마저 잠을 복용하고 깊은 수면에 빠져드는 순간의 황홀함을 표현할 때는 꽤나 적절한 말이었다.

불면에 시달려왔던 수많은 이들이 잠을 복용한 뒤 그것이 가져온 놀라운 효과에 열광했다. 믿을 수 없는 이 기능성 수면 보조제는 매일 밤 뉴스와 시사프로그램에서 대대적으로 보도되었고, 전국에 신드롬을 불러일으켰다. 사람들은 자고 일어나면 다시 보건소 문 앞으로 가서 긴 줄을 섰다. 안타까운 것은 잠의 가격이 지나치게 비싸다는 거였다. 값을 내려달라며 수많은 인파가 광장으로 몰려들었다. 시위대는 점점 몸집을 불렸다. 전국의 보건소 곳곳에서 빈번히 싸움이 일어났지만 정부는 적정 가격을 찾기 위해 노력하고 있으니 기다려달라는 말 외에는 침묵으로 일관했다. 그러나 더 큰 문제는 잠의 효과가 너무도 막강하다는 사실이었다. 일단 잠을 복용해본 사람들은 온전한 숙면이 제공하는 달콤함에서 헤어 나오지 못했다.

이달 들어 정인은 열흘이 다 돼가도록 계속 잠을 구매하지 못했다. 비싼 값의 잠을 위해 가진 돈을 모두 소비해버리기엔 당장 이달 치의 생활비가 걱정스러웠다. 통장엔 이미 월세와 세금을 내기도 빠듯한 금액만이 남아 있었다. 지난달부터 사장이 유류비가 올라 재정이 어려워졌다느니 타지로 출장을 다녀온다느니 음충한 핑계를 대며 아르바이트비의 지급을 차일피일 미뤄왔기 때문이었다.

며칠만 기다리면 금방 줄게. 빡빡하게 왜 이래, 우리끼리. 정인 씨는 그게 문제야. 정이 없어, 사람이.

매일같이 검은색 가죽재킷만 입고 다니는 사장은 손바닥으로 왼쪽 가슴팍을 문대는 습관이 있어 심장 부근의 가죽 부분이 유독 반질반질했다. 정인은 네, 라는 대답밖에는 할 수 없었지만 사장의 혈색 좋은 얼굴을 뒤로 하고 사무실을 나오며 적의를 넘어선 살의마저 느꼈다. 가죽재킷 속에 감춰진 사장의 심혈관 속에는 잘 녹아든 잠의 알갱이가 피처럼 순환하고 있을 거란 생각에 이르자

다리가 후들거렸다.

요샌 정말 잠을 푹 자니까 살겠어. 역시 사람은 잠을 제대로 자야 한다니까?

목소리를 키워 떠들어대는 사장의 목소리는 문밖에서도 또렷이 들렸다. 잠이 오지 않는 밤이면 사장의 말이 검은 기름처럼 귓가에 흘러들었다. 요샌 정말 잠을 푹 자니까 살겠어. 잠을 푹 자니까 살겠어. 푹 자니까 살겠어. 정인은 눈을 감고 푸푸, 숨을 내쉬며 부푼 배를 드러낸 채 깊이 잠들어 있을 사장의 모습을 떠올렸다. 너는 살겠지 나는 죽겠어. 죽겠어. 죽겠어. 그의 면전에 주먹이라도 붕붕 휘두르고픈 심정으로 정인은 거칠게 텔레비전 리모컨의 버튼을 눌러댔다. 화면에서는 예의 그 낯익은 얼굴의 유키가 날개옷을 입은 채 침대에서 몸을 흐느적거리고 있었다.

어제도 그저께도 정인은 집에 돌아와 현관문에 붙여진 쪽지를 떼어냈다. 일주일 동안 못 잤습니다. 성인비디오 좀 그만 보시죠. 이것이 그저께의 것, 어제의 것에는 필요하면 불러요, 란 내용과 함께 열한 자리의 휴대폰 번호가 적혀 있었다. 정인은 지내며 단 한 번도 이웃과 마주친 적이 없었다. 자신의 소음에 귀 기울이는 이웃이 있다는 것에 정인은 불안감을 느꼈다. 볼륨을 높이지 않으니 텔레비전 소리가 이웃집으로 새어 나갈 일은 없을 텐데, 도대체 누가 이런 쪽지를 붙여대는 걸까. 아랫집, 옆집, 윗집? 정인은 불쾌함에 양 뺨이 달아올랐지만 한편으론 이 사람 역시 잠들지 못하고 있구나, 하고 생각하자 마음이 다소 누그러졌다.
 쪽지를 아무렇게나 바닥에 내버린 정인은 침대에 누워 또 텔레비전을 켰다. 볼륨을 바짝 낮추고 유키의 얼굴을 뜯어보며 오지 않는 잠에 대해 상상했다. 도착하지 않는 잠에 대해, 우편물의 배송이 늦어지듯 매일 지연되고 있는 잠에 대해서. 그럴 때면 자신에게 주어진 잠이 벼랑이나 골짜기 아래로 추락사해버린 것은 아닐까 걱정이 되었고, 어느 하수구 웅덩이에라도 고여 폭삭 썩어버리고 있는 중은 아닐까 마음이 다급해졌다. 조금만 참자고 되뇌며 정인은 크게 숨을 몰아쉬었다. 사장이 출장에서 돌아와 아르바이트비를 주면 잠을 살 수 있다. 밤마다 유키를 들여다보지 않아도 될 테고, 낯모를 이웃집 사람의 쪽지를 받지 않아도 될 것이다. 사장이 돌아오기만 한다면. 정인은 무거우나 결코 감기지 않는 눈꺼풀을 매단 채 이불을 머리끝까지 끌어 올려 덮었다.

 대학을 졸업한 뒤 정인은 3년 가까이 꼬박 취업 준비에 매달려왔다. 아침 일찍 영어 학원 강좌를 수강하고, 자격증을 따고, 자기소개서 작성 및 직무적성검사, 면접스터디에 두루 참여하며 S그룹 금융계열사 인턴 생활도 서너 달쯤 겪었다. 그러나 응시한 회사들로부터 번번이 불합격 통보를 받았다. 처음엔 뭐 그럴 수도 있지, 하는 마음이었다. 나랑은 안 맞을 수도 있지, 아직 기회는 많아. 그러다 1년이 지났고, 눈을 낮춰 중소기업에도 원서를 넣기 시작했다. 잠들지 못하는 시간이 길어지기 시작한 건 그 즈음이었다. 중소기업엔 일할 사람이 없어 허덕인다더라. 정인은 친구들의 말에 공감하며 고개를 끄덕였다. 그러나 그마저도 별 소용없이 1년쯤 더 시간이 흘렀고, 이듬해엔 닥치는 대로 서류를 접수하고 면접을 보러 다녔다. 그제는 증권업, 어제는 식품업, 오늘은 철강업, 내일은 출판업, 모레는 운수업, 전공이니 연봉이니 업무시간이니 아무것도 가리지 않았다. 불면과 함께 두통, 안통眼痛, 시력 저하, 어깨 결림, 속 쓰림, 소화불량, 생리불순 등 갖가지 질환에 시달린 건 그때 그 즈음이었다.

 그래도 취업의 길은 요원해 보였다. 남부럽지 않게 영어 시험 점수를 획득하고, 자격증을 따고, 구구절절 그럴듯하게 포장해 자기소개를 늘어놓아도, 회사에 맞지 않는 인재라며 정중히 거절당했다. 시나브로 정인은 자신이 어느 특정 회사에 안 맞는 것이 아니라 이 사회, 이 세계에 안 맞는 인간이 아닌가, 하고 자괴감을 느꼈다. 그럴 때면 아픈 눈동자를 손바닥으로 눌러 문대며 주섬주섬 목욕바구니를 챙겼다. 뜨거운 수증기가 분무되는 사우나 바닥에 앉아 몸을 한껏 웅크린 채로 정인은 맥없이 모래시계를 뒤집었다. 그리고 지금 이 순간에도 어디선가 동시에, 쉼 없이 뒤집어지고 있을 무수한 모래시계들을 상상했다. 그것은 철저히 누군가의 손에 의해서만 뒤집힌다. 모래알을 떨어뜨리는 것은 모래시계의 의지가 아니다. 어디에든, 어디서든 존재하지만 타인이 손대지 않으면 어떠한 방법으로도 시간을 움직일 수 없는 것. 제대로 뒤집히지 않고 모로 쓰러져도 시간은 멈춘다. 그래서 그것은 보편적이고 동시적인 성질을 지녔지만 한편 개별적이고 특수적인 성질로 시간성을 추동한다. 정인은 모래시계처럼 누군가 자신의 몸도 뒤집어 빨갛거나 혹은 파란 빛깔의 모래알을 떨어뜨릴 수 있기를 소망했다. 부디 잠들어 주어진 시간을 온전히, 규칙적으로 흘려보낼 수 있기를 간절히 소원했다.

 취업에 실패해오며 더 이상은 부모님께 손 벌리기가 멋쩍어 별수 없이 정인은 지난해부터 아르바이트 자리를 구했다. 취업 준비를 하는 동안 짬을 내어 최소한의 생활비라도 벌자는 생각이었지만 잠을 사고픈 마음이 더 컸다. 다행히 집 근처 주유소에서 '인사 도우미'를 구한다며 내붙인 전단을 발견했다. 춤을 추거나 마이크를 들지 않으니 내레이터 모델이랄 수는 없었다. 정인은 그저 주유소 입구에 선 채로 두 손을 가지런히 배꼽 위에 모으고, 허리를 직각으로 굽혀 오가는 손님들에게 어서 오십시오 라거나 안녕히 가십시오, 식의 인사를 자동기계처럼 반복했다. 한자리에 오래 서서 일하느라 허리가 쑤시고 팔다리에 쥐가 났지만, 시급 5천 원이라도 벌어야 했으므로 정인은 불평하지 않았다.
 처음 두 달간 정인은 하루에 네 시간씩 일했다. 그 다음 두 달은 여섯 시간, 이후부터는 여덟 시간씩 일해 일당 4만 원을 챙겼다.

잠 때문이었다. 매달 수월히 잠을 사면서도 한편으론 마음이 저릿저릿했다. 잠을 복용하지 않는 날에 찾아오는 불면의 고통이 극심했다. 숙면과 불면은 두 얼굴의 방문객처럼 번갈아 정인을 찾아왔다. 어느 날엔 신사였고, 어느 날엔 폭군이었다. 참아야 한다고 자신을 설득하려 애쓰면서도 정인은 울 것 같은 얼굴로 도리질을 치며 매일 저녁 보건소에 들러 잠을 샀다.

잠은 네 종류로 출시되었다. 잠의 깊이에 따라 가격 차이가 커서, 정인은 늘 고민하고 망설이며 잠을 골라야 했다.

최상: 금잠 4만 원(1일 1회 1정 복용, 9~10시간의 수면 효과)

상: 단잠 3만 원(1일 1회 1정 복용, 7~8시간의 수면 효과)

중: 풋잠 2만 원(1일 1회 2정 복용, 4~5시간의 수면 효과)

하: 선잠 1만 원(1일 1회 2정 복용, 2~3시간의 수면 효과)

최상급의 금잠은 '금쪽같은 잠'의 줄임말로, 복용하면 아홉 시간에서 최대 열 시간 가량의 깊은 수면에 빠져들었다. 그 다음 상급의 단잠은 '달디 단 잠'의 줄임말로, 일곱 시간에서 최대 여덟 시간 가량의 적정 수면을 유도했다. 그 아래 중급의 풋잠과 하급의 선잠은 각각 '옅은 잠'과 '겉잠'이라는 뜻 그대로 충분히 잠들지 못하고 서너 시간 뒤척이는 얕은 수면을 도왔다. 풋잠과 선잠은 '헛잠'이라고 불릴 정도로 졸음에 가까운 효과를 보였으나 돈이 부족한 이들에게는 그마저도 사지 못하면 아쉬웠다.

금값보다 잠값이 더 높다는 말은 흔한 우스갯소리였다. 강남 부자들이 잠을 사재기해 보건소마다 동이 난다거나 보건소로 유입되는 다량의 잠을 불법으로 빼돌린 뒤 높은 값으로 되팔아 폭리를 취하는 암매상이 등장했다는 얘기도 심심찮게 들려오는 뉴스거리였다. 잠을 한꺼번에 구매하기 위해 적금을 붓는 서민층이 늘어나자 적당한 은행 예금상품이 발 빠르게 등장해 입소문을 탔고, 소셜커머스와 텔레비전 홈쇼핑 채널에서는 반값 할인으로 잠과 비슷한 효과를 보이는 약들을 판매해 큰 인기를 끌었다. 돈이 없는 사람들은 잠을 사기 위해 사채를 빌려 썼다. 거리 곳곳엔 간간이 '떼인 잠 받아드립니다', '빌려주고 못 받은 잠 회수 가능'과 같은 현수막이 붉은 혀처럼 내걸렸다.

항간엔 부작용 없이 스물네 시간 내리 잠들게 해주는 '황금잠'도 있지만 가격이 상상을 초월해 상류층의 사람들만이 은밀히 거래해 복용한다는 소문도 들려왔다. 철원이나 파주 같은 군사접경지역이나 미군부대 근처에 가면 암암리에 황금잠을 구할 수 있다는 말도, 신문사와 방송국의 기자들이 황금잠의 존재를 찾아 쉬쉬하며 취재를 다닌다는 말도 나돌았지만 어디까지나 소문일 뿐 확실하진 않았다. 불면이란 이름의 겁에 질린 사람들이 눈에 불을 켜고 더 깊은 잠, 더 달콤한 잠을 찾는 것만은 분명해보였다.

돈이 부족할 때면 정인도 며칠 밤을 지새우다 풋잠과 선잠을 사보았다. 그러나 최상급의 효과를 보장하는 금잠의 유혹으로부터 쉽게 벗어나지는 못했다. 정인은 온종일 허리를 굽혀 인사한 여덟 시간의 노동을 금잠과 맞바꾸고는 울가망한 얼굴로 집으로 돌아오곤 했다. 저녁도 거른 채 서둘러 잠에 빠져드는 순간에는 안도감과 함께 서글픔도 함께 몰려들었다. 허겁지겁 잠이 몰려옴을 인지하며 정인은, 영원히 내 것으로 소유할 수만은 없는 이 잠이라는 것에 대해, 자신이 곧 깨어나 세상 위에 놓아지고 말리라는 것에 대해 마음 깊이 허망함을 느꼈다. 그것은 외로움과도, 쓸쓸함과도 같은 감정이어서 정인은 허기지는 배를 부여잡고 잠들 수밖에 없었다.

사장이 출장에서 돌아오기만을 기다렸지만, 돌아온 사장은 정인에게 밀린 월급을 내밀며 해고를 통보했다.
미안해, 어쩔 수가 없네. 이해해줄 수 있지?
그러고는 마네킹을 들여놓기로 했다며 끅끅 웃었다.
미모야 뭐, 정인 씨 따라갈 수는 없겠지만.
사장은 어김없이 가죽재킷의 왼쪽 가슴께를 손바닥으로 문대며 다시 웃음을 흘렸다.
뭐라고요?
정인은 의아했다. 정식으로 채용된 일자리도 아니고 단순히 아르바이트에 불과했지만 일 년 가까이 성실히 일해온 곳이었다. 사장이 거칠고 기름진 두꺼비 피부를 바투 들이대며 농담이랍시고 희롱에 가깝게 지껄여대는 게 죽기보다 싫었지만 어느 직장이든 이만한 상사 한둘쯤은 꼭 있겠지, 입술을 깨물며 견뎌왔다. 그러니 거듭 되물을 수밖에 없었다.

뭐라고요?

어쩔 수 없잖아, 요즘 같은 불경기에. 에너지는 국가의 현안이고, 이 나라를 돌게 하는 건 석유인데, 석유값은 자꾸 오르고, 오른다고 비싸게만 팔 수도 없으니 어쩌겠어, 인건비라도 줄여야지. 정인 씨한텐 미안하게 됐어.

사장은 전혀 미안하지 않은 얼굴로 미안하다 말하며 목덜미를 연신 주물러댔다. 그동안 감사했습니다, 하고 정인은 하릴없이 고개 숙여 인사했다.

수일 내로 인사하는 마네킹이 도착할 거야, 다들 기대해도 좋을걸.

정비공과 주유원들 앞에서 소리 죽여 떠들어대는 사장의 말을 뒤로 한 채 사무실을 나섰다. 코끝으로 매운 내가 풍겼다. 물론 고작해야 기름내 나는 주유소 입구에서 선팅으로 짙게 코팅돼 얼굴도 보이지 않는 차 안의 사람들을 향해 온종일 허리를 굽혀대는 일을, 평생 해나가야 할 천직이라거나 엄연한 직업이라고 여긴 적은 단 한 번도 없었다. 그저 제대로 된 직장에 안착하기 전에 용돈벌이라도 해볼까 싶었던 거였고, 당장 그만두게 된다고 해서 큰

아쉬움을 느껴야 할 자리는 결코 아니었다. 지금 손에 쥔 월급으로 얼마간의 잠은 살 수 있을 테고, 아르바이트 자리는 다시 구하면 될 테고, 포기하지 않고 취직도 해낼 테다. 그렇게 생각하며 보건소를 향해 잰걸음을 놀렸지만 그래도 어쩐지 분한 마음을 억누를 수가 없었다.

마네킹이라니.

일하는 내내 사장은 정인에게 끊임없이 잔소리를 해댔다.

제대로 웃어야지, 이 친구야. 허리를 좀 제대로 굽혀. 두 손은 가지런히 배꼽 위에. 팔을 제대로 들어 올리란 말이야, 이 생짜 아가씨야.

정인은 사장이 자신에게 다가오거나 멀어져 갈 때면 제대로 하라는 말을 곱씹으며 얼굴 근육을 어그러뜨리다 이내 눈 코 입을 재정비해 미소 짓곤 했다. 그 '제대로'를 대신한다는 게 고작 마네킹이란 말인가. 정인은 헛웃음을 흘렸다. 그래, 어쩌면 사장이 현명한 것인지도 모르지. 사장만이 옳은 것인지도 모른다. 세상에 제대로 된 것은 마네킹뿐일지도 몰라. 마네킹은 잠을 필요로 하지 않을 테니, 24시간 내내 깨어 제대로 웃고, 제대로 허리를 굽히고, 제대로 일할 것이다. 쓸데없는 동작이라곤 전혀 없는, 220볼트의 전력만이 소요되는, 매월 단돈 몇 만 원의 전기료만으로 가동되는 그 완벽한 노동이야말로 사장에게 필요한 것이라면, 그래 그것은 마땅하다. 너무나 정당하다. 정인은 그렇게 생각하며 쓸쓸히 무거운 다리를 끌고 보건소로 향했다.

걷는 동안 어쩔 수 없잖아, 어쩌겠어, 하던 사장의 말이 귓가에 맴돌았다. 정인은 어쩔 수 없잖아, 어쩌겠어, 중얼거리며 처음으로 한꺼번에 많은 개수의 금잠을 샀다. 월급봉투가 금세 허룩해졌지만 말 그대로 어쩔 수 없는 일이었다. 그리고 집으로 돌아와 텔레비전을 켜고 무념한 낯빛으로 유키의 머리칼과 어깨와 가슴, 엉덩이, 다리를 보았다. 분명 어디서 본 것 같은 얼굴인데, 아는 것 같은 인상인데, 다시금 마른 침을 삼켰다. 본편이 끝나고 클로징 자막이 올라갈 때 정인은 리모컨을 들었다. 그러다 전원 버튼을 누르려다 말고 그대로 잠시 멈췄다. 영화가 끝난 뒤 메이킹 필름을 보여주고 있다는 것을 미처 몰랐던 정인은 눈을 동그랗게 떴다. 10여 분 정도 이어지는 메이킹 필름은 주로 주연 배우인 유키의 인터뷰로 구성돼 있었다. 화면 바깥의 누군가가 질문하고, 화면 안의 유키가 대답했다. 유키는 가슴골이 훤히 드러나 보이는 연초록빛 민소매 원피스를 입었고, 시종일관 여유로워 보였다. 프레임 속 유키의 살빛이 유독 고와 보였다.

Q. 일본 성인 비디오계의, 그중에서도 숙녀물의 전설적 이름으로 자리매김하고 있는 AV배우잖아요. 어떤 마인드로 일하고 있는지 말해줄 수 있나요?

A. 기뻐요. 기쁘니까 열심히 해요. 어떤 일도 마찬가지겠지만 보는 사람을 기쁘게 한다면 저도 기뻐서, 힘들지만 기운을 내고 있어요. 다시 말하지만

어떤 일도 마찬가지니까요. 보는 사람이 기뻐하니까요. 저도 기뻐요.

유키가 팔을 든다거나 손으로 머리칼을 쓸어 올릴 때마다 그녀의 풍만한 가슴이 물결치듯 움직였다.

우레시이(うれしい).

정인은 기뻐요, 라고 발음하는 유키의 모습을 흉내 내보았다. 어떤 일도 마찬가지니까요. 유키가 지었던 눈빛이나 표정, 손짓들도 비스름히 따라해보았다. 기쁘다는 그녀의 말은 믿을 수 없게도 진심처럼 들려와 마음이 아렸다. 정인은 이유 모를 눈물을 질금거리며 금잠 한 알을 목 끝으로 깊숙이 밀어 넣었다. AV, 에로의 세계는 깊다. 브라운관에 아로새겨진 문구가 점점이 줄어드는 것을 어렴풋이 바라보다 정인은 깊은 잠 속으로 빠져들었다. 열 시간에 가까운 금쪽같은 잠이었다. 꿈꾸지 않았고, 울지 않았다. 정인은 깨어나 한 알 더, 또 한 알을 더 먹었다. 팔다리가 흐느적거렸다. 잠은 계속해서 잠을 불렀다.

잠에서 깨고 다시 서서히 잠에 빠져 드는 짧은 시간에 정인은 방 안의 형광등이 켜져 있다는 걸 알았지만 몸을 일으킬 수 없었다. 벽면에 얇실한 몸매의 그림자가 춤추듯 어릿대고 있었다.

방이 왜 이렇게 골고루 밝지가 않을까요.

현과 처음 마주한 날에 정인은 맥없이 중얼거렸다. 현은 새벽이 가까워 오는 시간까지 방 안 구석구석을 돌아다니며 조도측정기를 들이댔다.

어느 곳이든 그렇습니다. 조도가 균일하지 않아서 그렇죠. 심하면 서로 다른 색깔의 종이를 덧댄 듯 방이 얼룩덜룩해 보이기도 하고요. 모든 공간은 적당한 조도가 필요한데, 실내 적정 조도는 이백에서 삼백 룩스 정도예요. 책을 편하게 읽을 수 있고, 그림자가 생기지 않을 정도의 적당한 밝기죠. 이 방은 백오십 룩스 정도밖에 되지 않아서 눈이 좀 많이 아팠을 거예요. 벽면에 그림자도 크게 지고요.

현은 조심스레 의자를 옮겨 오르고 내리고를 반복하며 일했다.

눈이 아파서 두통도 심했던 걸까요?

아마도요.

방이 좀 이상하게 생겼나봐요.

글쎄요. 방의 문제라기보다는…… 솔직히 말하자면, 어떤 공간이든 골고루 밝다는 것은 현실적으로 불가능해요. 제아무리 방 천장의 한가운데 위치를 철저히 계산해 형광등을 달아놓았다고 하더라도, 빛의 파장이 방 안 곳곳에 동일하게 퍼져나가지는 않거든요. 고작해야 가구의 위치를 바꾸느라 고심한다든가, 침침한 눈을 비비며 스탠드나 할로겐 같은 부분 간접 조명을 몇 군데 더 설치한다든가, 뭐 그런 걸 할 수 있을 뿐이죠.

현이 한숨을 쉬며 돌아간 뒤에도 방의 조도는 잘 맞지 않았다. 조금 밝다 싶던 방은 이내 어두워졌고, 누군가 짓궂은 그림을 그려놓은 듯 벽면이 얼룩덜룩했다. 혼자이되 혼자가 아닌 기분이 등허리를 조여 왔다. 조도를 높인다는 것의 의미에 대해 그래서 정인은 이따금 고민해보지 않을 수 없었다. 물체나 표면에 빛이 도달했을 때의 밀도에 대해, 그 어떤 현실적인 공간도 골고루 밝을 수는 없다는 농밀하고도 농염한 사실에 대해서. 그럴 때면 제 한 몸 누인 방이 너무 어두워 두 개의 눈동자가 타들어가는 통증을 느꼈다. 아무런 고민도 걱정도 없이 마냥 잠들어버리고만 싶다는 바람으로부터 자유로워지지 못했다.

며칠 후 정인은 흔들리는 머리를 두 손으로 부여잡고 침대에서 일어났다. 무언가 먹은 흔적이라곤 성급한 손길로 벗겨내 바닥에 나뒹구는 잠의 포장지뿐이었다. 정인은 머리칼을 헝클어트리며 정신을 다잡기 위해 애썼다. 손 놓았던 취업 준비를 다시 시작해야 했고, 아르바이트 자리도 바지런히 찾아다녀야 했다.
무엇보다 잠을 사는 것이 중요해.
정인은 조용히 뇌까렸다.
집을 나서자 현관문 앞엔 노란색 쪽지가 여러 장 겹쳐진 채로 붙어 있었다. 밤에는 불을 끕시다, 라든가 잠을 좀 자고 싶어요, 텔레비전 볼륨을 줄여주세요, 와 같은 내용의 쪽지였다. 정인은 아랫입술을 깨물며 새삼스레 주변을 돌아보았다. 301호부터 306호까지 숫자가 아니라면 분별할 수 없이 똑같이 생긴 대문은 성난 사람의 입처럼 굳게 닫힌 채였다. 정인이 살고 있는 5층 건물의 다세대 주택에는 한 층마다 ㄷ자 형태로 여섯 집이 중앙의 계단을 에워싸고 늘어서 있었다. 도합 서른 가구가 살고 있는 셈인데 정인을 뺀 스물아홉 가구 중의 예민한 누군가가 그녀의 현관문에 자꾸만 쪽지를 붙여대고 있는 것이다. 창틈으로 새어나가는 불빛이나 텔레비전 소음이 괴로운 거라면 아래층 201호 사람일까, 아니면 위층 401호? 혹시 옆집의 현일까? 쪽지를 붙인 사람의 얼굴이 궁금해 정인은 계단을 내려가지 못하고 한참을 서성였다.

누구세요.

정인은 조심스레 입을 떼어보았지만 문을 열고 나오는 이도, 돌아오는 대답도 없었다. 당연하다고, 정인은 생각했다. 우리는 결코 상대의 전부를 볼 수 없다. 모든 걸 알아차리기에 우리의 거리는 너무나 적당히 멀다. 정인은 쪽지를 주머니에 쑤셔 넣고 계단을 내려가며 어지러움에 잠시 비틀거렸다.

주유소 앞을 지나며 정인은 자신도 모르게 허리를 숙여 몸을 낮췄다. 사장의 눈에 띄기 싫어서였는데 입구에서 제복 입은 웬 여자가 늘씬하고 미끈한 몸매를 뽐내며 인사하는 모습을 보고는 잠시 멍해지고 말았다. 정인은 그 자리에 서서 흘끔흘끔 마네킹을 훔쳐보았다. 얼굴, 머리칼, 팔다리 할 것 없이 그것은 제법 정교하고도 세밀하게 만들어진 듯했다. 마네킹의 관절과 근육, 피부는 멀리서 보면 살아 움직이는 인간처럼 보일 것도 같았다. 그녀의 미소는 때로 온화했고, 때론 섹시하게까지 느껴졌다. 입고 있는 옷은 주름 하나 없이 말끔했고, 맞춤한 길이의 미니스커트는 그녀의 차끈한 다리를 더욱 돋보이게 만들었다. 두 손은 가지런히 배꼽 위에 올리고, 허리를 절도 있게 숙일 것. 사장이 '제대로'를 외치며 늘 잔소리해대던 인사 동작도 한 치의 오차 없이 매끄럽게 이루어지고 있었다. AV에서 보았던 유키의 미소와 자태와도 꼭 닮아 보여서 정인은 두 눈을 크게 홉떴다. 기뻐요. 마네킹도 도톰한 입술을 벌려 그렇게 이야기할 것만 같았다.

아니, 정 사장. 이 아름다운 아가씨는 누구야, 세컨드야?

오가는 손님들이 눙치면 사장이 달려 나와 킄킄 웃어대며 마네킹의 볼록한 엉덩이를 문질거리는 광경을 정인은 AV의 화면인 양 무넘한 얼굴로 바라보았다.

이번에 새로 물 건너 데려온 아가씨야, 보고 있으면 애간장이 녹는다고.

사장도 오가는 손님들도 마네킹 앞에 서서 엇비슷이 황홀한 표정을 지었다. 진심으로 기뻐 보이는 얼굴이었다. 정인은 손바닥에 밴 땀을 연신 허리춤에 닦다가 맥없이 집으로 걸음을 옮겼다.

계단을 올라오며 정인은 현관문 앞에서 주머니를 뒤져 열쇠를 꺼내는 현과 마주쳤다. 현은 여전히 피로하고 해쓱한 낯이었다.

오랜만이네요.

현이 먼저 고개를 숙이며 말을 건넸다. 정인은 네, 하고 대답한 뒤 자신의 안색을 살피는 현의 얼굴을 한동안 멀끔히 바라만 보았다. 정인은 현이 오늘도 까치발을 들고 일했을 시간에 대해 잠시 생각했다.

여전히 방이 어두워요.

정인이 마른 입술을 떼며 말했다.

그렇습니까.

네.

고객센터에 접수해주시면 조만간 다시 봐드리겠습니다.

현은 난처한 표정을 짓고는 다분히 기계적인 어투로 대꾸했다. 현이 열쇠를 만지작거리는 소리만이 복도에 울렸다.

불빛은 왜 흔들릴까요.

정인은 집으로 들어가지 않고 계단에 앉아 다리를 모았다. 현은 어떻게 행동해야 할지 몰라 움직이지 못했다. 그는 잠을 사러 갈 시간도 없이 며칠째 바빴다. 옆집 여자에게 무슨 일인지 관심을 표하기엔 지나치게 피곤하고, 머리가 무거웠다.

망치 있으면 좀 빌려주실래요.

정인이 말했다.

망치…… 말입니까?

뭉그적대던 현은 갖고 있던 공구함을 황급히 뒤져 그것을 건네주었다. 30센티미터쯤 되는 길이의 나무 막대에 쇳덩이가 달린 망치는 묵직하면서도 정인이 한 손으로 들기에 어려움이 없었다.

자정을 넘긴 시간에 정인은 어두운 길을 되돌아 주유소로 향했다. 아무런 표정도 읽을 수 없는 얼굴이었다. 평온해 보이기도, 비장해 보이기도 했다. 정인은 밤에도 낮처럼 아름답기만 한 마네킹 곁으로 가까이 다가섰다. 그러고는 들고 간 쇠망치를 머리 위로 높이 세워 온 힘을 다해 내리쳤다. 한 번, 두 번, 세 번 내리치자 그녀의 발에 채워진 자물쇠는 의외로 쉽게 동강났다. 정인은 숨을 크게 한 번 들이쉬고는 그녀의 허리를 양팔로 감았다. 사람의 실물 크기로 제작된 것과는 달리 그녀의 몸은 가벼웠다. 10킬로그램도 채 되지 않는 것 같았다. 다만 그녀의 살집이 지나치게 살아 있는 사람처럼 느껴져 정인은 그녀를 들어 옮기는 내내 긴장이 가시질 않았다. 정인은 주유소 뒤편 화장실과 붙어 있는 창고 문을 열고 마네킹을 던져 넣은 뒤 돌아섰다.

정인은 손을 깨끗이 씻고 자신이 매일 오르던 그 자리로 올라섰다. 입매를 끌어올려 미소 지었고, 엉덩이에 바짝 힘을 주고 발뒤꿈치를 살며시 들어올렸다. 마네킹이 된 듯, AV에 출연한 듯, 전신이 노출된 기분이 이상하게도 싫지 않았다. 이토록 온전히 또한 분연히 자신을 내보이는 기분이라니, 그동안 취업을 위해 자기소개서를 수십 수백 장씩 썼어도 느끼지 못한 기분이었다.

도로의 저편으로 자동차가 헤드라이트를 켜고 지나갔다. 어서 오십시오. 정인은 두 손을 포개어 배꼽 위에 올리고 허리 숙여 인사했다. 그리고 그 순간, 정인은 다가올 밤이 두렵지 않다고 느꼈다. 마네킹이라면, 잠들지 않아도 고통을 느끼는 감각을 갖고 있지 않을 것이다. 도시가 깨어 있는 한 잠드는 것은 사치고 수치다. 그렇게 생각하자 정인은 개운한 잠에 빠져드는 환락과도 같은 기분을 느꼈고, 그제야 제 몸에 진정으로 생명력이 부여된 것만 같은 설렘마저 일었다. 누군가 지금 자신의 모습을 본다면 꽤 에로틱해 보이지 않을까, 정인은 주변을 의식하며 두 눈을 가볍게 깜빡였다. 안녕히 가십시오. 가슴 속 깊이 모래알이 힘차게 떨어져 내리는 기분으로 정인은 인사말을 뱉은 뒤 기쁘다, 기쁘다, 하고 속으로 중얼거렸다. 이제는 잠들지 않아도 좋겠다, 살아갈 수 있겠다, 온전한 숙면과 완전한 불면은 맞춤한 동의어가 아닌가, 그런 생각이 들었다.

주유소에 출근한 사장은 입구에 선 채로 가죽재킷의 왼쪽 가슴팍을 손으로 천천히 문질렀다.

어서 오십시오.

정인은 훌륭히 인사했다. 절도 있고 품위 있는, 어느 곳 하나 지적할 곳 없는 완벽한 인사였다. 사장은 만족한 듯 웃었다.

역시, 마네킹으로 바꾸길 참 잘했단 말이지.

사장은 사무실을 향해 뒤돌았다. 정인은 표정의 변화도, 미동도 없이 구부렸던 허리를 바로 세웠다. 사장이 허벅지를 만지고, 엉덩이를 두드렸지만 아무렇지 않았다. 단지 기쁜 마음만이 들었다. 기쁘다. 어떤 일도 마찬가지이므로, 보는 사람이 기쁘다면 자신도 기쁘다. 그러니 힘들지만 기운을 내서 일하자, 정인은 그렇게 마음먹었다. 주유소를 지나쳐 서둘러 출근하던 현만이 정인의 앞에 서서 잠시 고개를 갸웃거렸다.

어디서 본 것 같은 얼굴인데.

잠들지 못해 붉어진 눈과 윤기 없는 피부, 수염이 꺼끌꺼끌한 그의 턱을 내려다보며 정인은 두 손을 배꼽 위에 올린 뒤 허리를 깊이 숙였다.

어서 오십시오.

현은 어쩐지 이 여자의 얼굴이 낯익어 눈을 가늘게 떴다. 중고등학교 시절의 동급생인 것도 같고, 과거의 어느 때 아주 가깝게 알고 지내던 누이동생인 것도 같고, 그도 아니라면 아주 어릴 적 집안 결혼식에서나 마주쳤을 법한 먼 친척인 것도 같았다.

아, 어젯밤 케이블 채널에서 틀어준 AV배우와도 퍽 닮았군.

현은 늦었다는 듯 이키, 하는 추임새를 넣으며 빠르게 멀어져갔다. 정인은 현의 뒷모습을 바라보며 그도 기뻐해주었으면 좋겠다고 생각했다. 공구함을 앞뒤로 흔들며 걸어가는 그의 발걸음이 경쾌하게 느껴졌다. 정인은 두 손을 가지런히 배꼽 위에 올리고 만면에 미소를 지었다. 멀리서 보면 잠을 꿈꾸는 얼굴처럼도 보였다.

이보나와 춤을 추었다

조해진

그런데, 우리는 정말 몰랐던 걸까.

이보나에게 심각한 목소리로 물은 적이 있다. 구체적인 직업명이나 사회적으로 통용되는 어떤 지위에 대한 열망 없이 단순히 일본이나 북유럽을 여행하고 싶다는 허약한 진술은 꿈의 영역이 아니라, 그저 인생의 어느 순간에 올 수도 있고 오지 않을 수도 있는 막연한 계획에 지나지 않는다는 것을, 이보나는 대답 없이 그냥 웃기만 했다.

조해진

1976년 서울에서 태어났다. 이화여자대학교 교육학과와 동 대학원 국어국문학과를 졸업했다. 2004년 《문예중앙》에 중편소설 〈여자에게 길을 묻다〉로 등단했다. 소설집 《천사들의 도시》, 장편소설 《한없이 멋진 꿈에》, 《로기완을 만났다》가 있다.

1.

　오래전, 이보나로 불린 적이 있다. 요트(J), 이(I), 브(W), 오(O), 엔(N), 아(A), 이보나(Jiwona). '지원'이 '이보나'가 될 수 있었던 것은 세상의 어느 나라에서는 'J'가 'Y' 음으로, 'W'가 'V' 음으로 발음되기에 가능했다. 끝에 '아' 음을 넣어 이보나를 완성해준 이들은 미하우(Michał)와 요안나(Joanna)였다. 그들의 나라에서는 여자 이름이 모두 '아' 음으로 끝난다는 단순한 이유에서였다. 아가타, 에바, 카타시나, 베로니카, 안젤리카, 막달레나, 마리아, 파울리나, 우술라, 말레나, 이자벨라……. 그들에게서 이보나로 불린 순간, 나는 오랫동안 나만이 볼 수 있었던 그녀에게 그 이름을 선물해주기로 결심했었다.

이보나는 나와 함께 대학시절을 보냈던 내 자취방의 고독한 책상에서 태어났다. 그 책상이 그녀의 모태였고 그녀는 그곳에서 성장해갔다. 여기저기 끊어져 있던 몸의 실루엣이 완성된 곳도, 제멋대로 존재하던 이목구비가 제자리를 찾은 곳도,[1] 물 냄새 나던 몇 가닥의 젖은 머리카락이 윤기 흐르는 검은색의 풍성한 머릿결로 변해가던 곳도 그 책상이었다. 대학 합격 후 상경하여 자취집을 구하자마자 재활용센터에서 구입한 그 중고 책상은 느릅나무 재질이었다. 물론 그 책상이 느릅나무로 만들어졌다는 것은 확인되지 않았고 앞으로도 영원히 확인될 수 없는 추측, 아니 억지에 불과했지만 그래도 나는, 그녀가 태어난 책상이 느릅나무 재질이기를 바라는 마음을 저버린 적이 없다.

그녀는 그 책상에 앉아 있는 걸 진심으로 즐기는 것 같았다. 나는 매번 그녀의 뒷모습을 바라보며 상상 속에서나마 마음껏 셔터를 눌러대곤 했다. 상상의 셔터를 모두 누르고 나면, 그녀의 모습은 현실의 뒤편으로 끊임없이 이어지는 검은 필름 속에 남았다. 책상 위에 두 다리를 올려놓고는 널찍이 떨어진 의자에 등허리를 깊이 묻은 채 무언가를 흥얼거리던 모습, 말간 발톱에 어린 한 줌의 햇빛이 반짝하던 순간, 몸의 윤곽이 느슨하게 늘어진 브이(V)

---

1) 신해욱의 시, 〈축, 생일〉(《생물성》, 문학과지성사, 2009)에서 인용.

자 모양을 이루면서 한없이 나른한 모델을 연상케 하던 포즈, 사과꽃 같던 웃음, 뒷목 우측에 나 있던 아주 작은 점에서도 표정이 읽혔던 날들……. 종종 혼잣말을 하던, 그래서 간혹 나를 너무 슬프게 했던 그녀.

상상은 어느 지점부터 실제와 모호하게 얽히며 내 현실 감각을 농락하곤 했다. 나쁘지 않은 농락이었다. 오히려 기꺼이 농락당해주고 싶은 기분마저 들었다. 그럴 때, 음악은 환상과 현실 사이, 그녀와 나 사이의 거리를 조용히 위로했다.

완벽하다. 언제나, 완벽했다.

이보나란 이름이 생긴 이후에야 그녀는 내 느릅나무 책상을 떠날 수 있었다. 원하는 곳이라면 어디든 갈 수도 있게 되었지만 내가 필요로 할 때면 늘 아무런 불평 없이 아주 조용히 나타나 한참 동안 내 곁에 머물렀다. 오래된 다가구 주택의 냄새 나는 화장실에 쭈그리고 앉아 속옷을 빨다가도, 먼지 묻은 거울을 보며 머리를 빗을 때나 나쁜 꿈에서 깨어나 새벽까지 침대에 오도카니 앉아 있을 때도 나는 이보나를 생각했다. 누군가 나를 부르는 소리가 들려오거나 전화벨이 울리고 있다는 걸 알아채기 전까지 그녀는 그 누구도 침범할 수 없는 온전한 우주 하나를 이루며 잔잔하게 나를 위로해주었다. 언어와 체온이 없는, 그러나 언제나 뜨거운 수다 같았던 위로. 이보나, 그녀는 그 당시 내가 도망갈 수 있는 유일한 안식처였지만 불행히도 우리는 같은 세계에서는 함께 살아갈 수 없었다.

2.

　미하우와 요안나는 그 당시 내 유일한 친구들이었다. 그들은 친구와 연인 사이를 수없이 반복해서 오가는 사이였는데, 그때는 아마도 네 번째로 연인 관계를 정리하고 편안한 친구로만 지낼 때였을 것이다. 그들은 '들판의 나라'[2)]에서 왔다. 서울에서는 비행기로 열 시간이 넘게 걸리는 곳이라고 했다. 걸어서 이동한다면 한평생이 걸릴지도 몰랐다. 그래서인지 그들은 내게 멀고 먼 세계의 끝에서 미스터리한 풍문을 가득 품에 안고는 초대장에 적힌 시간보다 수십 년, 어쩌면 수천수백 년 빨리 도착한 손님 같은 느낌을 주었다. 그들과 나 사이엔 완벽한 소통을 가능하게 하는 언어는 없었다. 그 대신 우리는 조금은 어색한 침묵과 불안한 유대감, 마주 보는 실재의 시간조차 진짜인지 의심하게 되는 연약한 마음으로 언어로는 채워지지 않는 부분을 이야기했다.
　우리는 언어 교환을 알선해주는 인터넷 사이트에서 알게 됐다. 그 당시 나는 휴학 후 보습학원에서 중고등학생들에게 영어를 가

---

2) Polska(폴란드)라는 명칭은 '들판'을 뜻하는 'pole'에서 유래하였다.

르치는 아르바이트를 하고 있었고, 그들은 그들의 고국에서 동아시아 문화를 전공하다가 한국어 코스를 밟기 위해 한국에 온 교환학생들이었다. 팀을 꾸려 홍대 앞 재즈바에서 수요일마다 연주를 하느라 한국어 수업에는 거의 나가지 않는다고 했다. 문법 위주의 수업이 싫다고 했다. 그들은 한국인 관객들과 자연스럽게 주고받을 수 있는 농담 수준의 한국어를 구사하고 싶어 했으나, 언어 코스에서 만난 따분한 선생들은 농담 따윈 가르쳐주려 하지 않았다. 우리는 자연스럽게 일주일에 한 번씩 만나 영어와 한국어가 섞인 불완전한 대화를 나누며 조금씩 가까워졌다.

그들을 알게 된 이후, 나는 수요일만 되면 그들이 일하는 홍대 앞 재즈바 앞을 한참 동안 서성이다가 막차를 타고 성수동에 있는 자취집으로 돌아가곤 했다. 재즈바에서 흘러나온 음표들은 장난스럽게 내 발바닥을 끌어당기며 내가 가보지 않은 길에 대해 묻곤 했으나 길 위에서 나는 늘 피곤했고, 우산을 받치고 있어도 자주 비에 젖었다.

어느 수요일 밤, 마침내 내가 그 재즈바로 들어가기 위해 지하로 이어지는 계단을 밟았을 때 음표들은 의외로 내 곁으로 다가오지 않았다.

지하 재즈바의 무대는 크지 않았지만 병맥주 하나씩을 들고 무대를 향해 앉아 있던 사람들은 음악 안에서는 누구나 오만해질 권리가 있다는 듯 하나같이 그 누구의 참견도 사양하겠다는 식의 완고한 표정을 짓고 있었다. 그날, 미하우는 기타와 콘트라베이스를 번갈아 연주했고 요안나는 건반과 보컬을 담당했다. 나중에 안 일이지만 그들은 그곳에서 미하우와 요안나의 영어식 발음인 마이클과 조안나로 불리었다. 내가 학원에서 제니(Jenny)로 불리는 것과 비슷한 이유에서였을 것이다. 나는 학원 원생들에게 캐나다에서 태어난 교포로 소개되고 있었다. 학생들은 틈 날 때마다 두 눈을 반짝이며 내게 묻곤 했다. 엘크와 비버를 본 적이 있는지, 캐나다 고속도로에는 버펄로나 바이슨이 나타나곤 한다는 게 사실인지에 대해. 그럴 때마다 나는 어깨를 으쓱해 보이며 간단하게 예스나 노로만 대답했다. 엘크와 비버, 버펄로와 바이슨을 본 적도 없는 나에게는 그런 질문들을 받는 순간이 요란스러운 소리를 내며 밥을 먹고 아무 때나 트림을 해대는 원장의 질 나쁜 습관을 지켜볼 때보다 곤혹스러웠다.

연주가 끝난 후, 미하우와 요안나는 재즈바 구석에 주저앉아 커다란 슈트케이스에서 자신들이 직접 만든 시디를 수십 장이나 꺼냈다. 그날 나는 그 시디를 구입한 그들의 유일한 손님이었다. 요트, 이, 브, 오, 엔, 아. 내가 산 그 시디엔 이보나의 이름이 씌어졌고 나는 수요일마다 재즈바를 찾는 그들의 단골이 되었다.

그 시디는 오래전 서울을 떠나오면서 잃어버렸다. 그들과 헤어지고 5년이 지난 어느 날, D시의 거리를 배회하다가 우연히 이보나와 재회하기 전까지 나는 사실 그들의 음악뿐 아니라 우리가 나누었던 대화 역시 대부분 잊고 있었다.

3.

　우리가 친구였을 때, 우리의 꿈은 단순했고 무해했다. 어렸을 때부터 일본 애니메이션에 심취해 있었던 미하우와 요안나는 봄에는 벚꽃이 날리는 언덕을 걸으며 하이쿠를 읊고, 겨울에는 야외 온천에서 샤미센 연주를 들으며 뜨거운 사케를 마실 수 있는 일본에서의 달콤한 휴가를 꿈꾸었다. 손에 잡히지 않는 막연한 그날을 위해서라면 현재의 그리 유쾌하지 못한 생활 따위는 충분히 견뎌낼 만하다고 그들은 여기는 것 같았다. 그러니까 빛도 잘 들어오지 않는 고시원에서 정오까지 잠을 자고, 한국의 달기만 할 뿐 맛없는 빵으로 끼니를 때우고, 취업비자를 신청해줄 것처럼 떠벌리다가도 막상 그 문제에 대해 상담을 해오면 이런저런 변명을 해가며 자리를 피하던 재즈바 젊은 사장의 이해할 수 없는 태도를. 이보나, 너도 같이 갈래? 진심이 아니더라도 그들이 한 번 정도는 그렇게 제안해오길 기다렸지만 그런 일은 끝내 일어나지 않았다. 대신 나는 조금은 의무적으로 나의 꿈인 북유럽을 이야기했다. 유빙 사이를 지나가는 호화 유람선과 느릅나무 숲에서의 긴 산책을, 언제라도 사랑에 빠질 준비가 되어 있고 거리의 악사와도 춤을 출

수 있는 여행자의 자유에 대해서도. 내가 말을 마치면 미하우와 요안나는 짧은 탄성을 질러주었다. 때로는 성의와 진심이 없는 반사적인 반응 같기도 했지만 정색을 하고 불평한 적은 없다.

─ 서울에서는 어디를 가나 해초 냄새가 나.

이런 말은 누가 했던 것일까. 그래서 조금만 더 걸어가면 바다가 나올 것 같다고 기대하게 되지. 미하우였던가. 아마. 하지만 그건 착각에 지나지 않아. 해초 냄새를 따라 아무리 걸어도 바다는 안 나오니까. 이보나, 너도 길을 잃지 않도록 조심해야 돼. 서울은 바다가 없는 이상한 섬이란 걸 잊으면 안 돼. 말하며, 미하우는 내 머리를 쓰다듬어주었다. 문득, 서울이 멀고 먼 나라의 신비롭고 아름다운 섬처럼 느껴지면서 저절로 눈이 감겼다. 그 안으로 들어가면 온몸이 에메랄드빛으로 물들 것 같은 바닷물, 한가로이 떠 있는 흰 돛대의 배 몇 척, 인간의 언어로 노래할 줄 아는 눈이 맑은 보라색의 갈매기, 손안에 쥐면 부드럽게 부서지는 투명한 모래알, 그리고 노란색 샌들을 손에 쥐고 맨발로 유유히 해변을 걷고 있는 나의 이보나…… 미하우에겐 확실히 그런 면이 있었다. 그의 눈과 입술에 걸러진 이곳은 곧잘 환상적인 공간으로 뒤바뀌었고, 그런 환상적인 공간에서라면 내가 현재 치르고 있는 고난이란 뻔한 해피엔딩으로 이어질 수밖에 없는 필수적이고도 당연한 과정일지 모른다는 달콤한 착각이 들기도 했다. 이보나 나라의 비둘기들은 멸망한 거인족이 하늘에서 보내온 전갈 같아. 지하도에 허름

한 문이 하나 있었는데 그 문을 열면 곧장 '들판의 나라'로 이어질 것만 같았지. 이보나, 이보나, 너는 진심으로 너 자신이 뚱뚱하다고 믿고 있는 건 아니겠지? 미하우는 언제나 아무렇지도 않게 이런 말을 했고 자주 내 머리를 쓰다듬어주었다. 미하우의 터무니없는 이야기를 들으면서도 나는 헛웃음을 터뜨리지 않았고 생뚱맞다는 표정 같은 것도 지어 보이지 않았다. 그저 미하우가 내 머리를 오래오래 쓰다듬어주었으면 했고, 그러는 동안만큼은 언젠가 우리의 우정도 끝날 것이고 그 후엔 서로에게서 완벽하게 잊히고 말 거라는 예감도 그리 사실적으로 와 닿지 않았다.

― 이보나, 내 나라에서라면 너는 정말 날씬한 여자로 살 수 있어.

어느 결에 다가온 요안나가 나를 보며 말했다. 요안나는 내가 조금이라도 슬퍼 보이면 꼭 그런 농담을 건넸다. 웃었다. 요안나도, 요안나를 바라보던 미하우도, 미하우의 손길 아래 있던 나도 같은 분량으로 웃었다. 그럴 때면, 미래란 예정된 장면들로만 가득하여 우리 앞의 거대한 시간에 하나도 겁이 나지 않았다.

그런데, 우리는 정말 몰랐던 걸까.

이보나에게 심각한 목소리로 물은 적이 있다. 구체적인 직업명이나 사회적으로 통용되는 어떤 지위에 대한 열망 없이 단순히 일본이나 북유럽을 여행하고 싶다는 허약한 진술은 꿈의 영역이 아니라, 그저 인생의 어느 순간에 올 수도 있고 오지 않을 수도 있는 막연한 계획에 지나지 않는다는 것을. 이보나는 대답 없이 그냥 웃기만 했다. 무심한 웃음이었다. 손을 뻗으면 달아나고 애정을 구걸하면 표정이 굳어지던 이보나는 나에게서 그런 질문을 받던 순간에도 내 진짜 꿈을 묻지 않았다.

4.

우리는 일본이나 북유럽에 가는 대신 한 달에 한 번 정도 한껏 치장하고 만나 소란스럽게 웃으며 그곳에 갔다. 그곳은 요안나의 친구가 웨이트리스로 일하고 있는, 서울 근교 신도시에 위치해 있던 나이트클럽이었다. 요안나의 친구는 언제나 약속 시간보다 한두 시간 늦게 요안나에게 연락을 해왔다. 가을엔 여름옷을 입었고 겨울엔 가을에나 어울리는 얇은 재킷 차림이었던 우리는 이내 처음의 호기 어린 웃음을 잃고는 늘 버스 정류장 근처에서 입술이 새파래지도록 덜덜 떨며 요안나의 친구로부터 연락이 오기만 간절히 기다려야 했다. 요안나의 친구가 매니저에게 말해 우리의 테이블을 따로 마련해주면 비교적 싼 값으로 맥주를 마실 수도 있었고 각종 안주를 공짜로 대접받곤 했기 때문에 우리는 그녀가 아무리 늦게 연락을 해와도 불평하는 법이 없었다.

요안나의 친구는 클럽에서 '파니(Pani)'로 통했다. 6개월마다 이름을 바꾸는 친구를 위해 요안나가 지어준 파니는, '들판의 나라'

에서는 여성에 대한 일반적인 존칭일 뿐 하나의 온전한 이름은 아니라고 했다. 하지만 한국 사람들은 나를 파니라고 부르며 쏘 큣(so cute)을 외쳐. 파니가 아닌 파니는 피곤한 웃음을 지어 보이며 거친 영어 발음으로 내게 얘기하곤 했다. 파니는 러시아에서 왔고 요안나와는 채팅을 통해 알게 된 사이였다. 여행비자로 들어와 한국에 머물며 불법으로 취업을 한 상태여서인지 파니에게선 불안한 사람만이 풍길 수 있는 어떤 매혹적인 분위기가 느껴졌다. 아직은 시간이 촘촘하게 배지 않아서 싱그럽기만 한, 영원히 익지 않을 것 같은 풋과일 냄새가 날 때도 있었다. 파니에게 본명을 물은 적은 없다. 파니 역시 '이보나' 이전에 '지원'이라는 흔하고 중성적이며 따분한 느낌의 이름이 먼저 있었다는 걸 굳이 알려 하지 않았다.

클럽이 문을 닫으면 우리는 주방 한쪽에 돗자리를 깔아놓고는 손님들이 남기고 간 맥주병과 위스키병을 모아 우리만의 조촐한 파티를 열곤 했다. 간혹 이름을 모르는 벌레들이 우리 곁을 재빠르게 지나갔고 급하게 만든 과일 샐러드에선 썩은 사과 껍질이 씹히기도 했다. 형편없는 술자리였지만 그래도 누군가 한 명은 꼭 취했다. 또 다른 한 명이 그 취한 사람을 힘겹게 부축하여 클럽을 떠나면 남은 사람들이 술병을 치우고 안주 접시를 정리한 후 주방 문을 닫았다. 대체로 요안나가 취했고 미하우가 그녀를 부축해주었으며 파니와 내가 마지막까지 남아 주방을 정리했다. 주방 문을 닫고 나이트클럽을 나온 파니와 나는 늘 미소조차 없는 인색한 인사를 나눈 후 서둘러 헤어지곤 했다.

완벽한 혼자가 되어 늦은 새벽 거리를 혼자 걷다보면 멀리서 그녀가 보였다. 희미하게 피어나는 담배 연기, 바람의 방향에 따라 출렁이는 풍만한 머릿결, 굽 높은 구두를 신고도 겁도 없이 차도를 건너가는 무모함, 새벽의 적요를 가르는 차들의 클랙슨 소리에도 빳빳이 고개를 세우던 도도한 포즈, 그리고 도로를 건너온 후 또 한 번 라이터를 켜기 위해 등을 옹송그리며 몸을 떨던 조금은 야윈 뒷모습…… 이보나였다. 이보나, 부르며 정신없이 달려갔지만 매번 길과 길이 만나고 헤어지는 지점에서 그녀를 놓쳤다. 가을엔 여름옷을, 겨울엔 가을용 재킷을 입고 있었으므로 그때마다 나는 추웠다. 택시 대신 아침을 여는 첫차를 타기 위해 서너 개의 버스 정류장을 그냥 지나쳐 걷다 보면 어느샌가 동이 터왔고 그때서야 나의 파티는 끝날 수 있었다.

5.

엄마로부터 아버지의 병이 또 도졌다는 전화를 받은 날에도, 나는 새벽까지 파니가 일하는 나이트클럽에서 나를 이보나라고 불러주던 친구들과 함께 있었다. 나는 자꾸만 감기려는 두 눈을 세게 비비며 별다른 대꾸 없이 엄마의 이야기를 들어주었다. 이제 낼모레면 환갑인데, 여태껏 지 입 하나 책임지지 못하고, 내가 중말.

아버지의 병에는 실체가 없었으므로 치료법이나 처방약도 존재할 수 없었고 그래서 내가 할 수 있는 일이라곤 엄마의 울분을 들어주는 것밖에 없었다. 아직도 그 놈들이 밖에 있냐? 술을 마신 날이면 아버지는 내게 묻곤 했다. 하지만 아버지가 말하는 '그 놈들'이 누구인지는 내가 알 수 있는 영역이 아니었다. 언제부터인가 나 역시 더 이상 아버지에게 '그 놈들'이 누구냐고 추궁하지 않았다. 아버지의 재능을 알아주지 않았고 꿈을 짓이겼으며 인생을 망쳐버린, 그저 비난과 망각밖에 몰랐던 무시무시한 '그 놈들'은 아버지의 손가락 끝에서만 겨우 존재하는 이상한 종족이었다. 심할 때는 아버지 스스로 경찰서에까지 가서 반대편 허공을 가리키며 제발 '그 놈들'을 잡아가달라고 애원한 적도 있었다. 경찰들은 아무도, 아무것도 없는 허공과 술 취한 초로의 사내가 악을 쓰다가 결국엔 바닥을 구르며 울부짖는 이상한 광경을 한참 동안 멍한 얼굴로 번갈아 바라봐야 했다. 이름도 없고 소속도 없으며 신분증도 없는, 그저 아버지에게만 미친 듯이 적대적인 그들은 아버지의 시선으로만 완성될 수 있었기에 아버지 외에는 그 누구도 '그 놈들'을 보지 못했다.

나의 이보나와 '그 놈들'은 질적으로 달랐다.

니 아버지랑 결혼해서 이날 이때까지 단 한 번도 행복하지 않았어, 단 한 번도. 엄마가 내게 하는 모든 이야기가 그러했듯 그날도 엄마는 아버지를 탓하고 자신의 인생을 연민하며 통화를 이어갔다. 휴대폰을 통해 전해져오는 엄마의 목소리를 들으며 나는 방바닥에 끊임없이 손가락으로 쓰고 또 썼다. OUT, OUT, OUT.

사랑해, 엄마 딸. 전화를 끊기 직전 엄마는 습관적으로 덧붙여 말하기도 했다. 사랑을 자주 고백하는 사람을 신뢰하지 않으며 사랑한다고 말해놓고 사랑의 범주에는 들어갈 수 없는 행동을 하는 사람은 더더욱 이해하지 못하겠다고, 내게서 돌아서 앉아 있는 이보나에게 나는 푸념했다. 이보나는 곧 자리에서 벌떡 일어나더니 어딘가를 향해 씩씩하게 걸어가기 시작했다. 그녀가 부모님이 사는 A시로 가는 동안, 그들이 언성 높여 싸우는 소리가 담을 넘고 동네를 넘어 시 전체로 울려 퍼졌다. 이보나는 처음의 당당함을 상실한 채 여러 번 가는 어깨를 움츠리며 연약하게 몸을 떨어야 했다.

마침 손안에 들어 있던 휴대폰이 또다시 진동하면서 나는 선잠에서 깼다. 휴대폰 액정에는 토요일에 파니네 집에 놀러 가자는 미하우의 문자 메시지가 담겨 있었다. 좋아, 라고 나는 답장을 보냈지만 휴대폰 버튼까지 이동하지 못한 내 진짜 언어는 자신의 손가락 끝에 사는 종족과 싸우느라 더 이상 시도 쓰지 못하는 어느 늙은 시인의 생애를 품고 싶었을 것이다. 시집도 다섯 권이나 냈는데 사람들은 그가 미쳤다고 말해, 심지어 식당을 운영하는 그의 아내조차도. 하지만 그런 얘기는 언어의 테두리 안으로는 안전하게 안착할 수 없는, 내 삶의 궤도를 떠도는 조각난 파편들일 뿐이었다. 면접이 있는 날마다 구멍이 나지 않은 스타킹을 골라 신고, 면접이 끝나면 값싼 분식집에서 허겁지겁 늦은 끼니를 때우고, 집으로 돌아가서는 조금씩 아껴 울며 화장을 지우게 될 내 미래의 어느 하루처럼 혼잣말로나 가까스로 소모되어야 할 테두리 없는 언어. 너무도 선명하게 상상이 되지만 고백하지 않는다면 실체가 될 수 없다고, 스물한 살이었던 나에겐 그것만이 신념이었다. 바다가 없는 신비로운 섬에서 진짜 인생에는 포함되지 않는 여분의 시간을 즐기고 있는 그에게 당연하지도 않고 필수적이지도 않은, 그저 운이 없는 부류나 감당해야 하는 지극히 재미없고 현실적인 이야기를 내 멋대로 들려줄 수는 없었다.

잠은 사라졌다. A시로 향하는 길 어딘가에서 겁먹은 얼굴로 헤매고 있을 이보나가 내게로 돌아와 내 남은 이야기를 들어주길 기대했지만 그날 밤, 그녀는 다시 나타나지 않았다.

6.

그날 나는 미하우와 함께 세상의 비밀스러운 통로를 따라 걸었다. 버스를 두 번 갈아타고 그곳에 도착하자 해초 냄새가 짙어졌고 파도 소리는 귓가에서 일렁였다. 파니가 마중 나와 있었다. 이제부터 조심해야 돼. 미하우 혹은 파니가 일러주었지만 나는 들떠 있었고 시간만 허락한다면 언제까지고 걸을 수 있을 것 같았다.

남색 조끼를 입은 남자들이 한 명 두 명 나타나기 시작했다. 언젠가는 도착하게 될 목적지를 눈앞에 두고 조우할 수밖에 없는 준비된 악당들 같았다. 그들은 아무 데나 침을 뱉었고 돌멩이로 누군가의 집 유리창을 깼으며 주택 외벽에 원색의 스프레이를 뿌리거나 가스관을 절단했다. 어느 순간 한데 모여 담배를 나눠 피우던 남자들은, 대오에서 조금 떨어져 있던 청년 한 명이 우리를 향해 주섬주섬 오른손 중지를 치켜 올리자 터무니없이 큰 소리로 웃어대기 시작했다. 나이가 조금 들어 보이는 덩치 좋은 남자가 금세 얼굴이 붉어진 청년의 목덜미를 어루만져주었다. 처음으로 살인에 성공한 가장 어린 군인을 격려해주는, 그러나 정작 그 자신조차 전쟁의 명분 따위 알지 못하는 어리석은 고참병 같았다. 고참병의 인생에도 지금 이 순간을 냉정하게 곱씹어보게 될 장면이 예정되어 있는 걸까. 그런 생각이 들자 어설픈 적의마저 사라지고, 모든 것이 그저 시시해졌다. 깨진 창문 너머에선 간간이 얼굴이 펑퍼짐한 여자들이 상체를 내밀고는 욕을 하며 악을 써댔다. 여자들의 등에 매달려 있는 아기들도 함께 울었다.

    여긴, 대체 어디인 걸까.

처음부터 잘못된 길을 선택했을지 모른다는 불안감이 엄습해왔지만 내가 할 수 있는 일은 없었다. 조끼 입은 남자들이 흘리고 가는 '양놈', '대낮' 같은 조심성 없는 말들을 주워들으며 양손을 코트 주머니에 찔러 넣은 채 슬쩍 그쪽을 쳐다보았다. 몇 걸음 떨어진 지점에서 미하우는 파니의 창백한 얼굴을 쓰다듬으며 연거푸 '싸샤[3]'를 속삭이고 있었다. 미하우와 파니는 조금씩 가까워졌고 어느 순간 빈틈없이 포개졌다. 그 장면은 충분히 또렷하게 내 눈에 새겨졌으므로 상상의 셔터 같은 건 필요 없었다. 거인들이 우는 시간이야. 조금은 쓸쓸한 얼굴로 나타나 바람에 나부끼는 내 머리칼을 귀 뒤로 조심스럽게 쓸어주는 이보나에게 나는 젖은 목소리로 속삭였다. 신화의 시대, 북유럽에선 인간 이전에 거인들이 있었다 했다. 신에 의해 거인들이 모두 죽자 그들의 뼈는 산이 됐고 피는 강과 바다가 됐으며 머리카락은 꽃과 풀로, 몸은 그대로 대지로 화했다. 신은 거인들이 사라진 세상을 살아갈 인간을 물푸레나무와 느릅나무에서 탄생시켰다. 물푸레나무에서는 태초의 남자 아스크(Ask)를, 느릅나무에서는 태초의 여자 엠블라(Embla)를. 죽어서도 영혼을 갖지 못하게 된 가엾은 거인들은 자신들의 이야기가 아무도 들어줄 수 없는 구차한 혼잣말 같다고 느껴질 때면 산혹 이렇게 울었다. 산은 흔들리고 강과 바다는 난폭해지며, 꽃

---

[3] 알렉산드라(Alexandra)의 애칭.

과 나무는 바람에 휘날리고 땅은 차가워진다. 거인들이 울 땐, 그저 가만히 서서 그들의 슬픔이 잦아들 때까지 기다려주어야 한다. 이것이, 이보나가 내게 가르쳐준 세상에 대한 예의였다.

그들의 긴 포옹은 파니의 집에 와 있던 요안나가 미하우의 휴대폰으로 전화를 걸어온 후에야 끝이 났다. 파니가 사는 연립 주택 역시 외벽은 거친 낙서로 지저분했고 입구엔 수거해가지 않은 쓰레기봉투가 터진 채 여기저기 쌓여 있었다. 파니는 그 연립 주택 3층에서 나이트클럽의 또 다른 러시아인 웨이트리스와 함께 살고 있었는데, 그녀의 이름은 젠시나라고 했다. 물론 나는 젠시나가 그녀의 본명이 아니란 걸 알 수 있었다. 다급한 일이 생길 때마다 파니는 내가 처음 들어보는 이름으로 젠시나를 불렀다.

파니와 젠시나는 1년 전, 나이트클럽 측으로부터 돈을 빌려 그 낡은 연립 주택을 전세로 임대하였다. 그런데 그들이 사는 동네가 도시개발구역으로 지정되면서 문제가 생겼다. 파니는 내게 서류를 몇 장 보여줬다. 그 서류는 파니가 나를 집으로 초대한 진짜 이유였다. 이게 다 무슨 말이지? 파니는 내가 서류를 다 읽기도 전에 조급하게 물어왔다. 감정평가서였다. 서류엔 주택공사와 시공사가 그 집에 매긴 돈의 액수, 이사 보조비, 그리고 그녀들이 최종적으로 집을 비워야 하는 날짜가 타이핑되어 있었다.

— 이 겨울에 대체 어디로 가라는 거야? 여기가 무슨 게토도 아니고. 나는 나치의 기차를 탄 게 아냐.

파니가 대상도 없이 날카롭게 쏘아붙였다. 나는 일단 집주인을 만나야 한다고 조언해주었다. 파니는 이사온 후 한 번도 집주인을 본 적이 없다고, 연락도 잘 되지 않는다며 불안해했다. 나는 파니에게서 집주인 연락처를 받은 다음 내 휴대폰으로 전화를 걸어보았다. 역시나 통화는 연결되지 않았다. 나이가 아주 많아 보이는 할머니라고 했다. 나는 집주인의 번호를 저장해놓은 후 서울로 돌아가서도 자주 연락을 취해보겠다고, 연락이 닿으면 바로 알려주겠다고 말해두었다.

— 내가 얘기했나?

뒤에서 우리의 대화를 듣고 있던 미하우가 끼어들었다.

— 내가 어렸을 때 마우폴스키에(Małopolskie)에 있는 게토에 살았거든. 너희도 알지? 나는 반이 유대인이잖아. 정말 비참했지. 사람들은 다들 아사 직전이고 여기저기에서 시체는 유기되고…… 그때 일주일에 한 번씩 기차가 와서 사람들을 잡아가곤 했어. 그 기차가 어디로 갈지는 너무도 뻔했기 때문에 잡혀가는 사람들도, 무력하게 남겨지는 자들도 고통스럽긴 마찬가지였지. 정말 끔찍한 경험이었어.

잠시 침묵이 흘렀다. 숙연한 얼굴이었던 미하우가 갑자기 푸하하, 웃음을 터뜨렸다.

— 이봐, 아가씨들, 왜 그렇게 심각한 거야? 이 얘길 믿는 거야? 이건 내 어머니가 할머니의 배 속에 예약도 안 해놓았던 시절의

일들이야.

　미하우는 계속 웃었지만 나도, 파니와 요안나도 웃지 않았다. 미하우, 너의 농담은 하나도 재미가 없어, 하나도. 나는 얼굴이 빨개지도록 웃고 있는 미하우에게 차갑게 쏘아붙인 후 가방을 챙겼다. 나를 잡는 사람은 없었다. 등 뒤에서 영어도 한국어도 아닌, 내가 알아들을 수 없는 언어가 들려왔다. 문을 닫기 직전, 여자들도 웃기 시작했다.

　파니의 집을 나와 오랫동안 걸었지만 바다로 이어지는 비밀스러운 통로는 이미 닫혔는지 해초 냄새나 파도 소리는 더 이상 좇을 수 없었다. 마침 기차 한 대가 내 앞에 섰다. 물도, 식량도 없는 비참한 기차라고 누군가 악을 쓰며 알려주었지만 나는 주저 없이 그 기차에 올라탔다. 기차 안은 비좁았고 탑승객들의 얼굴은 하나같이 어둡고 슬퍼 보였다. 그곳에 오래 있을 수는 없었다. 도망치듯 기차에서 내렸을 때, 창가 자리에 앉아 있던 이보나는 현실과 상상의 접점에서 어리둥절한 표정으로 서 있는 나를 바라보며 손을 흔들어주었다. 그때 이보나는 웃고는 있었지만 눈가에 흘러내리는 검은 색 눈물을 나는 놓치지 않고 보았다. 그 웃음 때문이었을까. 아니면, 기차에 탔던 그 많은 사람들이 수상한 연기가 피어오르는 건물을 향해 나체로 줄을 맞춰 걸어가는 장면을 상상했던 탓일까. 그날 새벽, 나는 낮게 신음하며 잠에서 깼다. 다시 잠들 수는 없었다. 책상 쪽으로 걸어가 음악을 들으며 한낮에 도시개발

구역에서 거인들이 울어야 했던 진짜 이유를 곰곰이 생각해봤지만, 음악이 끝난 후엔 그 모든 것이 부질없는 일이란 것을 인정할 수밖에 없었다.

7.

우리 중 가장 먼저 서울을 떠날 수 있는 사람은 유감스럽게도 내가 아니었다. 나이트클럽 주방에 마련된 우리들만의 파티에서 미하우는 말했다.
- 다음 달에 재즈바를 그만두고 서울을 떠나려고 해.

파니는 홀에 나가 있었고 일찍 취해버린 요안나는 돗자리 구석에서 몸을 만 채 졸고 있었다. 맥주를 마시다가 나는 물끄러미 미하우를 건너다봤다.
- 파니 때문이야?

미하우는 슬쩍 요안나 쪽을 쳐다보더니 내 곁으로 바짝 다가와 앉으며 낮은 목소리로 속삭였다.
- 사람들이 파니를 너무 막 대해. 유혹도 많은 것 같아. 이보나, 나는 불안해서 죽을 것 같아.

나는 얼른 내 잔을 비운 후 미하우의 컵에도 맥주를 따라주며 관심 없다는 투도 물었다.

― 고향으로 돌아갈 거야?

미하우는 힘없이 고개를 저었다. 고향이 아니라면 미하우에게도 갈 곳은 없다. 일본에서의 한가로운 휴가의 나날은 그의 삶에서는 아직 실루엣조차 만들어지지 않았다. 내 눈길은 미하우의 손등에 고정됐고 나는 이내 그 커다란 손바닥을 가져와 오른손 검지로 천천히 썼다. 벚꽃, 하이쿠, 온천, 사케, 샤미센…… 한국말은 곧잘 하지만 한글은 자모음도 헷갈려하는 미하우는 간지럽다고 웃기만 할 뿐, 내가 써가는 단어들을 인내심을 갖고 해석하려 하지는 않았다. 고개를 들어 미하우를 건너다봤다. 그새 미하우의 얼굴은 울 듯한 표정으로 바뀌어 있었다.

― 파니도 언젠가는 내가 지겨워지겠지?

나는 고개를 끄덕였다가 이내 휘휘 내저었다. 아냐, 미하우. 파니는 그런 여자가 아닐 거야. 진짜 그렇게 생각해? 그래, 진짜. 미하우의 무릎에 머리를 대고 누워봤다. 더 써봐. 아무거나. 미하우가 자신의 손바닥을 내밀며 말했다. 그늘 하나가 만들어졌다. 세상의 지붕 같은 그 손바닥을 나는 두 손으로 꽉 쥐었다. 천공天空도 없고 광활한 우주로도 이어지지 않는 그 손바닥에, 마치 하늘에 별들을 새겨 넣는 무료한 신처럼, 그리고 나는 천천히 쓰기 시작했다. 느릅나무, 책상, 태초의 여자, 엠블라, 거인들…… 언젠가 아버지는 이런 단어들을 모아 시 한 편을 썼다. 그가 아직 손가락 끝의 이상한 종족을 몰라도 되었던 그때, 나는 종종 그의 무릎에 누워 그의 시를 읽곤 했다. 그럴 땐 우산 없이도 내 몸은 비에 젖지 않았다.

— 이보나, 손이 너무 뜨거워. 너, 감기 걸린 거 아냐?

미하우는 내가 쓰고 있는 단어들과 전혀 상관없는 질문을 했다.

— 원래 뚱뚱한 사람은 몸에 열이 많아.

언제 깼는지 뒤에서 요안나가 내 대신 대답했다. 나는 재빨리 미하우의 무릎에서 얼굴을 뗐다. 요안나는 주섬주섬 우리 곁으로 다가와 내가 미하우 앞으로 따라놓은 맥주를 단박에 다 마셔버렸다. 요안나를 바라보는 미하우의 눈동자가 흔들리고 있었다. 이제 머지않아 그들도 알게 될 것이다. 사랑이 지나가면 한 사람의 발밑에 사는 거인들까지 깨어나게 했던 말 한마디 같은 건 전혀 모르는 언어로 쓰인 책의 한 구절처럼 눈물도 미소도 없이 사라질 수 있다는 것을, 아무리 세상의 모든 거인들이 슬피 울어도 무력하게 가만히 들어주기만 해야 하는 날도 있다는 것 역시. 너는 왜 그렇게 자주 혼잣말을 하지? 이보나를 놓친 채 새벽 거리에서 첫차를 기다리고 있을 때, 뒤에서 나를 쫓아온 그는 물은 적 있다. 그의 손에는 내 휴대폰이 들려 있었다. 친구가 있는 사람은 혼잣말 하지 않아. 그 말에 나는 웃었고 미하우는 웃지 않았다. 그의 창백한 푸른빛 눈동자는 그저, 내게 남은 정상인의 함량을 고요하게 측정하고 있었을 뿐이다.

요안나가 무슨 말인가를 하자 미하우가 갑자기 화를 내기 시작했다. 요안나도 인상을 쓰며 거칠게 대답했다. 그들이 그들 나라의 언어로 이야기를 한다는 건 내가 개입하는 것을 원하지 않는다는 간접적인 표현이었다. 나는 자리에서 일어나 화장실에 간다고 둘러댄 후 그 좁은 주방을 빠져나왔다.

　주방 밖, 차가운 벽에 기댄 채 안에서부터 들려오는 미하우와 요안나의 높아지고 갈라지는 목소리를 들으며 나는 이보나를 불렀다. 이번에도, 아니 이번만큼은 그녀가 반드시 내 앞에 나타나야 한다는 절박함으로. 잠시 후, 주방 문을 박차고 뛰쳐나온 사람은 이보나가 아니었다. 흥분한 요안나는 파니를 찾았고, 파니는 그날따라 그 누구의 눈에도 보이지 않는 곳으로 가버리고 없었다. 파니를 찾지 못한 그녀는 나를 남겨두고 혼자 떠났다. 주방에서는 미하우가 두 손으로 얼굴을 감싼 채 울고 있었고 파니는 끝까지 나타나지 않았다. 나는 미하우가 슬피 우는 주방으로 들어가 아무것도 못 본 사람처럼 덤덤히 가방을 챙겨 뚜벅뚜벅 그곳을 나왔다. 이번에도 나를 잡는 사람은 없었다. 그날 이후, 우리 세 사람이 함께 만난 적은 단 한 번도 없다.

8.

　나는 다시 혼자가 되었다. 파니와 연립 주택 주인 할머니를 만

나게 해준 이후부터 미하우는 내 전화를 받지 않았다. 언제부터인가 요안나도 내 문자 메시지에 아무런 응답을 해주지 않았다. 그들은 동시에 홍대 앞 재즈바를 그만두었고 그들이 함께 살던 고시원 방에도 이미 다른 사람이 들어와 지내고 있었다.

 미하우와 관계된 일로 젠시나의 방문을 받게 된 건 우리의 그 마지막 파티로부터 석 달 정도가 지난 후였다. 자정 무렵이었다. 젠시나는 내 얼굴을 확인하자마자 그녀 뒤편에 서 있던 사내에게 고개를 끄덕여 보였다. 키는 작지만 체격은 좋은 낯선 사내가 탁하고 낮은 목소리로 미하우가 어디에 있는지 알고 있느냐고 물었다. 현관문 밖으로 얼굴만 내민 채 나는 고개를 저었다. 미하우는 파니와 함께 그 허름한 연립 주택의 전세금을 들고 떠났다고 사내는 일러줬다. 젠시나는 인상을 썼고 사내는 협조만 해준다면 답례비를 주겠다고 말했다. 나는 사내에게, 답례비의 액수를 묻지 않았다.

 그들이 돌아간 후, 현관문을 닫고 돌아서려는데 휴대폰 벨소리가 울렸다. 다급하게 달려가 번호를 확인하지도 않은 채 휴대폰 폴더부터 열었다. 왜 이렇게 연락이 안 되는 거냐는 엄마의 목소리를 들은 순간, 무릎이 꺾였다. 네가 먼저 전화하면 손가락이 부러져? 부러지냐구! 내가 대답을 못하고 우물거리고 있는 사이, 엄마는 결국 나의 가장 치명적인 부분을 건드린다. 누가 핏줄 아니랄까봐, 너는 어쩜 느이 아버지랑 그렇게 똑같니. 어떻게 그……

엄마의 말이 채 끝나기도 전에 나는 재빨리 폴더를 닫았다.

　이보나. 주섬주섬 일어나 느릅나무 책상 쪽으로 다가가 그녀를 찾았다. 오래 기다렸지만 창문에는 불투명한 실루엣뿐, 이보나는 보이지 않았다. 그녀가 내 느릅나무 책상에서 태어난 날부터 이미 예감했던 일이었으므로, 아버지와 같은 부류가 되지 않기 위해서는 그녀를 떠나보내는 것이 맞았기에, 자연스러운 절차라는 듯 나는 그녀를 정지된 시간 속으로 덤덤히 보내주었다. 창문은 불완전한 그녀를 싣고 다시 덜컹덜컹 소리를 내며 먼 곳으로 떠나갔고 이번엔 아무도 나를 향해 손을 흔들어 보이지 않았다. 그날 밤, 나는 꿈을 꾸지 않았다. 그 후로 몇 번이나 그곳을 배회했지만 파니의 집을 찾지 못해 발만 동동거리며 울먹였던 장면이 꿈이었는지, 아니면 실제의 일이었는지 오랫동안 구분할 수 없었다.

9.

　대학 졸업 후, 나는 D시에 있는 구청에서 행정직원으로 일하게 되었다. 공무원 시험에서는 스커트 정장을 입고 면접을 보지 않아도 되었기 때문에 2년 동안 나는 하루도 쉬지 않고 도서관에 가서 시험을 준비했었다. 서울에서 D시까지 출퇴근을 하는 것은 사실상 불가능했으므로 발령이 나자마자 곧 이사를 했다. 책상은 가져

가지 않았다. 옷가지 하나 남지 않은 빈방에 책상만 남겨두고 그 방을 나오면서 나는 끝까지 뒤를 돌아보지 않았다.

　D시는 서울의 사분의 일밖에 되지 않는 소도시였다. 중앙역과 백화점, 대형마트와 극장이 밀집해 있는 시내는 한 시간만 할애하면 다 걸어 다닐 수 있었다. 퇴근 후, 빈집에 혼자 들어가는 것이 싫어 시내로 나가면 꼭 한 번 이상은 동료들을 만났다. 예의는 갖추었으나 어색함은 남는 인사를 나누고 돌아서면 D시에서는 인생이란 게임에 지나지 않는다는 생각이 굳어졌다. 승패마저도 자의적인, 규칙 없는 게임. D시가 무대인 이 게임에선 성공한 인생도, 패배한 인생도 없었다. 분지 도시 특유의 텁텁한 무더위와 미치기 직전까지의 권태를 오래 견디는 자가 규칙을 만들어 스스로 승자가 될 뿐이었다. 그건, 아무도 박수를 쳐주지 않는 시시한 게임 오버. 두 번에 한 번꼴로 회식에 불참했고 삼 일 중에 이틀은 상사의 눈치를 무시한 채 6시 정각에 사무실을 나왔으며 정시에 퇴근한 날엔 시내의 케이크 전문점에 곰처럼 웅크리고 앉아 호두 파이나 애플 타르트를 오래오래 씹어 먹었다. 나는 이전보다 조금씩 더 뚱뚱해져갔고 무심결에 혼잣말을 내뱉는 질 나쁜 습관도 고치지 못했다. 흔하고 중성적이며 따분한 느낌의 지원이란 이름은 수시로 사람들의 입에 오르내렸다.

　이보나를 다시 만나게 되리란 전조 같은 건 없었다.
　어느 날 나는, 동료와 함께 기초생활 수급자의 거주 실태를 파악하기 위해 D시 외곽을 돌다가 문득 해초 냄새가 짙어지는 것을 미미하게 감지했을 뿐이다. 집요하게 주위를 둘러봤지만 바다가 보일 리 없었다. D시는 분지 도시였고 그 근처엔 해산물을 파는 상점조차 없었다. 또 다시 길을 잃지 않기 위해 바닥에 새겨지는 내 발자국 모양에 나는 정신을 집중했다.

그날 저녁엔 여직원 회식이 있었다. 안주로 나온 치킨은 금세 식었고 맥주 맛은 밋밋했으며 여직원들은 D시 특유의 사투리를 써가며 내가 잘 모르는 이야기들을 주고받았다. 가령 결혼을 목전에 두고 불거진 혼수문제나 믿을 수 있는 어린이집이 없다는 것에 대한 분노, 혹은 D시의 더딘 발전과 꾸준히 떨어지고 있는 아파트 가격에 대한 걱정 같은 것들. 동료들의 이야기는 언제나 눈먼 언어들의 조합 같았다. 그 언어들은 남은 인생은 예정된 장면들로만 가득할 거라는 헛된 믿음에 기대어 한시적인 위로를 찾아 헤매는, 어리석은 자들의 가면을 쓰고 있었다.

호프집을 나와 노래방으로 2차를 가겠다는 여직원들을 나는 따라가지 않았다. 앞서 걸어가는 여직원들은 나 하나 빠진 것은 의식도 못하는 듯했다. 돌아서서 여직원들과 반대 방향으로 짐짓 여유롭게 걷다가 어느 순간부터 나는 뛰기 시작했다. 길과 길이 만나고 헤어지는 지점에서, 그리고 불쑥 기차 한 대가 덜컹거리며 달려와 내 앞에서 멈춰 섰다. 뿌연 연기 속에서 안전한 플랫폼도 없는 기차 문밖으로 누군가 조심스럽게 한쪽 발을 내밀었을 때부터 나는 그녀가 누구인지 알고 있었다. 지난 5년 동안 한 번도 그 기차에서 내린 적 없다는 듯, 아니 내내 그 기차를 타고 있다는 기분에서 헤어 나올 수 없어 괴로웠다고 호소하는 듯 그녀는 지쳐 보였고, 수척해진 얼굴에는 순간순간의 고통이 긴 세월을 통과해온 흔적으로 스산하게 빛났다. 소멸하기 직전 마지막 빛을 발하는 우주의 끝 고독한 항성을 연상케 하는, 그러나 그 누구도 본 적도 없고 만져본 적도 없는 진짜 태초의 여자처럼.

주섬주섬 다가가 전자제품 대리점의 유리문에 손을 대자 이보나가 오래전처럼 쓸쓸하게 웃으며 내 손을 꽉 잡아주었다. 그녀는 더 이상 아름답지 않았지만 나를 잡아끄는 그 손은 따뜻했고 나는 시간도 없고 시간이 수치화하는 환멸이나 고통도 없는 세계로 스며들었다. 5년 만에 다시 만난 이보나와 나는 두 손을 꼭 맞잡은 채 거인들의 대지 위에서 춤을 추었다. 내 친구들의 시디에서 흘러나온 음표들도 보였다. 오래전부터 잊고 지냈던 그 음표들은 꺾어진 날개를 달고 날아올라 기분 좋은 허밍을 하며 우리 주변을 맴돌았다. 이상했다. 웃어야 하는데, 충분히 반가워해야 하는데 나는 웃지 않았다. 아무런 표정 없이 그저 메마른 얼굴로 이보나의 손길을 따라가다가 이보나와 시선이 마주쳤다. 웃지 않는 나를 본 순간, 그녀는 주저 없이 내 손을 놓아주었다.

언제부터인가 차들의 클랙슨 소리와 오가는 사람들의 발소리가 다시 선명하게 들려왔다. 사람들은 여느 때처럼 손목에 얹어진 자기 몫의 유한한 시간을 좇아 바쁘게 내 곁을 스쳐갔고, D시 특유의 텁텁한 바람은 자꾸만 내 뺨을 할퀴고 지나갔다. 어디로 가야 하는 건지 알 수 없었다. 다만 내 의지와 상관없이 또 다른 게임이 이미 시작되었다는 걸, 아무에게서도 확인받지는 못했지만 나는 천천히 깨달았다, M.

어쩌면, 그녀의 불행을 기다리고 있는지도 모른다. 하지만 불행도 예쁘게 포장하면 그럴듯한 시련이 될 테고 그녀의 이웃들은 기다렸다는 듯 갖가지 응원 메시지를 보내겠지. 그럼 나는 그녀의 시련마저 부러워하게 될 것이다. 공개하는 불행은 진짜 불행이 아니다. 내가 나의 왕따 처지를 인터넷에 공개하지 않는 것처럼.

창

최진영

최진영
1981년에 태어났다. 덕성여자대학교 국어국문학과를 졸업했다. 2006년 《실천문학》
에 단편소설 〈팽이〉로 등단했다. 제15회 한겨레문학상을 수상했다. 장편소설 《끝나
지 않는 노래》, 《당신 옆을 스쳐간 그 소녀의 이름은》이 있다.

잿빛 하늘에 붉은 구름이 묵직하게 떠 있다. 체크무늬 교복을 입고 천천히 계단을 올라 4층 세 번째 교실로 들어선다. 한 번도 본 적은 없지만 왠지 낯익은 아이들이 가득 들어차 있다. 몇몇은 나를 보고 인상을 구기고 몇몇은 내 눈을 피한다. 교실 뒤에 동그랗게 모여 있는 아이들도 있고, 책상에 엎드린 채 자는 척하거나 진짜 잠든 아이들도 있다. 내 자리를 찾아 두리번거리지만 적당한 자리를 찾을 수 없다. 아무 자리나 하나 골라 앉으면 그만이지만, 아무도 나를 반기는 것 같지 않아 책상과 책상 사이를 서성일 뿐이다.

어젠 6반 27번이 죽었지.

창가에 모여 있는 아이들이 수군거린다.

엊그젠 2반 5번이었나.

아니, 3반 5번이었어. 그전엔 3반 40번.

고개를 돌려 교실 밖에 걸린 팻말을 본다. 내가 들어온 곳은 7반이다. 그럼 난 몇 번이지? 가방에서 책과 공책을 꺼내 샅샅이 뒤진다. 얼마 전 한 여학생이 투신자살을 했다. 아이들은 소녀의 더운 피가 마르기도 전에 무서운 소문을 만들어냈다. 자살한 소녀가 원한을 품고 날마다 학생을 한 명씩 죽일 것이라고. 소문은 금세 건물 전체를 휩쓸었다. 모두 무서워 벌벌 떨었다. 자살한 소녀가 누구를 죽일지는 아무도 알 수 없었다. 두려움에 미쳐버린 아이들은 아침마다 한 명을 골라 창밖으로 밀어냈다. 자살한 소녀의 영혼이 자기를 죽이기 전에 먼저 희생자를 만들어내는 것이다. 누군가 죽어야 아이들은 안도했다. 서로의 눈을 피하다가도 어쩌다 눈이 마주치면, 내일은 쟤를 죽이자는 눈짓으로 다른 이를 가리키기 바빴다.

지금까지 일어난 일을 나는 단숨에 깨닫는다. 나를 죽이자고 선동할 만한 아이를 떠올려본다. 평소 사이가 안 좋았거나, 나를 만만하게 생각하는 사람. 그가 나를 죽이자고 주장하기 전에 내가 먼저 그를 죽여야 한다. 앉아 있던 아이들이 조금씩 몸을 움직여 책상을 치운다. 책상과 책상 사이에 작은 길이 만들어진다. 누군가가 내 어깨를 툭 친다. 돌아보기도 전에 여러 손바닥이 내 등을 민다. 툭. 툭. 툭. 툭. 어깨와 등이 제멋대로 움직인다. 단발머리가 볼을 스치며 시야를 가린다. 의자를 잡고 책상을 잡을 때마다 끼익. 끼익. 불길한 소리가 촉각으로 느껴진다. 아무리 애를 써도 다수의 힘을 이길 순 없다. 아이들의 입이 금붕어처럼 뻐끔거린다.

적막 속에서, 나는 떠밀리지 않으려고 갖은 수를 다 쓰지만 결국 창으로 내몰린다. 수많은 손이 내 머리를, 목과 등을 밖으로 밀어낸다. 창밖으로 상반신이 거의 다 넘어갔을 무렵 옆 교실, 그 옆 교실, 그 옆과 옆과 옆의 모든 교실 창에 매달린 채 나처럼 떨어지지 않으려고 안간힘을 쓰는 아이들을 보고 말았다. 그중 몇몇과 눈을 맞추고, 간절히 애원한다. 네가 먼저. 제발. 네가 먼저.

빡!

누군가가 떨어졌다.

시멘트 바닥에 흥건히 피가 고인다. 아이들이 내 몸에서 손을 뗀다. 한 명이 죽었으니, 오늘의 저주는 끝이다. 이제 남은 하루를 편히 보낼 수 있어. 손을 털며 여기저기로 흩어지는 아이들이 입술을 꽉 깨문다. 나 대신 떨어진 게 아니야. 나 때문이 아니야. 나는 팔에 얼굴을 묻으며 중얼거린다. 나는 버텼어. 죽을힘을 다해 버텼을 뿐이야. 다만 버텼을 뿐이지만, 때문에 누군가가 죽었다는 사실이 나를 괴롭힌다. 더불어, 살아남았다는 안도감이 조금씩 차오르고 순식간에, 내일 순서는 다시 내가 될 거라는 공포가 온 정신을 지배한다. 죄책감과 안도와 공포로 뒤범벅된 감정을 견디지 못하고 악! 소리를 지르다가 눈을 뜬다.

꿈이다.
지독한 꿈이다.
적막이 목을 죄어온다. 시계를 본다. 새벽 네 시 반. 안도감에 몸을 뒤척이다 나도 모르게 운다.
무섭다.

통유리

가슴이 아프다. 선인장을 삼킨 것처럼 따끔거린다. 곧 빈 통 나뒹구는 소리의 기침이 나올 것이다. 아침 여덟 시. 스포이트의 고무를 꾹꾹 누르듯 한곳으로 밀려 나오는 사람들. 버스 정류장은 이미 사람들로 가득 찼다. 사람들의 표정은 버스 색깔처럼 파랗거나 노랗거나 빨갛다. 횡단보도 너머로 신호 대기중인 버스가 보인다. 꽉 찼다. 꽉 찼으므로 이 정류장엔 멈추지 않을 것이다. 나는 일찍 일어났고, 일찍 나왔다. 지갑을 두고 나와 집에 다시 들어갔다 나온 것도 아니고 급작스런 사고를 당한 것도 아니지만, 나는 늦을 것이다. 이런 사정을 말하면 실장은 택시라도 잡아타라고 하겠지만 매일 아침 택시를 탈 만큼 넉넉한 살림이 못 된다. 내일부터는 조금 더 일찍 나와야겠다. 모두 나와 비슷한 생각을 하고 있을까 걱정이다. 내가 일찍 나오는 만큼 여기 있는 사람들이 모두 일찍 나오면 어떡하나.

　꽉 찬 버스가 정류장을 무심히 지나간다.

　텅텅. 기침을 할 때마다 기관지에 염산을 붓는 것 같다. 간신히 버스를 탔다. 잡을 데가 없어 그냥 선다. 발바닥에 접착제라도 붙이고 싶다. 뒷문 유리에 얼굴이 눌린 채 바짝 붙어 있는 남자를 본다. 반쯤 회 떠진 광어처럼 게슴츠레한 눈. 내가 그를 빤히 보듯 그 역시 누군가의 구두코를 빤히 보고 있다. 무슨 생각을 할까? 나는, 무슨 생각을 하고 있나. 급정거와 서행을 반복하는 버스. 무질서하게 흔들리는 몸. 다들 그러고 있으니까 아무도 나를 탓하지 않겠지만, 누구라도 나를 탓할 것만 같다. 왜 아무것도 잡지 않느냐고. 제발 건드리지 말라고. 밀지 마. 밀지 말라고. 씨발 나보고 어쩌란 겁니까!
　버스에서 내려 지하철역으로 간다. 하루 치의 표를 끊듯 무가지를 집어 드는 사람들. 계단을 뛰어 내려가고 교통카드를 찍고 정렬하여 줄을 서고 무가지를 펴 든다. 창문보다 작은 신문에는 똑같은 기사가 조금씩 다른 모양으로 담겨 있다. 뉴스는 어디에나 널려 있다. 발에 채는 신문. 지하철 전광판. 휴대폰의 작은 창으로 째깍째깍 떠오르는 헤드라인. 지하철이 도착한다. 문이 열리고 우루루 사람들이 내린 뒤 그보다 많은 사람들이 지하철 안으로 몸을 구겨 넣는다. 세계대전인가. 그런 게 두 번이나 났다고 배웠다. 그

때 어마어마한 사람들이 죽었다고 들었는데, 당시 지옥의 입구가 이렇지 않았을까 싶다.

지하철 한 대를 그냥 보낸 뒤 다음 지하철에 간신히 탄다. 허리를 약간 비틀고 무릎과 손을 모으고 고개를 쳐든 자세로, 사람과 가방과 이어폰과 입 냄새와 비듬 사이에 겨우 자리를 잡는다. 멍한 표정으로 천장 모서리에 걸린 광고판을 쳐다보고 있는데, 엉덩이와 치골 사이에서 백만 마리의 지렁이가 태어난 것처럼 끔찍한 느낌이 든다. 겨우 고개를 돌려 뒷사람을 쳐다본다. 마른 남자가 고개를 숙인 채 휴대폰을 만지작거리고 있다. 지하철 문이 열린다. 내리는 사람에 휩쓸려 문 쪽으로 자리를 옮긴다. 전광판의 시계를 쳐다보며 회사에 도착할 시간을 셈하는데, 좀 전에 치골에서 태어난 백만 마리 지렁이가 동시에 꿈틀거리는 게 느껴진다. 돌아보니 아까 그 남자가 또 내 뒤에 서 있다.

그저 닿는 게 아니라 확실히 만지는 거다. 그것도 허벅지와 엉덩이 사이의 굴곡만을 교묘하게. 소리를 지를까 생각해보지만 아무도 나를 도와줄 것 같지 않다. 아침부터 싸우기도 싫고 구경거리가 되기도 싫고 아, 아무도 안 도와주는데 혼자서 바락바락 악을 써가며 미친년이 되기도 싫고 잘잘못을 가리기도 싫고, 경찰서 같은 데도 가야 할 테고, 이 징그러운 백만 마리 지렁이의 손가락을 가진 작자랑 단 한순간도 눈을 맞추거나 말을 섞기도 싫고……

솔직히, 무섭다.

입술이 덜덜 떨릴 정도로 무섭다. 따지기 전에 엉엉 울지나 않으면 다행이지. 그러다가 지각이라도 하게 되면 정말……. 입술을 꽉 깨물고 사람들 사이를 비집으며 자리를 옮긴다. 여기저기서 불평이 터져 나온다. 당한 건 난데 왜 내가 도망치고 있나 억울한 마음도 들지만, 그게 바로 내 인생의 본질 아닌가 싶다. 당하고 도망치고 억울해하고 무서워하면서도 지각만큼은 절대 해선 안 되는.

기침이 터져 나온다. 좁은 지하철 안에서도 슬금슬금, 사람들은 나를 피한다.

출퇴근 카드가 없다.

회사 출입문 바로 옆에 일렬로 걸려 있는 카드를 다시 한 번 차근차근 훑어본다. 다른 이의 카드는 다 있는데 내 카드만 없다. 혹시 다른 데 흘린 건가 싶어 문 주위를 샅샅이 찾아보고 가방 속까지 뒤져본다. 없다. 당황스럽다. 이런 식으로 해고 통지를 하는 건가 싶어 무섭다. 오는 내내 그만두고 싶다는 생각을 했고, 멈추지 않는 기침 때문인지 사람들이 모두 나만 쳐다보는 것 같았고, 약이라도 사 먹어야지 생각하면서도 약국은 찾을 새도 없이 출근했다. 카드를 찾는 사이 십 분 넘는 시간이 훌쩍 지났다. 출입문 바로 옆에 앉아 있는 총무과 직원에게 작은 소리로 묻는다. 여기 있던 제 카드 혹시 못 봤어요? 나열된 카드를 뒤적이던 직원이 너무

나 손쉽게 카드를 뽑아 준다. 내 이름 석 자가 적힌 카드는 다른 사원의 카드 뒷장에 겹쳐 있었다. 나를 엿 먹이려는 누군가의 수작이 분명하다.

09 : 13.

지각이다.

실장실은 다행히 텅 비어 있다. 실장은 사무실 남쪽에 사방이 통유리로 된 자신만의 방을 갖고 있다. 통유리 안에는 호피무늬 소파와 무릎 높이의 탁자, 넓은 책상과 장식용 책장, 그리고 하이힐 수십 켤레가 너부러져 있다. 실장은 그 안에서 하루에도 몇 번씩 하이힐을 갈아 신는다. 호피무늬 소파에 앉아 하이힐을 갈아 신은 뒤, 발을 육십 도 정도 들어 날 선 하이힐로 통유리 너머를 겨냥한다. 통유리 너머의 사원들을 감시하는 게 싫증난다는 듯, 조용한 이 세계가 원망스럽다는 듯.

아무도 통유리 바로 앞에는 앉지 않으려고 했다. 그 자리는 실장에게 등과 뒤통수를 무방비로 드러내는 곳이니까. 아무리 아프고 졸려도 엎드려 잘 수 없고 틈틈이 인터넷 웹서핑을 하거나 웹툰을 볼 수도 없는 자리. 실장이 궁금해하는 것은 사원의 표정이나 안색이 아니라 그 사원의 컴퓨터 화면이다. 자리의 주인은 실장을 전혀 볼 수 없지만, 실장은 그의 일거수일투족을 낱낱이 볼 수 있기에 모두들 기피하는 자리.

그곳이 내 자리다.

오선배가 문을 열고 들어온다. 지각이지만, 오선배는 출퇴근 카드 따위 신경도 안 쓴다. 모두들 적당히 눈치를 보며 지각하는 사람들의 출퇴근 카드를 대신 찍어준다. 그러니까, 내 것만 빼고.

나는 사원 서른 명 남짓인 이 회사의 왕따다. 이유는 나도 모른다. 누구라도 설명을 해주면 좀 좋겠는가. 사람들은 심심할 때마다 나나 실장을 흉보며 자기들만의 비밀을 만들어간다. 실장과 한 세트로 묶여 욕을 먹는 것도 억울하고 분하지만, 실장까지 나를 배꼽에 낀 때처럼 생각하는 게 더 수치스럽다. 같은 왕따라도 실장과 나는 급이 다르다. 아무도 대놓고 실장을 따돌리지는 않으니까. 회사의 최고 권력자와 비정규직인 나는 그들을 둘러싼 유리에 늘 튕겨지는데, 그들의 유리도 알고 보면 실장의 통유리가 겨냥하는 감시의 대상에 불과하다. 어디에도 소속되지 못한 채 여기에도 유리, 저기에도 유리. 훤히 비치는 짐승의 내장 같은 이곳에서 나는 아파도 아픈 티를 낼 수 없다.

취업 사이트에서 이곳의 채용 공고를 처음 접했을 땐 이미 갖가지 회사에서 열 번도 넘게 퇴짜를 맞은 상태였다. 이곳에 서류를 넣고 얼마 지나지 않아 면접을 보러 오라는 연락을 받았다. 잘 보이고 싶은 마음에 삼 개월 할부로 정장 한 벌과 구두도 샀다. 형식적인 면접 후 출근하라는 명령을 받았다. 몇 달 간 인턴으로 쓰다가 정식으로 채용하겠다고 했는데, 두 달이 지나고 육 개월이 지나고 일 년이 지나도록 나는 계속 인턴이었다.

일 년 반이 지난 후에야 나는 내가 당장에라도 해고될 수 있는 비정규직으로 채용되었음을 깨달았다. 그만둘 생각도 해봤지만 다른 직장을 구할 자신이 없었다. 대부분의 회사는 생년월일과 경력부터 봤다. 이십 대 후반에 이렇다 할 경력도 없는 내가 비집고 들어갈 회사는 화성의 수분 함량만큼이나 희박했다. 더군다나 한 직장에서 이 년도 못 버틴 것을 경력이라고 내밀면, 대부분은 나를 인내심 없고 무능력한 사람으로 여길 게 분명했다. 어떻게든 이 년 이상은 버텨야 했다. 동기들보다 자릿수 하나가 모자란 월급을 받을 때마다 이십사 개월이나 삼십육 개월 할부로 내 청춘과 인격을 팔아넘긴 기분이 들었지만, 별수 없었다. 청춘과 인격이 밥 먹여주는 건 아니니까.

텅텅. 기침이 가슴을 차고 오른다. 얼굴과 손발이 죄다 후끈거릴 만큼 열이 나고 입에서는 계속 단내가 난다. 눈앞으로 아지랑이가 피어올라 도무지 정신을 차릴 수가 없는데, 다만 십 분이라도 누워 눈을 붙이면 좋겠는데, 족히 십 센티는 넘는 하이힐을 신은 실장이 오른손엔 마우스를, 왼손엔 커피 잔을 쥐고 등 뒤에서 나를 노려볼 걸 생각하면…… 눈에 물파스라도 발라야 하나.

파티션 너머로 머리가 보이지 않는 오선배는 엎드려 자는 게 분명하다. 하지만 지금 누구보다 휴식이 필요한 사람은 나다. 내 어깨 위로 연기가 피어오르는 게, 온몸이 석류처럼 빨갛게 달아오른 게 안 보이나? 왜 아무도 내게 어디 아프냐고 물어보지 않는 거지? 텅텅텅텅. 이렇게 온 사무실이 울릴 정도로 기침을 하고 있는데. 다들 귀마개라도 하고 있나? 내게 말을 걸거나 나를 걱정하고 위로하면 벌금을 내기로 자기들끼리 약속이라도 한 걸까?

서랍에서 손거울을 꺼내 실장실의 통유리를 살짝 비춰본다. 실장은 모니터를 보며 마우스를 신중하게 굴리고 있다. 다른 사업 건을 찾아보는 것일 테지. 만약 이 상태에서 사보 제작을 더 맡게 된다면, 사람을 더 뽑는 수밖에 없다. 하지만 실장은 절대 그런 생각 따윈 하지 않을 것이다. 던져주고 언제까지 하라고 하면 그만이니까. 일은 날이 갈수록 많아지는데 월급은 오를 기미도 안 보이고, 야근 수당 없는 야근은 어느새 일상이 되어버렸다. 연차 같은 건 애당초 없고 정규직 전환이나 주5일제라면, 프랑스 몽펠리에의 미스터 마르텡 같은 얘기다.

나와는 거리가 먼 얘기란 거다.

열심히 땅을 파다 보니, 내 손은 어느새 두더지의 앞발처럼 크고 넓적하게 변해 있다. 왜 땅을 파는지 모르겠지만 이왕 파던 것이니 열심히 판다. 파고 파고 또 파다 보면 나도 모르던 이유가 퐁! 튀어나오겠지. 후회는 그때 해도 늦지 않을 것이다. 길고 뾰족한 발톱 끝에 마른 나무 뿌리 같은 것이 마구 걸리고 손발은 자꾸 찢어지지만, 태어나서 지금까지 땅만 파온 것처럼 나의 땅파기 실력은 수준급이다. 저 깊은 곳엔 분명히 **돈**이나 **금** 같은 것이 있을 것이다. 혹은 이 땅의 반대편이 있어도 좋겠다. 그게 무엇이든, 아무것도 없는 것보다는 낫다. 하지만 아무리 땅을 파도 그 끝은 보이지 않고, 제자리에서 물장구치는 오리처럼 더 깊이 들어가지도 못한다. 시점이 점점 멀어지며 조그만 점이 된 내가 보인다. 멀리서 보니 사람인지 두더지인지 개미인지 플라나리아인지도 모르겠고, 더 심각한 건 내가 판 흙이 다시 흘러내려와 결국 제자리만 파고 있는 꼴이란 거다. 실험실의 투명한 플라스틱 통에 감금된 개미처럼 나는 거대한 통유리에 담겨 있다. 그럼 뭔가. 아무리 열심히 땅을 파도 내가 닿을 곳은 결국 통유리의 끝에 불과하단 소리 아닌가. 차라리 파고들어간 자리에서 용암이 분출되는 게 낫지! 넓적한 손이 점점 쪼그라든다. 손과 함께 몸도 사정없이 쪼그라드는데, 먼지처럼 작아진 나의 어깨를 누군가가 톡톡톡톡톡 건드린다. 돌아보고 싶지만, 세상에서 가장 작은 존재가 되어버린 터라 고개 한 번 돌리기도 힘들다. 톡톡톡톡톡은 멈추는 대신 점점 더 세진다. 어깨와 목이 분리될 것처럼 아프다. 톡톡톡톡톡. 톡톡톡톡톡. 톡톡톡톡톡.

아. 씨!

소리를 지르며 고개를 번쩍 든다.

쉼 없이 울리는 책상 위의 전화기. 무성의하게 내 어깨를 두드리며 나를 깨우던 옆자리의 동기가 얼른 손을 거두고 파티션 너머로 얼굴을 감춘다. 수화기를 통해 들려오는 실장 목소리. 잠깐 들어오란다. 황급히 수화기를 내려놓고 옆자리의 동기를 슬쩍 훔쳐본다. 채팅을 하던 동기가 잽싸게 창을 닫는다. 그리고 굉장히 기분 나쁜 표정으로 나를 본다.

그래도 깨워준 게 어디야.

머리를 쓸어 넘기며 생각한다. 실장이 문을 박차고 나와 하이힐로 내 등짝을 후벼 파기 전에 내 어깨를 수십 번이나 두드려준 게 어딘가. 물론 전화벨 소리가 너무 시끄러워서 그런 것이겠지만. 어쩌면 동기는 오늘 벌금을 내야 할지도 모른다. 어쨌든 나를 도와줬으니까. 하지만 아주 적은 양의 벌금을 내겠지. 나와 대화를 나눈 것은 아니니까.

통유리의 문을 열고 들어가 책상 앞에 열중쉬어 자세로 섰다. 이상하게 상사 앞에 설 때는 꼭 이런 자세를 취하게 된다. 치마를 입고 있어도, 높은 구두를 신고 있어도 마찬가지다. 손을 주머니에 넣자니 버릇없어 보일 것 같고 다소곳이 앞으로 모으자니 왠지 비굴해 보일 것 같으니까, 나도 모르게 손을 뒤로 감추는 것이다. 손이 뒤로 가니 발은 자연스럽게 살짝 벌어진다. 우스꽝스러울 수도 있지만, 버릇이라 고치기도 힘들다. 실장은 나를 빤히 쳐다볼 뿐 별다른 말을 안 한다. 하긴, 할 말도 없을 것이다. 말단 사원인 내게 따로 시킬 일도 없거니와 내가 무슨 일을 하는지도 모를 테니까. 나를 보면서, 쟤는 뭔데 저 자리에 앉아 월말이면 꼬박꼬박 내 돈을 갉아먹는 거지? 이런 생각이나 하겠지. 실장의 눈치를 살피다가, 텅텅텅, 기침을 했다. 실장은 손으로 입을 막고 기침이 끝날 때까지 기다렸다가 무얼 하고 있었느냐고 묻는다. 나는 사보에 실을 사진을 고르던 중이라고 대답했다.

엎드려 있었잖아.

알면서 왜 묻지? 나는 대답 대신 실장이 쥐고 있는 마우스만 집요하게 쳐다본다.

밤에 뭐하고 회사 와서 자나. 그것도 아침부터.

실장이 긴 손톱으로 책상 유리를 톡톡 친다. 죽어도 어디 아프냐고 물어보지 않는 실장의 심보는 뭘까. 한 번이라도 그렇게 물어봐주면 어디 덧나나. 어쩌면 실장도 다른 사원들과 한편인지 모른다. 아니, 한편은 아니더라도 나를 걱정하고 위로하면 벌금을 내자는 약속엔 동참했는지도.

죄송합니다.

라고 말했다. 달리 할 말이 없었다.

정신 차려. 돈이 남아돌아 월급 주는 거 아니니까.

모니터를 보며 마우스를 몇 번 딸각거리던 실장이 손에 쥐고 있던 커피 잔을 내민다. 엉겁결에 커피 잔을 받아들었다. 뭐지. 티타임이라도 갖자는 건가. 평소에도 눈치가 없다는 말을 꽤 들었는데 정말, 어디 가서 사거나 배울 수도 없는, 태생적으로 없는 그것 때문에 나는 자주 야단맞고 무시당하고 따돌려졌다. 눈치 없는 스스로를 너무 의식하다 보니, 상대가 어떤 말이나 행동을 할 때마다 커다란 손아귀가 머릿속으로 푹 들어와 뇌를 꽉꽉 움켜쥐는 것 같았다. 상대의 행동엔 분명 어떤 의미가 있다는 강박과, 여기서 뭐라도 해야 하는데 뭘 해야 할지 모르겠다는 무력감과, 뒤이어 닥쳐올 비난이나 치도곤에 대한 두려움이 촤르르륵, **빳빳한 종잇장**처럼 넘어갔다.

커피 잔을 쥔 손이 나도 모르게 바르르 떨린다.

뭐해?

실장이 눈을 치뜨며 쏘아붙였다.

네?

실장의 눈이 유리문 옆 탁자에 놓인 커피메이커를 가리킨다. 허둥대며 커피를 따라 와 실장에게 건네준 뒤 돌아서서 통유리를 나서는데, 하여튼 어쩌고저쩌고 하는 실장의 비난이 머리카락을 쫙쫙 잡아당긴다.

내 자리엔 통유리를 비춰보던 손거울만 덩그러니 놓여 있다. 사원들은 채팅으로 오늘 점심은 어디에서 먹을 건지 정하고 있을 것이다. 언제나 그렇듯, 난 혼자 먹어야겠지. 열은 내릴 줄 모르고 기침은 멎을 줄 모르고. 이대로 쓰러지기라도 하면 좋겠지만 쓰러진다고 뭐가 달라지겠나. 아무도 나를 일으켜 세우거나 업어주지 않을 것이다. 서로 눈치나 보면서 모르는 척하겠지. 쇼하는 거라고 코웃음이나 치겠지. 그러다가 내가 끝내 일어나지 않으면, 치우긴 치워야 할 테니까 119 정도는 부를지도 몰라. 저거 무슨 전염병 걸린 거 아냐? 신종플루 같은 거 묻히고 들어온 거 아냐? 그런 말들이나 하면서. 과장이 심하다고? 피해의식이라고? 설마 그렇게까지 하겠느냐고?

그래, 나도 이게 그저 과대망상에 피해의식이라면 좋겠다. 정말 좋겠다.

WINDOW

12시가 되자마자 사람들은 사무실을 빠져나가고, 나는 비로소 아주 편한 자세로 책상에 엎드린다. 점심시간에 약국에 가서 약을 사 먹을까 생각도 했지만 약을 먹으려면 밥을 먹어야 하고, 약과 밥을 함께 먹으면 오후 내내 졸음을 이기지 못해 의자에 앉아 헤드뱅잉을 하고 있어야 할 게 분명하고, 그럼 또 실장은 나를 시도 때도 없이 불러댈 거다. 그럴 바엔 차라리 잠을 좀 자두자.

오늘은 다들 어디에서 밥을 먹을까.

언제나 그들과 같은 식당에 들어가지 않기 위해 조심해야 했다.

전에 한번, 그들이 먼저 들어간 식당에 멋모르고 뒤늦게 들어가 같이 점심을 먹어야 하는 참담한 상황에 놓인 적이 있었다. 그때 그들은 밥을 먹는 내내 정말이지 단 한마디의 말도 하지 않았다. 너무 어색하고 불편해서 나는 굉장히 급하게 밥을 먹었고, 덕분에 종일 화장실에 들락거리느라 실장에게 괜한 욕을 들어야 했다.

이곳은 세 번째 직장이다. 대학을 졸업한 뒤 처음 한 일은 간판 디자인인데, 규모가 작고 사원이라곤 네 명에 불과한 곳이었다. 사장은 주말에건 밤에건 시도 때도 없이 일을 시켰고, 야근을 하지 않으면 불성실하고 나태한 사람으로 간주했다. 그러니까 할 일이 없어도 최소한 밤 열 시까지는 회사에 엉덩이를 붙이고 있어야 했는데, 야근 수당이 있는 것도 아니었고 저녁을 주지도 않았다. 처음엔 사회생활이 다 그렇겠거니 생각하면서 버텼다. 하지만 매일 점심과 저녁을 사먹느라 월급의 절반이 식비로 나갈 판이었고 저녁을 굶자니 배가 고파 견딜 수가 없었다. 허기보다 더 참을 수 없었던 건 사장의 노골적인 무시와 희롱이었지만.

두 번째 직장은 전단지 디자인을 맡아 하던 곳이었다. 그곳에서도 나는 왕따였다. 아직도 이유는 모르겠다. 다만, 내가 직장을 그만둘 때 선배가 인심 쓰듯 해주던 말은 기억한다.

너, 너 혼자 착한 척하겠다고 사장이 던져주는 일을 상황 생각도 안 하고 다 받아 하면, 그럼 그 일폭탄이 다른 사람한테도 떨어질 거라는 생각 안 해봤어?

아, 그런 이유가 있었단 말인가. 하지만 나는 선배의 말을 이해할 수 없었다. 뭐 그 정도로 나를 따돌리나. 그런 문제라면 따돌리기 전에 말해줄 수도 있을 텐데. 말해주면, 내가 짐승도 아니니까 다 알아듣고 고쳐볼 수도 있을 텐데. 게다가 사장이 주는 일을 못 하겠다고 하는 것도 좀 그렇다. 그럼 나만 욕먹는데. 굳이 막내인 내가 나서서 할 말인가, 그게. 또 그런 문제라면 내가 아니라 사장을 미워해야 하는 것 아닌가. 결국 나는 선배의 말을 다른 식으로 이해해버렸다.

내가 제일 만만하니까 나한테 화풀이하는 거지.

사장은 원폭 투하하듯 일을 시키고, 그런 사장에게 대놓고 반항은 못하겠고, 그렇지만 화는 나고, 그러니까 누군가에게 명목상 책임을 떠넘기고 화를 내야겠는데 저기 구석에 처박혀 있는 애가 보이고, 만들다 만 두부처럼 생긴 주제에 별 불만 없이 사장이 주는 일을 꾸역꾸역 다 해내고 있고. 나는 그런 식으로 당첨된 거다.

괜찮지 않아도 괜찮다고 해야 하고, 할 수 없어도 하겠다고 해야 하며, 웃고 싶지 않아도 웃어야 하고, 내 방식과 기분이 아니라 조직의 그것을 따라야만 하는 게 이 사회의 도덕이자 상식이었다. 틈을 비집고 들어가 많은 말을 해야 하고, 많이 본 척, 경험한 척, 아는 척, 아, 그거요? 까르르르르. 어머, 세상에. 그거 완전 멋지지 않아요? 라고 발랄하고 똑 부러지게 대꾸해야만 하는 적절한 타이밍. 그 타이밍과 다이밍 사이에서 꺽꺽, 기압과 중력이 완전 딴판인 별에 불시착한 외계인처럼 나는 숨조차 제대로 쉴 수 없었다.
　세 번째 들어온 이곳에서만큼은 그런 존재가 되고 싶지 않았다. 만만해 보이지 않기 위해 이기적이고 눈치 빠른 사람이 되려고 애썼다. 실장이 일을 시키려고 하면 무조건 바쁜 척했고 일을 분담해야 할 때도 가장 쉬운 일을 차지하기 위해 안간힘을 썼다. 회사에 들어온 후 처음 갖는 회식 자리에서였다. 식당에 들어가 자리를 잡고 앉자마자 수저통에서 내 몫의 수저를 꺼내 내 앞에 가지런히 놓았다. 사람들은 아무도 자기 수저를 챙기지 않았다. 밥이 나오면 알아서들 챙기겠지 생각하다가, 내가 챙겨주길 기다리는 건가? 잠깐 의심해보기도 했다. 나는 그들의 기대를 모르는 척 오직 내 수저만 사수했다. 당해봐서 아는데, 그렇게 사소한 일에라도 한 번 쉬운 애로 찍히고 나면 사람들은 대놓고 나를 이 일 저 일에 막 부렸다. 원래 그런 일이나 하는 사람인 양.
　고기가 나올 때까지도 그들은 빈손으로 앉아 내 옆의 수저통만 쳐다봤다. 왠지 나를 시험하는 것 같았다. 네가 하나 안 하나 두고 보자. 모두의 눈빛과 숨소리가 그런 식으로 읽혔다. 그럴수록 더 혼란스러워졌다. 그런 건 당연히 신입의 일이라고 생각하는 그들의 오만과 거만도 싫었고 그런 그들을 의식하면서 안절부절못하는 스스로가 너무 못마땅했으며 은근히, 오기가 생기기도 했다. 만만하게 보이면 안 된다는 생각이 커다란 암초가 되어 머릿속을 꽉 채웠다. 기다리다 못한 오 선배가 못마땅한 표정으로 수저통을 옮기다가 내 앞의 물컵을 엎어버렸다. 사타구니 쪽으로 쪼르르르 물이 흘러내렸다.

에이 씨. 뭐야, 이게.

뜻대로 돌아가지 않는 상황이 거북하고 불편해서 나온 탄식이었지만, 아무도 내 욕을 그런 식으로 들어주지 않았다. 사람들은 어이없어하며 헛기침 비슷한 걸 했다. 식사를 마치고 들어간 호프집에서 상황은 더 악화되었다. 나는 아무에게도 술을 따르지 않았고 억지로 웃거나 맞장구치지 않았으며 상사의 냅킨이나 물 따위를 챙겨주지도 않았다. 젊은 사람이 그렇게 약아빠지게 살면 안 된다고 몇몇 선배가 충고 비슷한 비난을 퍼부었다. 제대로 소화되지 않은 음식물이 식도를 통해 계속 역류하는 게 너무 불쾌했던 나머지, 나는 퉁명스럽게 대꾸했다.

왜 나한테만 그래요? 내가 뭘 그렇게 잘못했는데?

그날부터 나는 벌레가 됐다. 다른 이유는 없다. 세련되지 못해서다. 남들은 세련되게 이기적인데, 나는 눈치도 없고 촌스럽다. 그렇다고 계속 상처만 받고 있을 수도 없다. 그들이 나를 무시하든 말든 신경 쓰지 않으면 된다. 지금 이 순간에도 그들이 나를 어떤 반찬으로 만들어 씹어 먹고 있을지…… 궁금하지도 않다. 비겁하고 옹졸한 사람들이다. 오죽 할 일이 없고 심심하면 나 같은 애를 따돌리고 욕하면서 뿌듯해하고 즐거워하겠나. 그들은 나를 하찮은 존재로 만든 뒤 우월감과 안도감을 느끼는 게 분명하다. 그러니까, '내가 쟤보다는 낫잖아' 같은 유치한 심사로.

하지만.

괴롭지 않은 건 아니다.

겨우 견디고 있다.

어딜 가나 마찬가지일 거란 생각도 들고, 여기서 지면 안 된다는 오기도 생기고, 다른 직장을 구하기도 힘들고, 더럽고 치사하지만 사는 게 다 그런 거라던데……. 진짜 그럴까. 오선배도, 옆자리 동기도, 유치한 아부나 부릴 줄 아는 정과장이나, 설마, 실장마저도 나처럼 체념하고 견디는 중일까. 고비사막이나 남극 같은 데에도 왕따란 게 있을까? 사람도 별로 없고, 살아남는 게 가장 중요한 문제인 그런 곳에서도 사람들은 서로를 따돌리고 무시하고 패를 나누고, 그렇게들 살까. …… 하긴, 이곳이라고 사막이나 남극과 다를 건 또 뭐가 있겠나.

엎드린 자세로 한동안 모니터만 바라보다가 인터넷 연결 아이콘을 클릭한 뒤 주소창에 몇 개의 블로그 주소를 친다. 그런 것을 통해 좋아했던 남자나 잊고 지내던 동창들의 사생활을 엿본다. 비공개로 해놓지 않는 이상 그들이 요즘 무슨 일을 하며 어떻게 살고 있는지 쉽게 알아낼 수 있다. 요즘은 샘나는 친구의 블로그를 그런 식으로 엿본다. 그녀와 따로 연락을 주고받지 않아도 그녀가 만나는 남자나 먹은 음식이나 주말에 다녀온 여행 따위, 다 알 수 있다. 모니터 속 그녀는 언제나 행복해 보인다. 기죽지 않고, 실패하지 않는다. 예쁜 음식만 먹고 세련된 데이트만 하고 유행하는 책과 영화만 보며 넘치는 사랑을 받는다. 나도 그녀처럼 당당하고 폼 나게 살고 싶다. 타인의 사생활을 엿보다 보면, 그렇다. 거대한 질투심이 끓어오르고 덩달아 내 삶이 남루해져 괴롭다. 괴로워하면서도 나는 열심히 그들의 블로그를 드나들며 방문자 수를 늘린다.

어쩌면, 그녀의 불행을 기다리고 있는지도 모른다.

하지만 불행도 예쁘게 포장하면 그럴듯한 시련이 될 테고 그녀의 이웃들은 기다렸다는 듯 갖가지 응원 메시지를 보내겠지. 그럼 나는 그녀의 시련마저 부러워하게 될 것이다. 공개하는 불행은 진짜 불행이 아니다. 내가 나의 왕따 처지를 인터넷에 공개하지 않는 것처럼.

문득 옆자리 동기의 사생활은 어떤지 궁금해진다. 동기의 모니터를 들여다본다. 작업표시줄에 축소된 메신저가 깜빡거린다. 창을 닫는 걸 깜빡한 걸까. 축소된 대화창을 클릭한다.

사무실 사람들과 주고받은 대화가 조그맣게 뜬다.

창 가득, 내 욕이다.
밑으로
밑으로

더 밑으로
스크롤을 아무리 내려도

온통 내 얘기뿐이다. 나는 눈치 없고 이기적이고 촌스럽고 뻔뻔하고 싸가지 없고 무식하고 불필요하고 무능력하고 왜 사나 싶은데 왜 죽지도 않을까 싶고 뚱뚱하고 냄새나고 더럽고 역겹고 당장 뒈져버려 이 걸레 같은 년!

가만히 손을 들어 땀인지 눈물인지 모를 것을 닦는다. 이러다 내 열에 내가 타 죽겠다. 왼손으로 이마를 짚어본다. 손거울에 비치는 건 오미자보다 더 빨갛게 달아오른 얼굴. 작업표시줄에 있는 동기의 작업파일에 눈이 간다. 작업파일이 들어 있는 폴더를 찾아 마우스 오른쪽에 손가락을 올려놓고 손톱으로 톡톡톡톡. 동기가 내 어깨를 두드린 것처럼 톡톡톡톡. 적막한 사무실엔 시계 바늘 소리만 이리저리 오간다. 메신저 대화창의 '자존심도 없나봐' 란 글자가 뾰족한 칼끝이 되어 내장을 들쑤신다. 폭탄 스위치를 누르듯, 클릭. 모든 폴더의 내용을 삭제하시겠습니까? 클릭. 더불어 중요한 파일이 들어 있을지 모를 다른 폴더도 모두, 삭제하시겠습니까? 클릭. 잠깐. 휴지통을 비우셔야죠. 클릭. 클릭. 클릭.
휴지통을 비운다.
얇은 종이를 넘기다 손 베는 소리가 난다.

자리를 옮겨 다른 사람들의 컴퓨터에도 손을 댄다.

가방을 들고 사무실을 나서려다 실장실의 통유리에 비친 나를 잠깐 쳐다본다. 당장 뒈져버려도 시원찮을 걸레 같은 년이 부스스한 몰골로 질질 울고 있다.

춤이나 노래를 배워볼까, 생각해본 적도 있다. 사람들은 춤 잘 추고 노래 잘하는 사람을 좋아하니까. 소녀시대 동영상을 틀어놓고 옥탑방 창을 모두 잠근 뒤 혼자서 이불을 뒤집어쓰고 꽥꽥 노래를 부르거나, 어설픈 웨이브 같은 걸 연습해보기도 했다. 하지만 소녀시대의 소녀들은 나와 베이스부터 달랐다. 팔이나 다리 길이도 그렇고 얼굴 크기나…… 무엇보다 '나는 사랑스러워'라는 자신감…… 같은 기본적인 마인드가 공룡과 초파리의 위장 크기만큼 달랐다. 게다가 아무리 노래와 춤을 연습한다 해도 그걸 보여줄 기회도 장소도 없었다. 회식이 있어도 은근히 나를 따돌리니까. 그렇다고 사무실에서 느닷없이 일어나 엉덩이를 흔들며 노래를 부를 순 없지 않나.

내가 고양이나 개였다면, 그러니까 그들과 다른 종족이었다면 어쩌면 그들도 나를 좋아했을 것이다. 내 성격이나 외모나 지위가 어떻든 아껴주고 보살폈을 것이다. 꼬질꼬질한 나를 보고 동기가 어머 예뻐라 하고 호들갑을 떨면, 다른 여사원들도 줄줄이 비엔나처럼 어머 가여워라, 어머 귀여워라, 어머 깜찍해라. 그랬을 것이다. 길을 떠돌다가 출근하듯 사무실에 들어서면, 기특한 고양이라며 쓰다듬어주고 밥 주고 내 자리를 마련해주면서 날마다 나를 기다렸겠지. 그러다 하루라도 들르지 않으면 왜 안 오나. 어디 다친 건 아닐까. 나쁜 사람한테 해코지라도 당했으면 어쩌나. 걱정을 곱빼기로 했을 것이다. 하지만 나는 개도 고양이도 거북이도 원숭이도 아닌, 그들과 똑같은 인간이다. 때문에 그들은 나를 따돌리고 경멸하고 욕하고 미워한다. 내가 곧 자기니까. 쓰레기에 걸레에 곧 뒈져버릴 년이라고 치부해버린 내가 바로 자기랑 똑같은 인간이니까.

　실장실의 서랍을 뒤져 내 이력서와 자소서를 찾아 가방에 집어넣은 뒤 실장의 컴퓨터를 훑어본다. 얘는 진짜 하는 일이 없네. 헛웃음이 터진다. 폴더엔 미드 동영상이나 영화 파일 뿐이다. 컴퓨터를 아예 포맷해버릴까 생각하다가 모든 게 귀찮아져 컴퓨터에 암호를 건다. 암호명은, (실장 하이힐 한 켤레 값보다 못한) 내 월급 액수로 설정. 실장실을 나오면서 통유리 아래에 진열되어 있는 수십 켤레의 하이힐을 지근지근 밟는다. 굽이 거의 부러질 만큼, 하지만 금세 부러지진 않을 만큼만.
　유리문을 열고 나오는데 나도 모르게 손에 힘이 들어간다.
　쩍.
　통유리가 갈라진다.

창문

회사를 나선 뒤 곧장 집으로 왔다. 병원도 약국도 목욕탕도 마트도, 모두 여권을 만들어 비행기라도 타야 갈 수 있는 곳처럼 멀게만 느껴졌다. 집에 남은 라면이 있을까. 집에서 밥을 먹어본 지도 꽤 오래됐다. 언제나 야근을 했고 휴일엔 거의 안 먹고 버텼다. 버티고 버티다 저녁이 되면 라면을 끓여 먹었다. 일하지 않는 날엔 하루 한 끼로 만족하자고 생각했는데, 대체 왜 그런 생각을 하고 살았는지 모르겠다. 먹는 게, 죄를 짓는 일처럼 느껴졌다. 누군가와 다정하게 앉아 한술, 한술 밥을 먹으며 소소한 이야기를 나누었던 게 언제였던가. 까마득하다. 신석기였나? 트라이아이스기? 아무튼, 기억하기엔 지나치게 오래전 일이다.

동네 골목길은 세 사람이 지나가면 한 뼘 정도의 틈이 남을 만큼 좁다. 좁은 길을 사이에 두고 집들은 오래된 옷장 속의 낡은 옷처럼 켜켜이 쌓여 있다. 뒷집의 일층과 앞집의 이층끼리 마주 보는 주택만 수십 채다. 내 방은 골목 모서리의 옥탑이다. 사방이 창이고, 사방이 집이고, 사방에 사람들이 살고 있는데 아무도 나를 모른다는 게 기이하게 느껴진 적도 있다. 조그만 창문에 붙어 서서 남의 집을 엿보다가 아, 저 집. 오늘은 빨래를 했구나. 그 정도 생각을 했다. 창을 밝히던 불이 꺼질 때면, 자려나보다. 섹스는 하고 잘까. 그런 생각도 했고. 남자 옷만 걸려 있던 집에 하얀색 브래지어나 55사이즈의 티셔츠가 걸려 있거나, 깊은 밤 까만 창으로 파란 빛이 새어 나오는 것을 보면서 그들의 사연을 짐작했다. 젊은 남녀가 손을 잡고 반지하방으로 들어갈 때면 까치발을 하고 반가운 소식을 기다리듯 그 창에 불이 켜지기만을 기다렸다. 가만, 귀 기울이면 두 사람의 다정한 말소리와 웃음소리를 들을 수 있을 것 같았다.

동네 슈퍼에서 사온 컵라면을 들고 창가에 선다. 나무젓가락으로 면을 휘휘 저으며 사람들의 창을 둘러보다가 내 방을 돌아본다. 깜깜한 방. 구석기의 동굴처럼 아주 오래된, 이제 막 마주한 듯 낯선 방. 불을 켜둘까, 잠시 생각하다 작은 스탠드만 켠다. 불 켜진 타인의 창과 그 안의 사람들을 볼 때마다 새삼스레 깨닫곤 했지. 아, 저기에도 사람이 사는구나. 누군가도 내 방을 보며 그런 생각을 할까. 그들도 나처럼, 공개할 수 없는 하루치의 불행을 탈탈 털어 옷장에 개켜 넣으며 하루하루를 살고 있을까.

뜨거운 라면 줄기를 간신히 넘기며 나란 인간이 존재하기 위해 드는 최소한의 돈을 셈해본다. 월세 45만 원. 공과금 대충 7만 원. 하루 한 끼만 먹는다 해도 한 달에 15만 원 가량. 쓰레기봉투나 샴푸, 비누 등을 사는 데 드는 돈 대충 5만 원. 전화 걸 데도 없고 올 데도 없으니 휴대폰은 해지해버릴까. 조직에 들어가지 않고 내가 앞으로 버틸 수 있는 시간은 대략……

다시 일을 구해야겠지.

그럼 또 왕따가 될까. 회사 사람들은 나를 실컷 욕하고 있을 거다. 할 얘기들이 얼마나 많겠는가. 하지만 곧 심심해지겠지. 나를 욕하다가도 허탈해질 거다. 두고 보라지. 사이사이의 침묵에서 문득, 두려움을 느낄 것이다. 또 다른 누군가를 나처럼 만들어야 할 테니까. 순서는 돌고 돌 것이다.

컵라면을 다 먹고 담배에 불을 붙이려는데, 건너편 아랫집 창으로 두 사람의 모습이 언뜻 비친다. 서로의 입술을 물고 몸을 만지며 남자는 옷을 벗느라, 여자는 커튼으로 손을 뻗느라 정신이 없다. 불투명한 창 너머로 여자의 브래지어가 새하얗게 빛난다. 남자의 성기는 빨갛고 커다랗게 달아올랐을 것이다. 바닥에 눕지도 않고 벽에 붙은 채로 서로의 몸을 핥아댄다. 뒤늦게 드러난 여자의 가슴이 사랑스럽다.

사랑스럽다니.

담배 연기를 길게 내뿜으며 그 감정을 곱씹는다. 이제 막 섹스를 시작한 그들의 가슴처럼, 나의 가슴이 뛴다. 입엔 한가득 침이 고인다. 마치 그들과 한 몸이 되어 섹스를 한 것처럼 영혼이 흥분되고 부끄러우면서도 질투가 난다. 내 가슴을 내려다본다. 옷을 걷어 올리고, 작은 가슴을 두 손으로 만진다. 내게도 가슴이 있다. 내게도 성욕이 있으며 나도, 느낄 줄 안다. 당연한 그 사실을 너무 오랫동안 잊고 살았다. 손가락으로 젖꼭지를 살살 문지른다. 처박아뒀던 감각이 서서히 차오른다. 눈을 감고 한 손을 팬티 속에 넣으며 가슴을 꽉 움켜잡는데 문득, 나를 응시하는 수십 개의 눈동자가 느껴진다. 누군가 나의 창을 엿볼 것을 상상하자 극심한 불안과 공포가 몰려온다. 급히 창을 닫고 바닥으로 몸을 낮춘다. 이불로 몸을 돌돌 싸맨 채 신경 쓰지 말자고 몇 번씩 되뇐다. 걱정 마. 망상일 뿐이야. 알잖아. 아무도 날 신경 쓰지 않는다고.

하지만.

내가 섹스하는 남녀를 엿볼 때, 누군가는 그런 나를 엿봤을 것이다. 저렇게나 많은 창이 있는데, 나처럼 남의 창을 엿보는 사람이 어디 한둘이겠는가. 그 생각을 하자 치가 떨린다. 급히 스탠드 불을 끈다. 다시는 남의 창을 엿보지 않을 거다. 저곳에도 사람이 살고 있다는 생각 따위, 절대 하지 않을 것이다. 커튼을 치고 집 안의 문을 꽁꽁 잠근다. 아무리 딴 생각을 하려 해도 온몸에 벌레가 기어 다니는 것처럼 끔찍하고 징그러운 느낌은 좀처럼 사라지지 않는다.

손톱을 세워 벽을 긁는 소리가 들린다. 가방 속에 든 휴대폰 진동음이다. 실장 번호가 뜬다. 받지 않고 끊길 때까지 기다린다. 휴대폰 액정엔 부재중 전화 아홉 통이라는 표시가 뜬다. 모두 회사 번호다. 오후부터 한두 시간 간격으로 계속 전화를 한 모양이다. 다시 전화가 올까 봐 휴대폰 배터리를 분리해놓는다. 낮에 보았던 메신저 대화가 생각난다. 나를 욕하는 그들의 말투와 행동까지 하나하나 그려진다. 잠잠했던 열이 다시 오르려는지, 몸 안에서부터 한기가 퍼진다. 넓은 가슴을 가진 사람이 내 옆에 누워 나를 꼭 안아준다면, 내 숨소리를 들으며 내 건강을 걱정해준다면 금세 열이 내릴 것만 같은데. 옥탑 계단을 오르는 묵직한 발소리가 들린다. 온몸의 잔털이 와륵 솟는다. 환청인가? 손바닥으로 두 귀를 꾹꾹 누른다. 누군가 현관 앞에 서서 내 방을 엿보는 것만 같다. 섹스하는 연인을 엿보는 나를 엿보며, 저 여자 한번 따먹어볼까? 그런 생각으로 여기까지 찾아온 사람인지도 모른다. 불투명한 창 너머로 까만 물체가 스쳐 간다. 문을 잠갔던가. 아니, 유리를 깨면 그만이다.

눈을 들어 창문을 본다. 불과 몇 발자국 너머에 수십, 수백 명의 사람이 살지만 나를 도와줄 사람은 아무도 없다. 모두들 잠을 자거나, 텔레비전을 보거나 섹스를 하거나 공부를 하거나, 그러고들 있겠지. 나를 엿보고 내가 엿봤던 그 많은 사람들은 지금 어디에 있나. 왜 이 순간엔 아무도 나를 엿보고 있지 않나. 아니, 엿보면서도 모르는 척하는 걸까. 피자 조각을 입에 물고 케이블 티브이의 페이크다큐를 보듯 내 삶을 구경하는 중일까.

창밖으로 검은 그림자가 어른거린다. 바람일까. 얽히고설킨 전깃줄. 구름이 지나가는 흔적일까. 귀신이라도, 괴물이라도 좋으니 사람만은 아니길. 급히 자리에서 일어나 불을 켜고 컴퓨터의 전원 버튼을 누른다. 오래된 컴퓨터에선 끼리릭, 끼리릭. 이상한 소리가 난다. 바탕화면이 뜨자마자 인터넷 아이콘을 클릭한 뒤 아무

동영상이나 찾아 튼다. 웃든 노래하든 춤추거나 떠들거나 욕하든, 뭐라도 나와 함께 있음을 느끼고 싶다. 비록 그것이 손에 닿지 않는, 네모난 창 속 0과 1의 세계일지라도.

소녀시대 동영상이 뜬다. 한두 명도 아니고 아홉 명이다. 아홉 명의 소녀가 두 손 가득 먹을 것을 사 들고 옥탑에 놀러오는 상상을 한다. 너무 비좁아 앉을 자리도 없지만 소녀들은 까르르 까르르. 나를 위해 웃어준다. 싱크대 앞을 서성이며 그릇을 꺼내고 만두를 굽고 김치전을 부치며 또다시 까르르 까르르. 나 대신 회사 사람들을 욕해주고 '네 탓이 아니야'라고 말하며 어깨를 다독여준다. 귤을 까주고 유자차를 타주며 얼른 나아서 같이 놀러 다니자고 말한다. 열 명이 됐으니 우리도 계를 하자! 한 소녀가 외친다. 한 사람이 한 달에 만 원씩만 내도 다 합하면 10만 원. 일 년이면 120. 그 돈으로 다 같이 여행을 가는 거야! 소녀들은 박수를 치고 또 까르르 웃는다.

아홉 명의 친구를 갖는다는 건 도대체 어떤 기분일까. 이불 속에 몸을 파묻고 모니터를 멍하니 쳐다보며 생각한다. 낡은 이불 위로 짠물이 뚝. 뚝. 떨어진다. 내 발 아래, 나보다 작은 아이의 방에도 도둑이든 강간범이든, 위험한 누군가가 칼을 들고 들어가는 중이라면. 혼자 사는 할머니가 마지막 숨을 내쉬는 중이라면. 누군가 조용히 꺼져가는 울음으로, 외롭다고 낮게 중얼거리고 있다면. 아홉 명의 소녀와 함께 그들을 찾아가 내 친구들을 소개하고

(우린 같이 계도 하는 사이예요!) 웃고 먹고 마시고 떠들다 보면 (자 모두 다 같이) 슬픔 이젠 안녕. 버퍼링이 심해 춤과 노래가 뚝뚝 끊긴다. 뚝뚝 끊기는 노래를 마디마디 따라 부른다. 조금만내 게친절하 면어때 무뚝뚝 한말투너 무아파난 이런게익 숙해져 가는건정 말싫어 속상해다. 다. 다. 다다다하면서 나도 모르게 어깨를 이리저리 움직인다. 너때문 에내마음 은갑옷입 고 이젠내 가맞서줄 게네화 살은 트러 블트 러블트러 블나 를노렸 어. 불투명한 창을 흘금거리며 너는 슛슛슛 하는 순간, 검은 그림자가 창문 위로 불쑥 솟아오르고 와장

창. 창이
깨진다.

좌담

사소하고 위대한
오늘의 질문들

고명철

노지영

서영인

장성규

사회_ 서영인
2000년 《창작과비평》을 통해 평론 활동을 시작했다. 《실천문학》 편집위원이며, 저서 《충돌하는 차이들의 심층》, 《타인을 읽는 슬픔》 등이 있다.

고명철
1998년 《월간문학》을 통해 평론 활동을 시작했다. 광운대학교 국어국문학과 교수로 재직 중이며, 《리토피아》, 《리얼리스트》 편집위원이다. 저서 《'쓰다'의 정치학》, 《뼈꽃이 피다》, 《잠 못 이루는 리얼리스트》 등이 있다.

노지영
2010년 《시인》, 《내일을 여는 작가》 등을 통해 평론 활동을 시작했다. 《리얼리스트》 편집위원이다.

장성규
2007년 〈경향신문〉을 통해 평론 활동을 시작했다. 《실천문학》 편집위원이며, 저서로 《사막에서 리얼리즘》, 《그래서 우리는 소설을 읽는다》(공저) 등이 있다.

사소하고 위대한 오늘의 질문들

서영인_ 반갑습니다. 오늘 좌담은 《포맷하시겠습니까?》에 수록된 작품에 대한 전체적인 인상을 간략하게 이야기하는 것으로 시작하면 좋겠네요.

제가 먼저 말씀을 드리자면 민족문학연구소에서 여러 차례 논의 끝에 김미월, 김사과, 김애란, 손아람, 손홍규, 염승숙, 조해진, 최진영, 이렇게 총 여덟 작가들의 작품을 선정했습니다. 선정 과정에서 한국문학에서 활발히 활동 중인 젊은 세대, 특히 지금의 20대에서 30대 초반에 속하는 독자들이 공감할 수 있는 내용을 잘 보여준 작품들에 주목했습니다. 이 책에 수록된 작품들이 전반적으로 20대 사회 초년생들이 느낄 만한 일종의 상실감이나 불안감 같은 것들을 배경으로 하고 있는 이유이기도 합니다.

흥미로운 점은 일반적인 평단의 평가와는 달리, 이들 작가들이 의외로 사회적 문제나 동세대의 현실에 대해 굉장히 개성적이면서도 독창적인 목소리를 지니고 있다는 것이었어요. 그간 우리 문학에서 젊은 작가들을 조망하는 방법이 지나치게 미학적이거나 아니면 일종의 문학주의적인 방식에만 국한되었던 것은 아닌가, 그래서 이들 젊은 세대에 해당하는 작가들의 목소리를 제대로 표현하기보다는, 오히려 그 온전한 의미를 지웠던 것은 아닌가, 하는 부분들에 대해서 반성이 생기기도 했습니다.

먼저 이들 작가들과 동세대에 해당하는 장성규 선생님부터 전반적인 인상에 대해서 이야기해주실까요?

동시대 해석 공동체로서의 소설

장성규_ 굳이 물리적인 세대로 따지자면, 이들 작가들은 대부분 1970년대 후반에서 1980년대 초반 생들에 해당하겠죠. 이들 세대의 경우 세대적 공통 경험의 측면에서 전 세대와는 구별되는 측면이 강해요. 그 이전 세대가 조직적인 학생운동으로 대표되는 대안적인 기획을 경험한 세대인 반면에, 이들 세대는 아이러니하게도 IMF 이후 훨씬 더 악화된 한국 사회의 구조 속에서 젊은 시절을 보냈는데도 불구하고 이를 극복하기 위한 뚜렷한 대안적 프로젝트와 이에 기반을 둔 공통적인 경험은 없었던 세대에 속하겠지요.

그런데 역으로 이런 점들이 오히려 더 강점으로 작용할 수도 있는 것 같아요. 특히 사회적 문제나 동세대의 현실을 표현하는 방식에 있어서, 기존의 다소 획일적인 방식을 지양하고 미학적인 층위에서의 발랄한 상상력이랄까, 이런 것들이 강하게 대두한다는 느낌이 듭니다. 예컨대 이 책에 실린 작품들 대부분이 고전적인 서사 문법으로 보자면 다소 실험적인 경향이 강하다는 느낌도 들고, 또 어떻게 보자면 기존의 좁은 의미의 리얼리즘적인 틀로는 평가할 수 없는 지점들도 있는 것 같아요.

2000년대 이후 이들 작가들에 대한 비평적인 논의들이 상당히 많았지만, 정작 이들 세대가 가지고 있는 사회·경제적인 측면의 특성들에 주목한 얘기들은 별로 없었습니다. 어쩌면 기존의 비평적 논의들이 이들 세대의 작가들을 조망하는 방식으로 주로 미학적인 논의에 집중되면서 이들이 지닌 사회적 문제에 대한 독특한 천착의 실험에 대해서는 다소 간과한 것이 아닌가 싶기도 합니다.

조금만 시각을 다르게 본다면 이들 작가들은 오히려 그런 무거운 문제들을 무겁지 않게 풀어내는 방식으로 굉장히 다양하게 발산하고 있다는 느낌이 들어요. 김애란 같은 경우에는 가벼운 파스텔 톤에 가까운 서술을 통해 20대의 불안정한 위치에 대해 실감을 제공하고 있고, 최진영, 염승숙 같은 경우에는 판타지적인 요소들을 통해서 현실을 환기시키는 방식을 사용하고 있거든요. 저는 이러한 새로운 미학적 실험들이 다양해서 흥미로웠습니다.

노지영_ 저는 신자유주의의 직격탄을 맞은 이들 세대의 작품을 한꺼번에 묶어서 읽는 독서 경험에서부터 우선 이야기를 시작하고 싶어요. 이 책에 실린 작품들을 읽으면서, 독자이면서 작가가 되는 듯한 미묘한 기분에 휩싸였거든요. 동시대의 해석 공동체로서 공감하기도 했고, 독자가 평소에 경험하는 자전적이고 일상적인 현실과 다를 바 없는 텍스트의 현실을 통해서 독자들이 계속 작품을 이어 쓸 것 같은 이야기들이라는 느낌을 받기도 했어요. 뭐랄까, '너의 입으로써 또 나를 말하고 있는 듯한 느낌' 이 많이 들어서 이입이 잘 되는 작품들이었어요.

신자유주의가 비단 경제적인 층위에서만 작동하는 것이 아니라, 텍스트의 층위에서도 작동한다는 생각이 들어요. 점차 매체가 요구하는 획일적인 세계 속에 독자들이 계속 몰입하게 되면서 독서 경험마저도 점차 획일화되는 경향이 있다고 생각합니다. 이런 측면에서 보자면, 우선 세계에 대한 불만과 결핍을 느끼고 있는 잠재적인 독자들이 텍스트들에 잘 이입될 수 있는 계기가 풍성한 작품들이라고 생각해요.

더 중요한 것은 이 책이 독자로 하여금 선행 텍스트로서의 의미를 지닌다는 점, 그러니까 스스로 이야기를 이어 쓰는 독특한 독서 경험을 제공하는 계기가 될 수 있지 않을까 싶습니다. 이를 통해 젊은 세대들이 능동적인 해석 공동체를 형성할 수 있는 텍스트들로도 기능할 수 있지 않을까 싶기도 하네요.

뤼시앵 골드망Lucien Goldmann의 말을 들자면, 타락한 사회에서 타락한 방식으로 진정한 가치를 추구하는 것이 소설이라고 이야기하잖아요. 그런데 저는 이 책에 실린 젊은 작가들이 '타락한 사회에서 정상적인 방식으로 비정상이 되는 이야기'를 아주 잘 그려내고 있다는 생각이 들었어요.

어떤 나름의 꿈을 가지고 처지지 않는 스펙을 가지기 위해서 엄청 노력했고 다른 이들에게 뒤지지 않기 위해서 혹은 만만하게 보이지 않기 위해서 경쟁사회에서 끊임없이 예민하게 촉을 내세우고 있어요. 그렇게 노력하는 인풋input은 매우 치열하고 정상적인데 결과로서의 아웃풋output은 매우 허망하고 허무하고 비정상적입니다. 등장인물들이 비정규직, 비혼자, 비정상인으로 묘사되지요. 이렇게 죽도록 노력해도 비정상인으로서 외로움을 겪을 수밖에 없는가가 이들 화자를 통해 많이 나타나 있습니다.

인간들은 누구나 어떤 관계에 접속되어 살아가지만 끊임없이 집단 따돌림을 당하잖아요. 외로움을 안고 살아가죠. 예전의 소설들이 사회의 대집단과 싸우는 것들을 추구해왔다면 지금의 젊은 작가들은 대집단과 소집단 사이에서 동시에 버려진 개인의 모습들을 관계의 문제 속에서 전면화해서 보여주고 있고, 그런 점들이 매력적이고 현실적으로 느끼게 하는 요인 같다는 생각이 들었습니다.

고명철_ 앞에서 중요한 말씀을 다 해주신 것 같네요. 전반적으로 이 작가들이 요즘의 새로운 경제적·사회적·정치적 변화들에 대한 일종의 풍향계 역할을 해주는 데 손색이 없다는 생각이 먼저 듭니다.
　그러면서 드는 생각 중 하나는 종래의 소설의 역할들이 이 세대의 작가들에 와서 확연히 달라진 부분들이 있지 않은가 하는 점입니다. 이런 부분에 대한 것들이 전반적으로 이번 소설들을 통독하고 난 다음에 생긴 질문들이고요. 또 한 가지 드는 생각은 이들 작가들이 부딪히고 있는 현실들이 결국에는 출구가 막혀 있는 것일 텐데, 막혀 있는 그 속에서 포기할 수 없는 문제들을 붙들고 있는 방식들에 대해서도 상당히 이야깃거리가 풍부하다는 것입니다.

　서영인_ 고명철 선생님께서 지금의 소설의 역할이 달라진 것 같다는 말씀을 해주셨는데, 조금 더 자세히 말씀을 들어볼 수 있을까요?

　고명철_ 어쩌면 너무 낡은 이야기일지도 모르겠지만, 흔히들 소설을 근대 부르주아의 서사시라고 정의하잖아요? 소설을 통해서 우리가 얻을 수 있는 성찰의 지점으로서 시민의 윤리 또는 시민의 교양 같은 가치를 쉽게 버릴 수는 없다고 봅니다. 보다 구체적으로 언어의 물질성을 통해서 당대를 살아가는 사람들이 윤리적 성찰을 수행할 수 있도록 매개하는 것이 기존의 소설이 지닌 역할이 아닌가 싶어요.
　그런데 이러한 기존의 소설의 역할이 여전히 유효하면서도 점차 새로운 역할로 변화하는 징후들이 있는 것 같습니다. 이런 부분들은 기존의 소설들과 이 책에 실린 소설들 간의 대차대조표를 짜보면 상당히 많은 이야기할 점들이 있을 듯합니다. 이런 작업을 통해서 소설의 새로운 역할에 대한 비평적 논의를 발전시킬 수도 있겠지요.

기념비로서의 문학이 하나의 기록을 한다는 것

서영인_ 노지영 선생님께서 말씀해주셨던 해석 공동체로서의 소설이라는 개념과 함께 논의될 수 있겠네요. 이전의 소설들이 작가가 이야기를 다 만들어 제공하고 독자는 그것을 뒤따라가는 형식이었다면, 이제 독자 스스로가 작가와 함께 텍스트로서의 현실을 창조할 수 있게 만드는 가능성들을 보여주는 것이 아닌가 싶습니다. 더불어 고명철 선생님 말씀대로 이런 과정을 통해 소설의 새로운 역할에 대한 논의들이 활성화될 수도 있을 것 같네요.

본격적으로 작품에 대한 이야기를 시작해볼까요? 손홍규의 〈마르께스주의자의 사전〉에서부터 이야기를 시작했으면 좋겠습니다. 〈마르께스주의자의 사전〉의 경우에는 1996년 '연세대 사건'을 배경으로 하고 있습니다.

사실 역사적 사건이라는 게 그 시기가 지나면 기사나 정보로만 등재되는 경우들이 많은데, 그러한 역사적 사건의 실질적인 체험들이 어떻게 작가들의 작품 세계를 구성했는가를 생각해보는 차원에서 이야기를 시작했으면 좋겠어요.

먼저 동세대적인 경험을 간단히 요약한다는 의미에서 장성규 선생님께서 시작해주시죠.

장성규_ 1996년 8월에 있었던 '연세대 사건'을 다룬 다른 작품들과 비교해보면 손홍규의 특징이 잘 드러날 것 같아요. 윗세대인 故 김소진 선생님의 〈신풍근 베커리 약사〉에서 다루어진 적이 있고, 손홍규 그 아랫세대에서는 윤이형이 〈큰 늑대 파랑〉에서 잠시 '연세대 사건'의 전사 前史로 작동하는 1996년 3월 노수석 열사의 죽음과 관련해서 다룬 적이 있지요.

'연세대 사건'을 정점으로 1996년에 있었던 일련의 일들에 대해서 김소진 선생님 같은 경우에는 윗세대가 따뜻한 시선으로 상처를 보듬어주려는 뉘앙스가 강했다면, 윤이형 같은 경우에는 1996년 3월 일련의 열사정국이라고 불렸던 상황에 대해서 큰 틀에서의 문화정치랄까, 이런 관점에서 접근을 했어요.

서영인_ 문화정치라는 말을 설명해주셨으면 좋겠는데요.

장성규_ 1990년대 중후반 이후 대학가에서의 주된 담론 중 하나일 텐데……. 일종의 거대 담론의 파국 이후에 이를 성찰하는 과정에서 개체의 차이에 입각한 새로운 정치학으로 제출된 개념이죠.

구체적으로 윤이형의 〈큰 늑대 파랑〉 같은 경우에는 노수석 열사의 죽음 이후 집회가 있는데, 그 작품에 나오는 인물들은 독립영화를 보러 가요. 그러면서 90년대 중반의 대학가에서 마구 분출되기 시작했던 '차이의 정치학' 류의 담론이 배경에 놓여 있는 것 같아요. 단순화시켜 말하자면 김소진이 80년대의 연장선상에서 1996년 '연세대 사건'을 조망하고 있다면, 윤이형은 80년대와의 완전한 단절 속에서 '연세대 사건'을 조망하는 셈이지요.

그런데 손홍규는 좀 독특하다는 느낌이 들어요. 손홍규 세대는 김소진처럼 80년대 민주화 운동의 주류적인 세대의 표상으로 자리 잡은 경우도 아니고, 그렇다고 윤이형처럼 완전히 집단적인 흐름으로 학생운동의 질서로부터 자유로운 세대도 아닌, 어떻게 보면 되게 억울하게 중간에 끼어 있는 세대 같거든요? 뭐 저도 좀 그런 면에서 억울하기도 한데……. (웃음)

그 윗세대에서는 큰 틀에서의 공통적인 저항 담론 내지는 문학적인 지향 같은 것들이 존재했다면, 그런 것들이 해체되기 시작할 무렵에 놓인 것이 손홍규의 위치가 아닐까 싶어요. 그렇다고 그 후의 세대처럼 아예 장르문학과 같은 훨씬 더 분화된 방식으로 새로운 소설을 쓸 수도 없고…….

이런 맥락에서 〈마르께스주의자의 사전〉의 주인공이 '연세대 사건'에 대해 직접 참여하는 인물이 아니라 중간쯤 어정쩡하게 있는 인물인 것도 굉장히 상징적이라고 생각을 해요. 스스로는 자신을 '마르께스주의자'라고 하지만, 주위에서는 '마르크스주의자', 혹은 '발자크'라고 호명하는 것도 그렇고요.

고명철_ 저는 이 작품에서 아주 흥미로운 지점이 손홍규라는 작가 세대가 갖고 있는 리얼리즘의 문제를 상당히 예리하게 건드리고 있다는 점이 아닐까 싶습니다.

주인공이 사전을 찢어서 삼키는 행위가 지니는 상징성이 그렇죠. 분명히 1990년대에 직면한, 어떻게 보면 학생운동의 끄트머리라고 말할 수 있는 그러면서도 가장 첨예하게 얘기해야 될 만한 역사적인 거대 서사들의 모든 것들이 그가 삼키고 있는 사전에 다 있어요. 사전에 있는 어휘 목록으로 그 이전의 선배 세대들은 재현이 가능했습니다. 이것이 리얼리즘의 언어가 지니는 상징성이겠지요.

그런데 손홍규는 이 사전을 삼키면서 자기 주변에서 일어나고 있는 일들이 이 사전의 언어로 더 이상 포착될 수 없음에 대한 낙차감을 느끼고 있는 셈입니다. 이게 지금 이 세대가 겪고 있는 리얼리즘의 아주 곤혹스러운 면들을 정직하게 보여주는 것이죠.

서영인_ 장성규 선생님이 손홍규의 작품을 김소진의 그것과 비교도 했는데, 실제 소설 속에서 직접 사전을 삼켰던 김소진이 나오기도 하고, 또 김소진과는 달리 이를 삼키지 못하고 토하는 인물이 등장하는 것 역시 재미있는 상징이라는 생각이 드네요.

또 하나 제목을 가지고 이야기를 하자면 주인공은 자신이 "마르크스주의자가 아니라 마르께스주의자다"라고 얘기하는 부분도 재미있습니다.

노지영_ 제가 얼마 전에 야구 선수 이종범의 은퇴식이 있어서 광주에 다녀왔어요. (웃음) 그 길에 오월의 광주 묘역을 다시 한 번 다녀오면서 기념비로서의 문학이 하나의 기록을 한다는 게 어떤 의미일까 이런 생각을 하게 되었습니다. 이미지와 실제의 경계에서 우리가 명확히 분별해야 할 것 또 명확히 지향해야 할 것은 무엇인가, 그리고 앞으로 지켜나가야 할 것은 무엇인가, 이런 지점들을 손홍규 소설이 말해주고 있다는 것에 대해서 공감이 가요.

항상 세대에 대해서 많은 사람들이 얘기하잖아요. G세대, N세대, X세대, 88만원세대까지……. 최근에 우석훈 선생님이 공저로 쓴 책에 대한 절판을 결정한 일도 기억이 나는데요. 88만원세대라는 호명 자체가 단지 이슈만 일으키고, 나는 이런 세대야 하고 체념하게 만들면서 긍정적인 기능을 하지 못하는 부분들, 그래서 자기 정체성 형성이나 자기 역사 쓰기에 있어서 능동적인 기능을 발휘하지 못하는 부분들을 문학이 어떻게 해줘야 될 것인가, 이런 부분들을 손홍규의 소설을 통해서 생각해볼 수 있었던 것 같아요.

우리가 88만원세대를 루저나 백수로 표현하면서, 그런 체험을 직물화하고 말초화해서 묘사하는 것에 그치는 것이 아니라, 그러한 삶의 바탕 위에 어떠한 역사적 사건들이 있는지에 대해서 고민할 필요가 있다는 생각입니다.

어떻게 소비를 통해 존재를 증명하는가

서영인_ 이야기를 조금 더 진행시켜볼까요? 한편, 김애란, 김미월, 염승숙, 최진영 소설까지, 약간 소재적인 구분이긴 합니다만 손홍규 소설의 시간적 배경인 학생 세대를 지나서 사회생활을 시작하는 이 세대들이 가지는 삶에 대한 불안 같은 것들이 소설에서 굉장히 다채롭게 드러나 있다는 생각이 들었어요.

이들 소설의 인물들은 모두 아르바이트생들, 비정규직들로서 취업을 하려고 발버둥을 쳤으나 제대로 사회에 진입하지 못한 채, 일종의 잉여로서 떠돌고 있는 청춘의 모습을 보여주고 있습니다. 거기서 일어나는 일상에 대한 다양한 고민들과 사건들이 이 세대들의 삶의 지형도를 흥미롭게 그리고 있다는 생각이 듭니다.

김미월과 김애란 소설부터 한번 이야기를 해볼까요? 김미월과 김애란 소설에서 나타나는 두 작품의 공통점은 이른바 시골 출신들이 서울이라는 거대 도시에서 느끼는 적막감, 혹은 기묘한 결핍감이랄까요? 이런 것들이 시골 출신으로서 많이 공감되는 측면들이 있었어요. (웃음)

노지영_ 시골 출신의 결핍감도 그렇고, 또 이들 인물들이 시골 '여자'라는 점이 중요하다고 생각되는데요. 김애란의 작품에서는 대상언어object language라고 하는 것들이 많이 나와요. 그 사람의 표현 양식, 예컨대 옷이나 장신구, 혹은 큐티클로 표상되는 것들이 중요하죠. 저는 네일아트를 한 번도 받아본 적이 없는데, 뭔가 받아본 사람만이 섬세하게 느낄 수 있는 상품의 결 같은 것들을 세밀하게, 여성으로서 묘사를 잘하고 있다는 생각이 들어요.

중요한 것은 이런 대상언어들이 단순히 상품 묘사 자체에 그치는 것이 아니라, 그 상품을 통해서 인물들의 교육 수준이나 가치, 혹은 사회의 여러 가지 지표들을 반영하고 있다는 점이 아닐까 싶습니다.

서영인_ 동의해요. 특히 그런 세부적인 리얼리티들이 굉장히 탁월하다는 점을 높게 평가하고 싶어요. 그리고 그것으로부터 존재의 왜소함이랄까 거기에 대한 우울을 이끌어내는 디테일한 솜씨들은 또한 우리가 소설을 읽는 재미 중 하나라는 생각이 듭니다.

김애란의 〈큐티클〉은 인간이 어떻게 소비를 통해서 자기 존재를 확인하는가, 하는 이야기를 잘 짚어주고 또 한편으로는 그것이 얼마나 허망한가를 잘 보여주는 작품 같아요. 인물은 죽도록 그 소비를 조금씩이라도 더 따라가려고 하지만 그것이 아무런 자기 만족감을 주지 못한다는 것, 설사 네일아트를 받음으로써 성공한 선배 언니의 반열에 간다 할지라도 네일아트가 주는 만족감이라는 것은 사실 가상의 충족감에 그친다는 것이 핵심적인 메시지지요.

장성규_ 아, 서울 출신 남성으로서, 생각을 못한 지점인데……. (웃음)

고명철_ 노지영, 서영인 선생님 두 분이 이 소설의 좋은 점에 대해서 잘 짚어주셨고요, 저도 그것에 대해서 이견은 없습니다.

그럼에도 불구하고 뭔가 2퍼센트가 자꾸만 읽히지 않는 이유가 뭘까요? 이 작중 인물의 경우에는 외국계 제약회사에 다니고 있어요. 상당히 안정적인 사회적 지위를 가지고 있는 셈이죠. 이러한 경제적·문화적 지위를 가지고 있는데, 그것을 소비하면서도 안착을 하지 못하고 부유하고 있는 사실이 지니고 있는 정치적 함의가 무엇인가. 이 부분에 대해 석연치 않은 부분들이 있다는 거죠.

예컨대 소설에 등장하는 주인공의 친구는 'N서울타워'에서 일하는 아르바이트생이에요. 어떻게 보면 지금 시대의 가장 문제적인 여성이거든요. 이 친구 앞에서 맥주 캔을 따는 부분, 그러니까 큐티클을 할 수 있는 주인공과 그것을 향유할 수 없는 친구 간의 갈등 같은 것이 나타날 수밖에 없거든요? 이런 부분들을 좀 더 치밀하게 탐색했다면 더 좋지 않았을까 싶어요.

노지영_ 글쎄요, 저도 고명철 선생님 말씀에 일정 부분 동의하지만,

다르게 평가할 여지가 크다고 생각해요. 〈큐티클〉에서는 유독 그 깨진 손톱만 확 눈에 꽂히게 만드는 특성이 있어요.

롤랑 바르트Roland Barthes 식으로 말해서 일종의 얼룩, 자국, 점, 이런 미세한 세부가 전체적인 감각을 완전히 주도하는 순간이 있다면, 김애란의 손톱의 깨진 부분이 이런 것이 아닐까 싶어요. 그것이 여성만이 가능한 발화일 것이고, 지금 선생님께서 지적하신 부분보다 작품에서 유독 큐티클로 표상되는 소비와 계층, 문화자본의 문제가 부각되는 구조를 만드는 것이기도 하다는 생각입니다.

서영인_ 제가 사회자로서 중재를 좀 해야 할 것 같은데……. (웃음) 고명철 선생님 입장에서 좀 더 이야기를 진행하자면 전체의 이미지 상과 얼룩이라는 것이 있고 그 얼룩들이 새로운 지평을 만들어내기도 하겠죠. 하지만 작가의 입장에서 그 얼룩에 대하여 고민해주기를 바라는 것은 독자가 요청할 수 있지 않겠는가 하는 거죠. 그 얼룩을 통하여 전체의 이미지를 다시 말하거나 아니면 전체의 이미지를 전복하는 것에 대하여 더 고민하기를 소망할 수 있겠지요. 어쩐지 얼룩이 잠시 보이고 마는 것으로 늘 소설이 마무리되는 아쉬움은 있습니다.

이제 김미월의 〈질문들〉로 넘어가볼까요?

꾸준히 진지하게 묻는 작가의 역할

고명철_ 김미월의 작품에서 흥미로운 게, 주인공이 앙케이트 조사 요원이잖아요? 그런데 앙케이트 조사는 사실 이미 정답을 회사가 가지고 있으면서도 일종의 알리바이를 만들기 위해 수행하는 것이죠. 소비 자본주의 사회에서는 객관적인 세계에 대한 정보를 가지고 있는 회사가 질문을 만듭니다. 즉 소비자들이 질문에 대한 답변을 어떻게 하느냐가 중요한 것이 아니라 답변을 어떻게 받아내느냐가 중요합니다. 그 질문 자체가 객관적인 세계를 파악하는 방식이라는 거죠. 그러니까 질문 역시 이미 정답이 정해져 있는 폐쇄회로에 갇혀 있는 셈이에요.

그런데 주인공은 계속해서 질문을 하거든요? 소비 자본주의 사회에서 이런 질문의 방식이 얼마나 횡행하고 있는가 라는 거죠. 그 안에서 사람들은 지치는 거예요. 지치고 뭐 하나 건질 것 없는 사회 속에서 살고 있는데 그래도 삶은 지속되는 거예요.

여기서 하나 묻는 게 있어요. '나는 묻는다. 고로 존재한다.' 이런 점이 질문이 전시되고 소비되는 사회에 대한 성찰을 의미한다고 해석될 수 있을 것 같아요.

서영인_ 흥미로운 지적입니다. 작가의 질문이라는 것이 수많은 앙케이트를 통해 소비되는 질문과 대비되는 방식으로 나타나고 있는 것도 타당한 해석 같습니다.

김미월 소설의 특징은 작가가 결론에서 새로운 성찰의 지점을 주는 방식이 아니라, 진지하게 독자에게 묻는 과정 자체가 중요한 것이 아닌가 싶기도 합니다. 그것을 통하여 앞서 노지영 선생님의 표현을 빌자면, 해석 공동체로서의 독자가 그 질문에 이어 쓰는 질문들을 만들어내는 하나의 통로로써 소설이 존재하고 있다는 의미도 파악할 수 있을 거 같아요.

고명철_ 맞습니다. 그러면서 이 소설의 마지막 문장이 이렇게 끝나요.

다만 묻고 싶기는 하되 무엇을 묻고 싶은지 알 수가 없다는 것, 그것이 문제였다. (p. 35)

이 한마디를 하기 위해서 작가가 매우 끈질기게 상투적인 질문들과 대결한 셈이지요.

장성규_ 저는 김미월 특유의 담담하면서도 꼼꼼한 서사를 높이 평가하고 싶어요. 〈질문들〉에서도 그런 지점들이 상당히 의미 있게 다가옵니다. 예컨대 공산 배치 같은 것도 재미있었는데 홍대 앞 KFC 같은 곳은 굉장히 상징적인 공간이잖아요? 인디 문화와 최첨단, 댄디함 등의 이미지가 떠오르는 곳인데, 그런 공간과 등장인물의 삶이 겹쳐지면서 가상의 이미지를 전복하는 효과를 낳는 것 같아요.

또 주인공이 커피숍에서 노트북으로 글을 쓰는 것도 그래요. 이런 장면은 상당히 세련되고 지적인 여유가 넘치는 장면인데, 실상 노트북은 언제 전원이 나갈지 모르는 상황이고, 보증금도 빼줘야 할 상황인 거죠. 어떻게 보면 소소한 이런 배치들이 지니는 서사적 힘이랄까, 하는 것들이 김미월 작품의 장점인 것 같아요.

착한 성실성 vs. 나쁜 도발성

서영인_ 분명 이 세대들이 만들어내는 디테일들이 우리 시대의 풍속을 탁월하게 재현하고 있는 것은 사실인 듯합니다. 이른바 중견 작가들이 보여줄 수 없는 독특한 감각인 것 같고요. 이들 풍속이 지니는 심층적인 의미에 대한 분석이 필요하겠다는 생각이 듭니다.

이런 분류가 가능할지 모르겠지만 김애란과 김미월 같은 경우가 일종의 착한 성실성을 가지고 있다면, 염승숙과 최진영 같은 경우에는 일종의 나쁜 도발성을 같은 지평 위에서 보여주고 있다고 할 수 있을 듯합니다.

최진영의 작품 〈창〉의 주인공은 회사에서 왕따를 당하다가 사무실의 모든 컴퓨터를 포맷해버리고 나오고, 염승숙의 작품 〈완전한 불면〉의 주인공은 자기 대신 들어온 마네킹을 처박아버리고 자기가 마네킹이 되는, 위악적인 결말들을 보여주고 있다는 생각이 듭니다. 조금 거칠다고 말할 수도 있지만 굉장히 도발적으로 기성세대에 대한 공격들을 표현하고 있다는 생각이 들었어요.

덧붙여서 앞서 장성규 선생님이 얘기했다시피 염승숙이나 최진영 같은 경우는 꿈이나 환상 같은 것들을 소설 속에서 굉장히 자연스럽게 섞어놓는 방식을 자주 활용하기도 하고요. 이런 점들이 상당히 흥미로운 작가들 같은데요?

장성규_ 염승숙 같은 경우에는 현재 젊은 작가들 사이에서도 특이한 존재 같아요. 좀 재치 있는 소재라고 해야 할까? 약간 판타지적인, 어떻게 보면 굉장히 생뚱맞은 설정을 가지고 와서 이야기를 풀어나가는데 항상 그것이 사회적인 문제하고 결합이 되어서 나타나요.

개인적으로는 사회적인 문제에 대해 이야기를 하면서, 판타지를 빌려와 이야기를 무겁지 않게 하는 방식이 좋습니다. 이 작품의 경우도 AV, 마네킹, 불면증 등의 환상적인 코드들이 배치되면서, 단순히 소재적인 층위에서 소비되는 것이 아니라, 숙면과 불면으로 양극화되는 사회 구조까지 환기시킨다는 점이 흥미롭습니다.

서영인_ 충분히 가능한 해석인 것 같습니다. 그런데 그렇게 해석하고 보면, 저는 이 작품의 결말을 어떻게 봐야 할지 잘 모르겠어요.

소설 속 주인공은 불안해서 잠을 잘 수가 없는 거죠. 내 현실의 삶이 아르바이트로 연명할 수밖에 없고, 언제 짤릴지 모르고. 주위의 벽은 종잇장처럼 얇아서 사생활은 아무것도 보장되지 않고, 늘 위험에 노출되어 있는 이런 상황 속에서 잠을 잘 수가 없는 거죠. 그 불안한 삶 속에서 언제나 노동에 내쫓길 수밖에 없고 언제나 만족할 만한 결과를 얻을 수도 없지요.

결말은 수면제를 비싼 돈을 주고 사지 않으면 잠조차 잘 수 없는 이런 삶 속에서 그냥 기계가 될래, 라고 말하는 거잖아요? 불안사회, 등급사회에 대한 극단적인 반발처럼 보이기도 하지만, 한편으로는 그 세계에 함몰되어버리는 것처럼 해석될 여지도 있다는 생각이 들거든요. 어떻게 생각하세요?

장성규_ 오히려 저는 그 부분보다 마지막 장면에서 현이 지나가면서 하는 말에 주목할 필요가 있는 것 같아요. 현이 주인공을 보고 '많이 본 것 같은데?'라고 하거든요. 사실 둘이 AV로 표상되는 코드를 공유하고 있다는 작가의 관점이 있는 거죠.

공식적인 층위의 문화에서는 개체 간의 코드가 완전히 단절되어 있는데, 오히려 AV로 표상되는 하위문화랄까? 그런 문화적 코드를 통해서 개체들이 서로 네트워크 되어 있다는 점이 저는 재미있었어요. 그렇게 본다면 다른 해석이 가능하지 않을까라는 생각도 들고요.

고명철_ 저도 마지막 부분을 흥미롭게 읽었어요. 주인공이 마지막에 와서 마네킹을 부수고 자기 자신이 AV배우인 유키가 되고, 현마저도 유키와 착종되는 부분이지요.

　여기서 그냥 지나치기 어려운 부분 중 하나가 에로티시즘의 문제일 것입니다. 마지막 부분에서 돌출되는 자기 파괴적인 욕망이 분출되는 코드가 에로티시즘이라는 점이 상당히 흥미롭습니다. 게다가 이 에로티시즘이 충분히 승화되지 못한 채, 결국 AV배우를 닮은 마네킹을 부수고, 스스로가 그 마네킹이 되는 것으로 귀결된다는 점 역시 승화가 거세된 현대사회의 문제를 단적으로 보여주는 것이기도 합니다.

이미지 간의 결합을 통해 새로운 물질적 상상력을 발현시키다

　서영인_ 다양한 의견들이 나오네요. 최진영 작품에 대한 얘기를 이어서 해볼까요? 최진영도 조금 자기 파괴적인 면이 있죠? 나쁜 애가 되어서 왕따를 시켰던 회사 사람들을 다 복수하고 돌아왔지만 결국 자기 방에서 낯선 괴한의 침입을 받는 것으로 소설이 끝납니다.

　아주 도발적인 공격성과 외부의 위험에 너무나 힘없이 노출되어버리는 나약성이 동시에 드러나는 것. 한없이 나약한 존재들이 한없이 독해지고, 그래서 그 독한 존재들이 끊임없이 연민과 공감을 불러일으키는 점이 최진영 소설이 가지는 매력 중 하나라는 생각이 듭니다만 해석의 여지는 있을 거 같아요.

노지영_ 말씀하신 대로 김미월의 소설 같은 경우에는 회사에 의해 유통되는 설문들 속에서 자신만의 질문을 찾아가는 과정이 착하게 그려졌다면, 반대로 최진영 소설이나 염승숙 소설에서는, 소심한 복수로 끝나는 파괴적인 양상 같은 것들이 두드러져요.
최진영의 〈창〉의 경우는 사랑하고 사랑받는 문제를 아주 잘 그려냈다라고 생각이 들어요. 안정적인 집단과, 그 안에서도 겉도는 젊은 세대의 모습을 통해서 소심하고 개인적인 복수 같은 것들이 얼마나 이 세계의 구조적인 부조리와 얽매여 있는지를 잘 보여주는 소설이라고 생각합니다.
그리고 괴한의 침입, 그림자의 침입이 어떤 것일까 생각해보면 저는 회사에서 결국 주인공을 응징하는 조치라고 생각했어요. 사실 우리는 구조의 응징을 염두에 두어서 아무것도 못 하잖아요? 그런데 그런 사회적인 낙인이나 응징 앞에서도, 바로 그 틀 안에서도 복수를 해 나간다는 생각들, 독기랄까, 그런 것들이 필요한 시대가 아닌가 싶기도 하고요.

서영인_ 저 역시 최진영의 〈창〉은 상당히 재치 있다는 생각이 들었어요. 통유리, 윈도우, 창. 이런 식으로 연결되는 이미지들의 선이라는 것도 매우 흥미로웠어요. 창은 누군가의 소통의 공간이기도 하지만 자기를 지키는 보호막이기도 하고, 통유리처럼 감시해야 하는 장벽이기도 하고, 윈도우라는 말에서 볼 수 있듯이 우리가 어떤 식으로든 세상을 만나는 정보사회에 대한 하나의 상징 같기도 하고…….

그런 재치 있는 설정들이 노지영 선생님이 말씀하신 대로 관계의 비유로서 굉장히 탁월하다는 생각이 들었어요. 타락한 사회에서 정상적인 방법으로 비정상이 되어간다는 것. 사실 왕따를 시키는 시스템 자체가 굉장히 유치하잖아요. 왕따도 주인공이 인턴직 비정규직이기 때문에 된 것이죠.

사회 내에서의 차별이나 왕따 문화라는 것은 계급적이고 사회 물질적인 기반을 가지고 있으면서도 그것을 표출하는 방식은 굉장히 쪼잔하고 일상적이면서, 견딜 수 없게 치욕적인 방식으로 일어납니다. 다소 직설적이지 않나 싶으면서도 그런 것들을 포착한다는 것이 재미있었어요.

한편으로는 윈도우를 통해서 모든 왕따 행위가 다 일어나잖아요. 컴퓨터 창을 감시하고 메신저로 욕하고 자기들끼리만 비밀 얘기를 하고 밥 먹으러 가고……. 그런데 그게 또 의외의 공격 구멍이 되지요. 그걸 밀어버리면 아무것도 못 하는 거죠. 이런 식의 틈새 찾기도 상당히 발랄하다는 생각이 들었습니다.

고명철_ 손홍규가 역사적인 사건을 가지고 당대의 리얼리즘 문제에 대한 고민을 했다면, 최진영은 반영론이라는, 거울의 물질적 상상력의 문제에 대해 고민합니다. 물질적 상상력을 어떻게 자기 서사와 결합을 하면서 변주해내느냐가 최진영 소설의 핵심적인 문제의식 중 하나인 듯합니다. 이런 관점에서 이미지 간의 결합을 통해 새로운 물질적 상상력을 발현시키려는 노력이 이 작품에서 빛나는 점이 아닌가 합니다.

한 가지 첨언하자면, 작년부터 우리 사회에 핵심적인 키워드 중 하나가 '분노'의 사회학인데, 〈창〉의 경우 '분노'가 지니는 역동적인 에너지를 잘 보여준다는 점 역시 평가될 수 있을 듯하네요. 더불어 이 '창'이 깨지는 순간 형성될 새로운 인식 방법에 대한 이후의 작업 역시 기대됩니다.

인식 이전에 느껴지는 감각적인 메시지

서영인_ 최진영 소설에서 '창'이 깨진다는 것이 지니는 함의까지 이야기가 되었네요. 어쩌면 그 창이 깨진 이후가 김사과의 소설이 아닐까 하는 생각이 들기도 합니다. 김사과의 〈더 나쁜 쪽으로〉는 이 책에 실린 작품들 중 가장 나쁜 소설이 아닐까 싶습니다. 최진영과 김사과가 이어지는 지점이 있다는 생각이 드는데요, 일단 의도된 직설이라는 지점도 그렇고…….

장성규_ 김사과의 전작에서도 마찬가지인데 이 작품에서도 존재하는 모든 것들을 다 부수는 양상을 보여줍니다. 부수는 행위를 추동하는 분노가 핵심적인 모티프겠지요. 그런데 두 가지가 재미있습니다. 첫 번째는 분노의 원인이 명징하지가 않다는 점이에요. 두 번째는 일반적인 소설이 사건과 사건을 개연성 있게 연결시켜서 플롯으로 완결성 있게 만드는 것을 기본적인 규범으로 하는데, 김사과는 그런 작품을 쓰지 않는다는 점이에요. 어떻게 보면 극적 장르의 규범에 가깝기도 합니다.

서영인_ 굉장히 흥미로운 부분인데, 독자의 입장에서 얘기하자면 김사과 소설은 전통적인 플롯을 따르지도 않고, 이야기 서사 구조를 갖지도 않아서 굉장히 읽기 힘든 소설인데도 불구하고 의외로 잘 읽히는 측면들이 있는 것 같아요. 그게 아까 얘기했던 직설성, 직접성과 관련이 있다고 생각해요.

그런데 장성규 선생님께서는 김사과 소설에서 분노의 원인이 모호하다고 하셨는데, 저는 이유가 있다고 봅니다. 김사과는 세계 자체가 굉장히 위선적이라고 보는 거죠. 그것은 사람들의 태도뿐만이 아니라 우리들이 살아가고 있는 공간, 도시, 세계의 풍경 자체는 물론이고 문화의 층위에까지 확장되어 나타나는 것처럼 보입니다.

예를 들자면, 소실에서 나오는 배경은 외국의 어느 도시처럼 보이지만 그것을 꼭 외국이라고 말할 수 없는 국적 불명의 세계화의 한 중심, 한 풍경을 덜어내어 보여주고 있지요. 이국이면 이국, 더 나아가 언더

문화, 각종 역사적 경험까지도 하나의 현실을 구성하고 있는 문화적 의장들을 보여주면서 이것들이 우리들의 삶의 허위성을 구상하고 있다는 측면들도 흥미로운 지점이었습니다.

고명철_ 지금 지적하신 부분에서 중요한 것이, 사실 김사과가 특별하게 부정하는 대상이 뚜렷하지 않은 것이 오히려 더 문제적인 것은 아닌가 싶어요.
이 작품이 처음에 꿈속에서 시작되고 공간 역시 모든 게 회색의 거리잖아요? 더 이상 유의미한 역사란 존재하지 않는 공간이지요. 그래서 모든 것은 회색이고 잿빛이고 남아 있는 건 뭐냐? 결국 죽어 있는 것들로부터 아름다움을 발견하는 죽은 미학만이 남은 셈이죠. 이런 것들이 시니시즘(냉소주의)과 혐오의 정서를 동반하는 것으로 보입니다.

서영인_ 한 대목을 인용해볼까요?

이민자가 운영하는 이십사 시간 슈퍼마켓의 거리, 아이폰과 아메리칸 어페럴의 거리, 유기농 슈퍼마켓의 거리, 도쿄와 런던과 캘리포니아가 뒤섞이는 거리, 정부와 기업과 광고회사의 사랑을 받는 거리, 다시 말해 우리 모두가 사랑하는 그 거리. (pp. 42~43)

이런 식의 서술들이 사실 모든 것은 허위이고 김사과의 분노의 원천은 내가 아끼고 사랑하는, 가야 할 곳을 어디에서도 발견할 수 없다는 어떤 절박함에 있죠. 그 절박함에는 김사과의 윤리성이라고 해야 할까, 자기 부정도 포함되어 있습니다. 이 거리에 내가 매혹되고 있다는 것. 그리고 선망한다는 것. 자기 애인 얘기도 나오죠. '너는 모르겠지만 이 거리에 옛날에는'이라고 하는 것은 나는 그 사람의 체험과 식견을 욕망하는 거죠.

더 절망스러운 것은 세계는 모두 허위인데 그 속에서 내가 어딘가에 편입되고자, 무언가를 갖고자 계속 욕망할 수밖에 없고 그 욕망의 끝을 찾을 수가 없다는 거죠. 완전히 색깔이 다르긴 하지만, 김애란 소설에서 네일아트를 받아본들 자기가 원하는 것을 얻을 수 없는 것과 같은 거죠.

이게 이 세대의 자의식 같기도 합니다. 어딘가로 돌진했으나 전혀 엉뚱한 방에 갇혀 있더라는 그 당혹감과 난감함. 이런 것들이 일상을 포착하는 디테일로 드러나거나 굉장히 직설적인 분노와 공격성으로 드러나기도 합니다. 타인을 계속 공격하는 사람들은 그 내부에 공허와 불안이 더 존재하기 마련이잖아요. 그런 부분들을 동시적으로 뿜어내는 것이 김사과 소설의 특징이 아닌가 싶습니다.

고명철_ 김사과의 그런 점들이 스스로 자기 유폐되지 않을까 하는 걱정 아닌 걱정이 있죠. 그래도 뭔가를 넘어서려고 하는 노력이 보이는 것이 소설 속에 나오는 춤과 음악이에요. 기존의 선배 소설과 다른 클리셰로 봐야 합니다.

김사과 소설에서 언어화된 세계의 물질성은 이미 오염된 세계죠. 이런 세계에 대응할 수 있는 방식은 결국 춤과 음악 같은 몸의 언어거든요. 이 몸의 언어가 상당히 도발적이면서도 위험하기도 한 부분이라는 것을 스스로도 알고 있어요. 음악이 가지고 있는 다른 언어의 세계와 묻지 않는 정치적 상상력이 있고 그것을 즐기고 있지요.

말하자면 자신을 위무하는 건데 이것이 더 나쁜 쪽으로 가고 난 다음에 무엇이 될 수 있을지에 대해서는 상당히 암담하게 느껴집니다.

노지영_ 말씀하신 것처럼 김사과의 소설이 물화된 세계의 허위성이나 그것에 계속 마취되고, 마비되고, 숙취를 느끼는 자신에 대한 자기분노와 같은 것들을 계속 표현하고 있다고 생각합니다. 그런 내적 독백이나 감정의 비일관적인 표현 같은 것들을 보여주는 단문의 문장 혹은 자유 연상이나 음악이나 랩에 가까운 몸의 언어 등이 김사과의 특징이겠지요. 이러한 물질적인 언어들이 주는 감정적인 일렁임 같은 게 있다고 생각하거든요.

김사과가 회색의 물화된 세계 속에서 그것을 두드리면서, 분노를 투입해서 생명력을 주려는 방식이 어떻게 보면 '표현주의 연극'을 보는 듯한 느낌도 듭니다. 그런 방식들에 있어서 사람들이 생명력과 분노에 대한 짜릿함 같은 것들을 느끼고 그 속에서 매력을 느끼기도 하는 것 같아요.

서영인_ 김사과의 소설은 직설적으로 말하며 직접 소통한다, 몸으로 소통한다, 감각으로 소통한다, 이렇게 말할 수 있을 정도로 인식의 선에 가기 이전에 이미 전달되는 메시지가 있는 것 같습니다.

배제와 불우,
국경을 넘어서는 공통 감각으로 소통하다

서영인_ 더불어 흥미로운 것은 이미 김사과 소설에서는 한국적이다, 라는 의미 자체가 더 이상 중요하지 않다는 점입니다. 어렸을 때부터 인터넷을 통해 세계를 동시에 접하고, 세계 여행 역시 일상화되어 있는 세대이고, 이미 해외의 모든 이민자들이 국내에서 뒤섞여 살고 있는 상황이니까요.

이런 맥락에서 조해진 역시 통하는 지점이 있습니다. 조해진은 다른 작품인 《로기완을 만났다》를 통해 저희 연구소 연구원들에게 상당히 좋은 평가를 받은 작가이기도 한데요, 이 책에 실린 〈이보나와 춤을 추었다〉에 대한 얘기를 해볼까요?

노지영_ 이 작품의 주인공은 이보나, 지원 또 제니로 불리기도 하잖아요? 다른 등장인물인 미하우나 요한나뿐만 아니라 나 또한 여러 정체성으로, 여러 이름으로 호명될 수 있습니다. 그래서 그런 나 자신의 실체가 뭔지, 내 진짜를 찾는 작업에 대해서 계속 질문을 진행합니다.
이 책에 실린 소설들이 그런 질문의 노선 위에 올라와 있는 것 같은데요. 김사과의 〈더 나쁜 쪽으로〉에서도 주인공이 남자 친구를 통해서 진짜를 찾으려고 하지만 끊임없는 잉여 향유 속에서 고전하는 양상이 나타나요. 향유와 향락들을 누리려고 하지만, 무수한 대상 a들 안에서 잉여 향유 속에서 소비되고, 나 또한 그렇게 지쳐갈 수밖에 없는 양상이 나타나는 거지요.
이 작품에서도 지원, 이보나, 혹은 제니라는 사람이 다른 대상들을 만나면서 그들에게도 똑같이 이국적인 대상 a들이 있다는 점을 깨닫고 그들과 교감하면서 자신의 정체성을 구성하려는 점이 매우 흥미롭게 나타납니다.

서영인_ 그들에 의하여 나는 다르게 불릴 수 있다는 것을 명징하게 보여준다는 것, 그 자의식 자체가 흥미로운 지점이라고 생각합니다. 조금 더 얘기하자면 이 작품의 경우 분명히 세계 시민적인 공통 감각이랄까, 그런 것들도 드러납니다. 그런데 그 세계 시민적 공통 감각이 예컨대 평등과 우애의 공통 감각이 아니라 배제와 불우의 공통 감각이기도 하다는 지점도 주목해봐야 된다고 생각합니다. 일종의 국경을 넘어서는 마이너리티 간의 공통 감각이랄까요?

고명철_ 특히 세계 시민적 공통 감각에서 굉장히 돋보이는 지점이 있어요. 이 작품의 경우 미하우와 요한나가 온 곳이 북구 유럽, 폴란드니까 정확히는 동북부 유럽이죠. 막연하게 유럽의 어느 부분을 따온 것이 아니고 동북부 유럽처럼 서구에서도 보편적인 세계 시민적 위상과는 조금 상이한 장소가 등장합니다. 이 작품에 등장하는 북유럽 신화는 이런 점에서 그 의미가 특별하죠. 현재 자본주의 질서에 의해 위계 서열화된 세계 시민화와는 완전히 다른 관계를 암시하니까요.

그러니까 이 소설에서 북유럽 신화 부분은 묘한 긴장선으로 봐야 합니다. 예를 들면 이런 부분입니다.

이보나는 나와 함께 대학시절을 보냈던 내 자취방의 고독한 책상에서 태어났다. 그 책상이 그녀의 모태였고 그녀는 그곳에서 성장해갔다. (…) 대학 합격 후 상경하여 자취집을 구하자마자 재활용센터에서 구입한 그 중고 책상은 느릅나무 재질이었다. 물론 그 책상이 느릅나무로 만들어졌다는 것은 확인되지 않았고 앞으로도 영원히 확인될 수 없는 추측, 아니 억지에 불과했지만 그래도 나는, 그녀가 태어난 책상이 느릅나무 재질이기를 바라는 마음을 저버린 적이 없다. (p. 214)

신화의 시대, 북유럽에선 인간 이전에 거인들이 있었다 했다. 신에 의해 거인들이 모두 죽자 그들의 뼈는 산이 됐고 피는 강과 바다가 됐으며 머리카락은 꽃과 풀로, 몸은 그대로 대지로 화했다. 신은 거인들이 사라진 세상을 살아갈 인간을 물푸레나무와 느릅나무에서 탄생시켰다. 물푸레나무에서는 태초의 남자 아스크(Ask)를, 느릅나무에서는 태초의 여자 엠블라(Embla)를.
(p. 229)

소설 속에서 작가는 신화가 가지고 있는 무게 때문에 신화적 낭만성으로 확 돌변할 것을 꽤 고민했어요. 그래서 파니가 겪는 재개발 문제 등 현실 문제들을 가지고 오려고 상당히 공들인 작품이에요.

저는 이런 부분들이 앞서 말씀하셨듯이, 일반적으로 구미 중심의 세계 시민이 갖고 있는 평등, 우애 감각으로는 포착되지 않는 것, 오히려 거기에서 '미끄러진 자'들이 가지고 있는 세계의 고통을 공유하는 세계 시민이랄까, 이런 다른 개념을 통해 해석될 필요가 있다고 생각합니다.

내가 감각하는 세계에 대해 말하는, 자기 정체성의 선언

서영인_ 조해진도 김사과도 좀 경계가 없다는 생각이 들어요. 세대 얘기하니까 마치 제가 늙은 사람 같은데……. (웃음) 분명히 체험과 의식으로 인해서 생길 수밖에 없는 경계라는 것들이 있잖아요. 일반적으로 젊은 작가들의 세계에 대해서 얘기를 하면서 세계 인식이 단순하다, 파편적이다 이런 말을 하기도 하는데, 또 한편으로는 굉장히 거침

없다는 생각이 들기도 합니다.

　소재나 형식 차원에서는 어떤 한계나 금기가 없는 세대인데 그것에 대한 해석의 차원은 개인적이고 즉물적인 부분들이 동시에 드러나는 것도 우리 시대의 젊은 작가들이 가지고 있는 매력이 아닐까 싶기도 합니다.

　손아람의 〈문학의 새로운 세대〉도 이런 방식으로 보면 상당히 재미있습니다. 정말 거침없다는 느낌을 주는 작품이기도 하고, 문학 제도와 같은 기존 문학에서의 일종의 금기나 한계 자체에 대한 감각을 거부하는 자기 선언처럼 보이기도 하는 작품인데요.

장성규_ 손아람 자체가 일반적인 등단 경로를 통해서 작품 활동을 시작한 경우가 아니라는 점이 강점인 것 같아요. 원래는 힙합을 하면서 《진실이 말소된 페이지》를 쓰고, 그 다음에 《소수의견》을 통해서 문단에 많이 알려진 작가이지요. 《소수의견》 역시 법정드라마 형식을 빌린 장르문학적 기법이 차용된 작품이었고······.

　현재 문단은 등단 시스템이 꽉 짜여 있잖아요? 국문과나 문창과에서 열심히 습작을 하고 필사 과정을 거쳐서 등단 제도로 대표되는 입사식을 거치고 하는 관례가 그렇죠. 손아람의 경우 오히려 이런 제도로부터 자유롭기 때문에, 기존의 권위랄까, 그런 것들에 대해서 비판의 칼날을 세울 수 있는 장점을 가지고 있는 건 아닌가 싶어요.

서영인_ 직접적인 비판 혹은 비아냥거림처럼 보이기도 합니다. 이런 것이 낯설게 하기의 효과인 것 같아요. 이 작품 속에는 역할 게임에서 벗어나 외부에서 전체적인 구도를 바라보는 낯설게 하기 효과로 우리가 흔히 보기 힘든 발화 지점들이 있다는 생각이 들어요. 저는 이것을 손아람이 다양한 영역에서 특별한 경계 없이 접근하면서 현실 속에서 내 정체성, 내 자기 확신들을 계속해서 해나가고자 하는 자기 의지를 나타내는 표현방식으로 봤습니다.

고명철_ 이런 류의 소설이 그동안 없었던 것은 아니에요. 가장 가깝게 본 것은 김원우 소설가의 글이 있었고, 문창과를 중심으로 등단과 관련된 제도적인 것도 있었고……. 〈문학의 새로운 세대〉에서 불합리한 제도의 매커니즘에 대해서 추문화하는 것, 풍문화된 것들의 실체를 정직하게 드러내는 것은 상당히 중요한 성과라고 봐요. 그런데 이 단계는 우리 문학이 이미 넘어섰다고 보거든요. 조금 더 나아가서 단순히 신춘문예 작품 하나 뽑느냐, 마느냐의 문제만이 아니라, 우리 문학 제도 안에서 보다 본질적인 메커니즘의 문제까지 밀고 갔더라면 더 큰 성과가 있지 않았을까 싶기도 합니다.

서영인_ 등단 체계 자체가 아닌 다른 문제도 좀 더 깊이 있게 파고들었으면 좋겠다는 이야기군요. 결국 비판 자체가 너무 직접적인 대상에 한정되어 있다는 것과도 연결되고요.

한편으로는 양면적인 것 같아요. 이를테면 굉장히 구체적이고 세부적인 어떤 상황 자체에 대한 비판으로 들어가는 거잖아요. 그게 불편한 거죠. 저는 그 불편함들을 과감하게 드러내는 것도 흥미로운 지점이라고 생각하는데요. 그것을 좀 더 어떻게 하면 분석적이 될 수 있을까 하는 부분이 고명철 선생님이 기대하는 측면이겠죠.

고명철_ 네, 저는 기대돼요. 이런 작가들이 꼭 이런 작품만 쓸 게 아니기 때문에 제도적 상상력들을 확장시킬 수 있죠. 마지막 문장이 한 방 치잖아요.

문학의 새로운 세대 : 한국소설은 별로 안 읽었다 함. (p. 140)

이 작가가 지금 현재 무엇을 얘기하고자 하는지를 적나라하게 짚어내는 거죠.

서영인_ 손아람이 비판하는 대상 자체의 문제만은 아니라는 생각이 들어요. 이런 소설들이 많았다고 하지만, 어떤 경우에는 구체적인 상황들을 덜 만들고 조금 현학적인 방식으로 이야기를 풀거나 우회적으로 비유를 쓴다거나 하는 식 또는 자기 고민을 집어넣는 패턴들이 있잖아요. 손아람은 그런 것 없이 쿨한 거죠.
굳이 문단 권력을 비판하고 신춘문예의 등단 제도를 비판하기 위해서 이 소설을 썼다가보다는 나는 내가 감각하는 세계에 대해서 내가 할 말은 할 테야 라는 어떤 자기 정체성의 선언처럼 보이기도 해요. 그런 지점들을 빼버리고 문단 제도에 대한 비판적인 측면에서만 보면 맥락을 놓치고, 오히려 독자가 너무 직접적인 대상의 한계 속에 갇히는 결과가 되는 거죠.

노지영_ 저는 이 작품 속에 등장하는 소설 제목도 의미하는 바가 큰 것 같아요. 〈야만 대 야만〉, 〈초벌구이〉가 상징하는 것은 무엇일까 궁금한데……. 구태의연함과 새로움 사이의 싸움이 있고, 이런 것들 안에서 물화되는 문인들도 존재하니까요.

진짜 신자유주의 시대 안에서 문학 역시 이로부터 결코 자유롭지 않은 시스템이 작동하고 있고, 그 결과 신동엽 선생님이 말한 '기능자', '업자', '기술자'로서 문인의 역할이 끝나버리는 경향에 대한 비판으로 읽을 수도 있지 않을까 싶어요. 특히 이렇게 물화된 이후의 지금의 한국소설의 세계에 대해서 또 우리를 고민하게 만드는 지점이 있는 것 같아요.

서영인_ 예, 긴 시간 동안 좌담을 진행했네요. 지금까지 저희가 다룬 작가들은 현재 한국문학에서 가장 젊고 활발한 활동을 보여주는 작가들이라고 할 수 있을 것 같습니다. 어쩌면 이들이 바로 문학의 새로운 세대일지도 모르겠네요.

문학의 영향력이 약화된다고들 하고, 또 젊은 작가들은 점차 사회나 현실 등의 문제에 대해 외면하는 경향이 있다고들 합니다. 그런데 적어도 우리가 살펴본 작가들의 경우 문학과 사회의 문제에 대해 새롭고 발랄한 방식으로 접근하는 공통점을 지니고 있었습니다. 그 방식도 매우 다양해서 몇 개의 유형만으로 포괄되기 어려운 것 같고요.

모쪼록 이들 작가들의 문제의식이 조금은 경화된 듯한 한국문학에 새로운 활력을 불어넣기를 바랍니다. 그리고 이 책 《포맷하시겠습니까?》가 문학으로부터 멀어진 독자들에게 새로운 문학의 상象을 보여주는 계기로 작동할 수 있기를 바랍니다.

이 좌담이 그 과정에서 조금이나마 도움이 될 수 있었으면 좋겠네요. 모두들 수고 많으셨습니다.

포맷하시겠습니까?
ⓒ 김미월 김사과 김애란 손아람 손홍규 염승숙 조해진 최진영 2012

초판 1쇄 인쇄 2012년 7월 2일
초판 1쇄 발행 2012년 7월 5일

지은이 김미월 김사과 김애란 손아람 손홍규 염승숙 조해진 최진영
기획 민족문학연구소
펴낸이 이기섭
편집인 김수영
책임편집 이지은
기획편집 임윤희 김윤정 정회엽 이조운
마케팅 조재성 성기준 정윤성 한성진 정영은
관리 김미란 장혜정

펴낸곳 한겨레출판(주) www.hanibook.co.kr
등록 2006년 1월 4일 제313-2006-00003호
주소 121-750 서울시 마포구 공덕동 116-25 한겨레신문사 4층
전화 02)6383-1602~3 **팩스** 02)6383-1610
대표메일 book@hanibook.co.kr

ISBN 978-89-8431-595-2   03810

- 책값은 뒤표지에 있습니다.
- 파본은 구입하신 서점에서 바꾸어 드립니다.
- 이 책의 일부 또는 전부를 재사용하려면 반드시 저작권자와 한겨레출판(주) 양측의 동의를 얻어야 합니다.